À PROPOS DE L'AUTRICE

Après avoir occupé des postes prestigieux dans les relations publiques, le marketing et la publicité, Blythe Gifford se consacre entièrement à l'écriture. Nourris de sa passion pour l'Histoire et de son goût pour le romanesque, ses romans sont à la fois intenses et vifs.

Un trône en jeu

BLYTHE GIFFORD

Un trône en jeu

Traduction française de
HÉLÈNE ARNAUD

Les Historiques

HARLEQUIN

Collection : LES HISTORIQUES

Ce roman a déjà été publié en 2019

Titre original :
SECRETS AT COURT

HARPERCOLLINS FRANCE
83-85, boulevard Vincent-Auriol, 75646 PARIS CEDEX 13
Service Clients — www.harlequin.fr
ISBN 978-2-2805-0548-2 — ISSN 1159-5981

Édité par HarperCollins France.
Composition et mise en pages Nord Compo.
Imprimé en avril 2024 par CPI Black Print (Barcelone)
en utilisant 100% d'électricité renouvelable.
Dépôt légal : mai 2024.

FSC
www.fsc.org
MIXTE
Papier issu de sources responsables
FSC® C159065

Pour limiter l'empreinte environnementale de ses livres, HarperCollins France s'engage à n'utiliser que du papier fabriqué à partir de bois provenant de forêts gérées durablement et de manière responsable.

Dédié à tous ceux qui ont du mal à oublier le passé.
Je remercie les Hermits et les Hussies, deux de mes tribus d'auteurs préférées, pour leur soutien.

1

Château de Windsor – Fin mars 1361

— Viens vite !

La voix n'était qu'un murmure. Pressante. Interrompant ses rêves.

Anne sentit alors une main qui secouait son épaule. Elle ouvrit des yeux embrumés et vit la comtesse penchée au-dessus d'elle dans l'obscurité, une bougie à la main.

Refermant les yeux, Anne roula sur le côté. Elle devait rêver... Lady Joan ne se levait jamais au milieu de la nuit ; elle se contentait de la faire appeler depuis son lit.

Des doigts fins lui pincèrent la joue.

— Anne, es-tu réveillée ?

D'un seul coup, le sommeil s'évapora. Elle repoussa violemment les couvertures et attrapa ses bas pour cacher ses pieds.

— Qu'y a-t-il ? demanda-t-elle, inquiète.

La peste avait-elle fini par les atteindre ? Ou bien les Français ?

— Quelle heure est-il ?

Lady Joan haussa les épaules.

— Il fait encore nuit.

Puis, d'un air pressé, elle attrapa la main d'Anne et la tira du lit.

— Viens, j'ai besoin de toi !

Anne fit de son mieux pour tenir debout. Elle se sentait maladroite, plus chancelante encore que d'habitude. N'y voyant pas très bien dans la chambre obscure, elle palpa le lit à la recherche de son bâton.

— Tiens.

La béquille fut fourrée dans sa main. Puis, ravalant son impatience évidente, la comtesse lui offrit son épaule pour l'aider à trouver son équilibre.

Lady Joan avait un don pour faire preuve de bonté quand Anne s'y attendait le moins – ou quand elle ne le désirait pas.

Une fois sa béquille calée sous son bras gauche, Anne put suivre sa maîtresse en boitillant le long des couloirs de Windsor. Lady Joan lui avait indiqué d'un geste de se dépêcher et de ne surtout pas faire de bruit. Comme si Anne avait le moindre contrôle sur ces choses-là ! Entre sa canne et les escaliers, elle ne pouvait pas presser le pas au risque de s'écrouler jusqu'en bas, en risquant sa jambe valide au passage.

Lady Joan lui fit traverser les quartiers royaux pour l'emmener dans une chapelle remplie d'échos. Une seule chandelle y était allumée, tenue par une silhouette debout, devant l'autel. C'était un homme, grand et imposant ; et Anne le reconnut : Edward de Woodstock, fils aîné du roi, prince d'Angleterre !

Il souriait, n'ayant plus rien du guerrier sévère qu'Anne, l'Angleterre et la France réunies connaissaient si bien.

Lady Joan aussi souriait. Sans plus prêter attention

à sa suivante, elle se précipita vers le prince et lui prit les mains.

— Ici, murmura-t-elle. Maintenant. Avec un témoin.

Non ! Elle ne pouvait pas penser à cela ! Hélas, Lady Joan savait mieux que quiconque comment mener ce genre d'affaire et à quel point la présence d'un témoin allait être importante...

Le prince débarrassa la comtesse de sa bougie pour poser les deux chandelles sur l'autel. Les petites flammes tremblotantes jetaient des ombres sur leurs visages. Dans cette lumière hésitante, le nez et les pommettes du prince paraissaient plus ciselés que jamais et le sourire de Lady Joan, plus brillant. Ils joignirent leurs mains, le souffle court.

— Moi, Edward, je t'accepte, Joan, comme légitime épouse.

Anne ravala son choc, incapable de prononcer le moindre mot. Pourtant, Dieu ne l'avait-il pas amenée ici pour qu'elle parle, qu'elle s'oppose à ce sacrilège ?

— Je jure de t'aimer et de te protéger, comme un homme doit aimer sa femme...

Finalement, Anne retrouva sa voix et son courage.

— Vous ne devez pas ! Vous ne pouvez pas ! Le roi... Vous êtes trop proches...

Le regard courroucé que le prince lui jeta la fit taire. Ils connaissaient tous deux la vérité mieux qu'elle : ils avaient le même grand-père royal, ce qui rendait leur lien de parenté trop intime pour que l'Église puisse autoriser un mariage.

— Ce qui doit être sera, répondit Lady Joan. Dès que nous aurons prononcé nos vœux, nous enverrons un messager au Pape. Il nous accordera une autorisation et nous pourrons nous marier à l'église.

— Mais...

Anne abandonna ses objections. La comtesse était clairement convaincue que les choses seraient aussi simples. La logique, la raison ne serviraient à rien. Lady Joan ferait tout ce qu'elle voudrait et le monde s'efforcerait de la satisfaire.

Comme toujours.

Chassant sa contrariété, le prince se tourna de nouveau vers sa promise et acheva son serment :

— À compter de ce jour, je te jure fidélité.

Sans hésiter, comme s'il connaissait ces mots par cœur.

Non, c'était Lady Joan, qui savait. Elle savait parfaitement quoi faire pour rendre un tel mariage valide aux yeux de l'église.

Impuissante, Anne entendit sa maîtresse répéter les mêmes vœux de cette voix douce et charmeuse qu'elle connaissait trop bien.

— Moi, Joan, je t'accepte, Edward, comme légitime époux...

Les serments étaient échangés. Il était trop tard pour protester.

L'air glacial de la chapelle enveloppa Anne comme un châle. C'était elle qu'on avait choisie pour garder le secret du mariage clandestin de Lady Joan.

Encore une fois.

En vue des côtes anglaises – Quatre mois plus tard

Les eaux de la Manche s'agitaient moins que d'habitude, ce jour-là, à en croire l'estomac de Nicholas. La marée était de leur côté. Si tout se passait bien, ils auraient accosté avant midi et Nicholas aurait rejoint le château de Windsor avant la fin de la semaine. Sa mission serait enfin accomplie.

Il serait libéré de ses responsabilités.

Depuis le temps, il était las de ses devoirs. Un seul instant d'inattention et les chevaux de réserve devenaient boiteux, les victuailles se gâtaient, la grêle printanière s'abattait sur la nourriture, les armures, les hommes, volant au roi la victoire décisive qu'il attendait depuis vingt ans...

— Monsieur ?

Il se détourna de la côte et jeta un rapide regard à Eustace, son écuyer. Le brave garçon s'était endurci pendant le voyage.

Et il n'était pas le seul.

— Oui ?

— Vos affaires sont emballées. Tout est prêt...

Son annonce prit presque des allures de question.

— Sauf ?

— Sauf votre cheval.

Nicholas soupira. Les chevaux étaient des animaux terrestres, ils n'étaient pas faits pour naviguer. Sans un mot, il abandonna l'air frais et revigorant du pont pour descendre dans les entrailles viciées et étouffantes du bateau.

Ce n'était pas étonnant que son cheval soit malade !

Si Nicholas avait été confiné dans cette porcherie, il n'aurait pas été bien, lui non plus.

L'animal avait la tête basse, presque appuyée par terre. Incapable de vomir comme l'aurait fait un humain, il se contentait de rester misérablement debout, les yeux poisseux de larmes et le poil luisant de sueur.

Nicholas lui caressa l'encolure, et le cheval, à peine capable de redresser la tête, ouvrit les yeux d'un air reconnaissant.

En effet, il ne pourrait pas monter cette pauvre bête aujourd'hui. Les derniers milles de son périple s'étendaient devant lui, aussi difficiles à parcourir que le reste du voyage.

Mais les deux Edward, roi et prince, n'auraient pas la patience d'écouter ses excuses. La royauté, comme les Papes, était habituée à donner des ordres et à les voir exécutés dans l'instant, s'attendant à ce que les simples mortels comme Nicholas Lovayne sachent conjurer les miracles nécessaires.

Et, jour après jour, c'était ce qu'il faisait. Il s'assurait qu'il y ait toujours un chemin alternatif, un second choix, une manière différente d'atteindre le but. Et il ne baissait jamais les bras tant que ses missions n'étaient pas remplies.

Il en tirait même une certaine fierté.

Cette fois, son second cheval avait expiré pendant le voyage. Il allait donc encore devoir trouver une autre solution.

Laissant son écuyer décharger le bateau, Nicholas descendit à terre, accueilli par le gardien des Cinq-Ports. Lui aussi avait servi le prince en France, mais Nicholas ne le connaissait pas très bien. Aucune importance.

Après avoir combattu côte à côte, les hommes se reconnaissaient, et un cheval serait rapidement trouvé dans les environs.

— Quelles nouvelles, depuis mon départ ? demanda Nicholas.

Il lui avait fallu presque six semaines pour aller jusqu'à Avignon et en revenir ; c'était suffisant pour que la Cour soit balayée par trois ou quatre intrigues... Et il devait se préparer à ce genre de choses comme il devait se préparer avant une bataille : connaître le terrain et les positions ennemies.

— La peste ravage toujours le pays.

Il s'était passé plus de dix ans depuis la dernière épidémie, et Nicholas – comme tout le monde – avait pensé que la colère de Dieu s'était enfin apaisée.

— Le roi... Est-il à Windsor ?

Le gardien secoua la tête.

— Il a quitté le château et a suspendu toutes les affaires en cours pour que ses hommes n'aient pas à voyager. Tous ses proches et lui se sont réfugiés dans la New Forest.

La New Forest. Un plus long voyage. Pourvu que Nicholas ne croise pas la peste en chemin.

— Comment se porte le prince ?

Le gardien haussa les épaules.

— C'est un prince, pas un roi. À présent que la guerre est finie, il a peu de choses à faire, à part se distraire avec ses amis et la Vierge du Kent.

Nicholas lui jeta un coup d'œil surpris. Peu d'hommes avaient assez de courage pour parler aussi crûment de la promise d'Edward...

— Et vous ? demanda le gardien sans cacher sa curiosité. Votre voyage a-t-il porté ses fruits ?

Le pays entier connaissait-il donc la nature de sa mission ? Eh bien, il n'en parlerait à personne tant qu'il n'aurait pas fait son rapport au prince. Ce prince bêtement amoureux qui, au lieu de nouer une alliance en prenant une épouse originaire d'Espagne ou des Pays-Bas, avait abandonné toute raison par amour pour une femme qui lui était interdite, tant par les lois de l'Église que par le bon sens...

— Je peux seulement dire que les choses n'auraient pas bien tourné pour moi si ça n'avait pas été le cas, répondit-il avec prudence.

Car Edward avait exigé qu'il obtienne la bénédiction du Pape, malgré sa folie trop stupide pour être pardonnée.

Et Nicholas n'avait jamais supporté les fous – pas même royaux...

Un pavillon de chasse dans la New Forest – Quelques jours plus tard

Après toutes ces années, Anne essayait parfois de courir, comme elle le faisait dans ses rêves. Courir comme l'auraient fait les autres femmes de son âge qui jouaient joyeusement à cache-cache avec leurs enfants.

Mais sa démarche restait maladroite, agrémentée d'un roulis de vieux navire. Même quand elle se contentait de marcher, elle tanguait comme un marin ivre en pleine tempête. Sa béquille, troisième jambe qui compensait vaguement la seconde, inutile, rendait les choses encore plus pénibles. Parfois, elle trébuchait sur son pied abîmé et ne pouvait réprimer une bordée de jurons. Elle tombait, aussi, mais avait appris depuis longtemps à rouler pour amortir ses chutes.

C'était exactement ce qui s'était passé à l'arrivée de l'ambassadeur du roi mais, heureusement, il était trop loin pour la voir ou l'entendre. Grand et fier, il était descendu de selle avec souplesse et avait rejoint le fort d'un pas vif. Tout, dans son aisance, était une insulte pour Anne.

Pauvre stupide Anne… Maintenant encore, elle soupirait après un corps qu'elle n'aurait jamais.

Arrivée devant la chambre de sa maîtresse, elle s'arrêta un instant, prit une profonde inspiration, puis entra sans frapper.

Même ce manque de respect n'avait pas le pouvoir de faire vaciller le sourire perpétuel de Lady Joan. Les nouvelles qu'Anne lui apportait, par contre…

— L'émissaire, milady. Il vient de rentrer.

Le sourire se figea un instant, comme s'il avait été tenu par un fil tendu. Anne et elle échangèrent un regard silencieux.

— Fais-le venir ici d'abord, ordonna finalement la comtesse.

Anne ravala son agacement. Qu'espérait Lady Joan ? Pensait-elle avoir le pouvoir de modifier les nouvelles si elles ne lui convenaient pas ?

— Mais le roi…

— Oui, bien sûr. Le roi voudra lui parler immédiatement, répondit la comtesse avant de se lever. Je dois voir Edward.

Anne soupira. Joan irait trouver son « époux » et, si

les nouvelles étaient mauvaises, elle pourrait au moins tenir une dernière fois sa main en les écoutant.

— Et, Anne...

Elle haussa un sourcil d'un air entendu. Ce n'était pas une question, mais une mise en garde.

— Comme toujours, milady.

Le beau visage se détendit et retrouva sa tranquillité coutumière. Elle prit une profonde inspiration.

— Ce qui doit être sera.

Anne attendit que sa maîtresse soit partie pour lever les yeux au ciel et prier pour garder patience. « Ce qui doit être sera » voulait en général dire : comme Lady Joan le voulait.

Elle suivit sa maîtresse dans le couloir, et toutes deux n'eurent pas besoin de chercher le prince bien longtemps : il était déjà là, comme s'il avait deviné que sa bien-aimée avait besoin de lui. La prenant dans ses bras, il déposa un baiser amoureux sur son front et lui glissa quelques mots à l'oreille sans se soucier des regards de la jeune suivante.

Anne serra les dents, ravalant un éclair de douleur. Pas dans sa jambe, cette fois – cette douleur-là ne s'en allait jamais et la réconfortait presque par sa constance. Ce qu'elle ressentit en cet instant était très différent. C'était la souffrance d'une femme qu'aucun homme ne regarderait jamais comme ça.

Pardonnez mon ingratitude. Prière qu'elle répétait inlassablement chaque jour.

Elle n'avait aucune raison de se plaindre. Sa mère avait assuré son avenir dès qu'elle l'avait pu pour la sauver de la mendicité et de la rue. Grâce à elle, Anne était la suivante d'une femme qui, si tout se passait bien aujourd'hui, monterait un jour sur le trône aux côtés du roi d'Angleterre.

Cependant, Anne regarda sa maîtresse et le prince s'embrasser avec une jalousie qu'elle ne put étouffer. Ce n'était pas qu'elle convoitât Edward de Woodstock. En dépit de son rang, il ne l'attirait pas le moins du monde. Tout ce qu'elle aurait voulu, c'était qu'un homme sourie un jour, empli de joie, en la voyant approcher.

Mais, en dépit de son intelligence, elle était discrète et avait un visage que la plupart des hommes trouvaient quelconque. C'était aussi un avantage : si jamais elle trahissait ses émotions par une grimace involontaire – ce qui arrivait souvent – personne ne s'en rendait compte. Car personne ne la regardait.

D'ailleurs, ni le prince ni la comtesse ne la virent quand ils se mirent en route pour les appartements du roi.

— Milady, voulez-vous que... ?

Sans même prendre la peine de se retourner, Lady Joan secoua la tête et lui fit signe de ne pas les suivre. Anne resta donc seule, debout dans le couloir, à les regarder marcher au-devant de leur destin.

Plus tard, donc. Plus tard, elle saurait si le Pape avait bien changé d'avis et si tout ce qui devait être s'était bien réalisé.

C'était une négociation délicate, importante. Et le messager du roi n'était pas souriant à son arrivée.

Nicholas, d'après ce qu'elle avait compris.

Sir Nicolas Lovayne avait répété son annonce pendant tout le trajet entre le port et la forêt, chevauchant sur sa monture d'emprunt. Il avait largement eu le temps de trouver les bons mots.

C'était tant mieux car, à l'instant même de son arrivée, on l'entraîna dans les appartements privés du roi où l'attendaient le souverain, la reine, le prince Edward et Joan, comtesse de Kent…

Cette fois, il n'avait plus le temps de penser à ce qu'il allait dire.

— Eh bien ? lança le roi en le fixant de ses yeux perçants.

À ses côtés, la reine lui prit nerveusement la main.

Nicholas jeta un rapide coup d'œil au prince et à Lady Joan, dont les vies étaient en jeu.

— Ils ne seront pas excommuniés pour avoir violé les lois matrimoniales de l'Église.

Le Pape avait pourtant toute autorité pour le faire, mais Nicholas et quelques florins d'or bien placés avaient su sauver les âmes des deux amants. Ce n'était pas une mince victoire – et c'était plus qu'ils le méritaient.

Mais c'était le privilège de la royauté. On était récompensé pour un comportement qui aurait suffi à damner un simple mortel.

Et ce n'était que le premier des miracles que Nicholas avait accomplis en Avignon. Celui que le prince attendait le plus était tout autre…

— Serons-nous autorisés à nous marier ? demanda-t-il, aussi impatient qu'un garçon à la veille de son dépucelage.

Pourtant, son « épouse » et lui partageaient déjà le même lit depuis des mois.

— Oui.

Dans le meilleur des cas, le couple aurait eu besoin

de la bénédiction papale avant de s'unir, à cause de leur lien de parenté. Mais ils avaient empiré les choses en se mariant en secret. Puis ils avaient étalé leurs péchés aux pieds de Nicholas pour qu'il se charge de démêler ce sac de nœuds à leur avantage.

— Sa Sainteté accepte d'ignorer votre consanguinité et votre mariage clandestin. Vous pourrez vous unir devant Dieu, à l'église.

Oui, ils avaient l'autorisation de se marier. De vivre ensemble. Et de se partager le trône.

Soulagement. Les visages durs et silencieux s'apaisèrent. Les regards, les épaules se détendirent. Et les langues se délièrent. Quand cela aurait-il lieu ? Vite ?

Nicholas éleva la voix pour inciter tout le monde à la prudence.

— Sa Sainteté exige également que chacun d'entre vous bâtisse une chapelle et s'en fasse le mécène.

Ni le prince ni Lady Joan ne prirent la peine de répondre. Pour eux, ce n'était bien sûr qu'un détail mineur. Au lieu de cela, le prince tendit la main.

— Le document, ordonna-t-il. Donnez-le moi.

— Il sera directement envoyé à l'archevêque de Canterbury qui devrait le recevoir d'ici la Saint-Michel. Jusque-là, vous devrez vivre séparés.

Les deux époux le dévisagèrent comme si c'était lui, et non le Pape, qui leur interdisait de partager le même lit. Comme si ces deux mois de célibat étaient un fardeau insoutenable.

Mais ce n'était pas le pire...

— Il y a aussi autre chose, reprit Nicholas.

Un lourd silence tomba de nouveau sur la salle. Ils attendirent, conscient que leur messager n'avait pas encore accompli sa mission, et que les nouvelles qu'il avait encore à transmettre ne seraient pas agréables à entendre.

— Quoi ?

Ce fut bien sûr le roi qui parla le premier. Seul lui pouvait se permettre de poser toutes les questions qu'il voulait.

— Quoi d'autre ?

— Un message personnel accompagnera le document. Sa Sainteté a souhaité que je vous en fasse part...

Le souverain n'eut qu'un signe à faire pour que les quelques domestiques présents s'éclipsent, laissant Nicholas seul avec la famille royale.

— Parlez.

— Avant de célébrer cette union, Sa Sainteté exige...

Il était temps de prononcer les mots qu'il avait tant répétés dans sa tête.

— Le mariage de Lady Joan avec Salisbury a été annulé.

Le prince fronça les sourcils.

— Oui, il y a des années. C'est de l'histoire ancienne.

Nicholas jeta un rapide coup d'œil à Joan, surpris de voir que son demi-sourire restait inchangé.

— Mais il a été annulé parce que l'on a fait valoir l'existence d'un précédent mariage secret.

— Tout le monde ici connaît mon passé.

Le roi et la reine échangèrent un regard tendu. Tout le monde en Angleterre connaissait son passé. Et cela n'allait pas rendre son union avec le prince plus populaire.

Nicholas serra les dents. Il n'avait pas trouvé de manière diplomatique de transmettre la volonté du Pape.

— Lady Joan, vous avez été mariée à deux hommes et l'un d'eux vit encore, reprit-il en notant une certaine rougeur sur ses pommettes. Sa Sainteté désire qu'une enquête soit menée concernant votre précédente union avant de donner son accord final.

— Pourquoi ? lâcha le prince, clairement aveuglé par son amour pour Joan.

Nicholas fit de son mieux pour dissimuler son irritation croissante.

— Pour s'assurer que tout est en ordre.

Le jeune Edward bondit sur lui, le poing levé. Allait-il le punir pour lui avoir apporté de mauvaises nouvelles ?

— Vous osez suggérer que… ?

Au même instant, le roi s'interposa.

— Ce n'est pas Sir Nicholas qui demande une enquête, coupa-t-il.

Épargné à la dernière minute, Nicholas attendit que le prince croise les bras avant de poursuivre :

— Si je vous transmets ce message avant l'arrivée du courrier du Pape, c'est pour vous laisser le temps de vous préparer.

Le sourire de Joan restait fermement épinglé sur ses lèvres. Elle était si belle que l'on répugnait à se demander ce que cachait son charme.

— C'est uniquement pour que nous puissions nous marier dès l'arrivée du décret papal, dit-elle à son promis. Il fait cela par bonté pour nous. De toute manière, l'affaire sera vite réglée.

C'était certainement ce que le Pape espérait aussi, songea Nicholas. Son autorisation écrite arriverait en moins de deux mois, ce qui laissait à peine le temps de mener une enquête superficielle.

Lady Joan gratifia finalement le messager d'un sourire ravageur.

— L'annulation de mon mariage avec Salisbury a été faite dans les règles, déclara-t-elle tranquillement.

Peu de femmes auraient pris le risque d'un mariage clandestin ; et celle-ci en avait eu deux... Sa première union avec Thomas Holland, vingt et un ans plus tôt, avait fini par être reconnue. Elle avait donc reçu l'autorisation de se libérer de ses devoirs envers Salisbury pour rejoindre Holland.

C'était bien assez pour perturber le légiste le plus chevronné...

— Sa Sainteté ne s'intéresse pas à *ce* mariage, répondit Nicholas en redoutant les réactions.

Toute la famille royale le dévisagea comme s'il avait soudain parlé en grec ancien.

— Que voulez-vous dire ?

Cette fois, la voix de Joan trahit une pointe de tension qu'elle avait camouflée jusqu'à présent.

De toute évidence, elle non plus n'avait pas encore compris la teneur du message.

— Il ne se contentera pas de constater l'annulation. Il veut également confirmer la légitimité de votre union secrète avec Holland.

Lady Joan le dévisagea d'un air à la fois surpris et offusqué. Voilà bien la réaction d'une femme qui n'avait pas l'habitude qu'on doute de sa parole, même pour prouver quelque chose d'aussi simple : un mariage béni par un précédent Pape.

— Je ne comprends pas. Le Pape, et tous ses gens... Il a fallu des années de lutte, mais tous ont été satisfaits.

Comment peut-on remettre les faits en question maintenant ?

— Je suis sûr que ce n'est qu'une formalité, intervint le roi, qui était presque aussi doué pour la diplomatie que pour la guerre. L'archevêque rassemblera un conseil d'évêques pour examiner les documents. Cela ne prendra pas longtemps.

— L'archevêque a plus de soixante-dix ans ! lança le prince. Je doute qu'il soit capable de retrouver ces documents, et encore moins de les lire !

— Dans ce cas, suggéra Nicholas, peut-être pourra-t-il interroger les personnes concernées.

Pour la première fois, Joan pinça les lèvres et de petites rides se dessinèrent sur son visage, comme des rayons de soleil pâle. Elle avait plus de trente ans, déjà, après tout.

— Mon époux est mort. Il ne reste personne à interroger à part moi.

Pas de témoins, bien sûr. C'était la définition même du mariage clandestin : les fiancés prononçaient leurs vœux loin des oreilles indiscrètes. Mais il y avait forcément un autre moyen. Il y avait toujours d'autres moyens.

— Quelqu'un se rappelle peut-être vous avoir vus ensemble, à l'époque.

Peut-être qu'on pourrait trouver une personne capable de jurer qu'elle les avait surpris en train de s'embrasser, par exemple.

Il jeta un regard furtif à la reine. À quoi pensait-elle ? Lady Joan faisait partie de ses jeunes suivantes, en ce temps-là. Elle avait presque été comme une fille pour elle. C'était une situation délicate, mais elles y avaient déjà été confrontées une fois. Sans doute la reine pourrait-elle répondre à toutes les questions.

Heureusement pour Nicholas, cela ne le concernait pas. Il avait transmis son message. Dans une semaine, il serait en route pour la France, sans autre responsabilité que sa propre survie.

— Je ne comprends pas, répéta Lady Joan en regardant le prince comme si elle attendait qu'il la sauve. Quel peut bien être le but de tout ceci ?

La reine Philippa se pencha alors pour lui tapoter doucement la main.

— Nous ne pouvons pas nous permettre le moindre doute, dit-elle avec douceur.

La comtesse eut soudain une moue boudeuse et enfantine. Si naïve.

— De doute sur quoi ? gémit-elle.

L'amour rendait donc tout le monde aussi stupide ? Nicholas avait bien raison de s'en préserver !

La reine regarda d'abord son époux, puis Lady Joan.

— À propos des enfants, bien sûr.

En effet, il fallait être certain que le prince et sa promise soient bien mariés aux yeux de Dieu pour que leurs enfants soient considérés légitimes et au-dessus de tout soupçon. Il en allait du trône d'Angleterre. Du moins, si une femme qui avait largement passé la trentaine était encore capable d'avoir des enfants.

Lady Joan rougit une seconde fois et fronça le nez d'un air hautain.

— Je vois. Bien sûr.

Le prince prit son autre main et la passa à son bras. Comment ce guerrier endurci pouvait-il sourire ainsi, avec des airs de petit garçon niais, à chaque fois qu'il regardait cette femme ?

— Nicholas mènera l'enquête lui-même.

Non ! Il en avait assez de porter les fardeaux des autres.

Il venait d'accomplir son dernier miracle et, à présent, il n'attendait plus qu'une chose : redevenir un combattant dont le seul devoir était de survivre. Pas faire apparaître à la demande des chevaux, du vin ou des décrets pontificaux.

— Votre Grâce m'avait promis qu'il n'y aurait plus de...

Mais le regard de glace du roi étouffa ses protestations.

— Tant qu'ils ne seront pas mariés, votre tâche n'est pas accomplie.

Nicholas ravala sa colère et acquiesça sèchement. Le souverain avait-il réellement espéré qu'il réussisse ? Après tout, il y avait d'autres femmes, d'autres alliances qui auraient mieux servi l'Angleterre.

— Bien sûr, Votre Grâce.

Quelques semaines encore. Tout cela parce qu'un clerc du Pape voulait obtenir quelques pièces d'or supplémentaires.

— Je partirai demain pour Canterbury et j'irai parler à l'archevêque.

Le prince le dévisagea gravement, sans le moindre sourire, cette fois.

— Je viens avec vous, dit-il.

2

En temps normal, Lady Joan avait l'habitude de traverser les pièces comme si elle flottait, pour s'asseoir dans un fauteuil aussi légèrement qu'un oiseau qui se pose sur la branche.

Mais pas aujourd'hui. Les nouvelles du Pape n'avaient-elles pas été bonnes ?

— Quelque chose ne va pas, milady ? demanda Anne avant de regretter sa franchise.

La comtesse se mettait rarement en colère. Et, quand c'était le cas, Anne savait l'apaiser à grand renfort d'eau parfumée pour ses mains et ses tempes, de feu crépitant en hiver ou de bijoux distrayants jusqu'à la rendre heureuse. Quand tout cela ne fonctionnait pas, elle appelait Robert le Fou pour qu'il vienne jongler et la fasse rire par ses acrobaties. Parfois, quand ils étaient propres et de bonne humeur, elle faisait même venir les enfants de Lady Joan pour lui faire oublier ses contrariétés.

D'habitude, sa maîtresse dissimulait toutes ses émotions sous un sourire, un regard adorateur porté sur l'homme qu'elle avait en face d'elle. Mais aujourd'hui...

Anne reposa son ouvrage en voyant Lady Joan faire les

cent pas comme un cheval nerveux. Puis elle se souvint du visage sombre de l'ambassadeur. Les nouvelles avaient dû être bien mauvaises, en effet.

— Quelle décision le Pape a-t-il prise ? Vous a-t-on autorisée à… ?

— Oui, oui. Mais ils veulent d'abord mener une enquête sur mon mariage secret.

Soulagée, Anne reprit son aiguille. N'était-ce pas, après tout, la raison pour laquelle on l'avait tirée du lit en pleine nuit ?

— J'en ai été témoin, milady. Et je le leur dirai.

Les grands yeux bleus de sa maîtresse vinrent se poser sur elle.

— Pas celui-là.

La main d'Anne se figea au-dessus du tissu. Elle sentit sa gorge se nouer.

— Quoi ? Dans quel but ? Vous n'avez pourtant pas d'ennemis…

Lady Joan éclata de rire – ce rire qui savait tant captiver les foules.

— Même nos amis ont du mal à accepter que le prince épouse une veuve anglaise déjà mère et qui a presque passé l'âge de procréer. Ils nous croient fous, tous les deux.

Oui, ils étaient fous ! Mais Anne avait toujours connu sa maîtresse folle d'amour, ou à cause de l'amour. C'était un privilège dont la plupart des femmes de son rang ne pouvaient rêver ; pourtant, Lady Joan ne s'en privait pas. Elle descendait d'une lignée royale. Elle n'avait jamais connu la privation. En quoi l'amour aurait-il dû être différent du reste, à ses yeux ?

Anne ravala son amertume et se concentra sur ses

points pour les rendre réguliers, comme sa maîtresse les aimait.

— Mais nous ne pouvions pas attendre, reprit Joan, presque pour elle-même. Tu sais que nous ne pouvions pas attendre.

— Bien sûr, répondit Anne par habitude, sans vraiment savoir de quel mariage Lady Joan parlait.

De toute manière, sa maîtresse ne supportait jamais d'attendre.

— La peste nous entoure de tous côtés. Elle peut nous atteindre n'importe quand. Nous voulions...

Ah oui. Elle parlait donc d'Edward.

Cette fois, la peste avait surtout frappé les hommes et les enfants. Même le plus vieil ami du roi avait été emporté. Le prince, ou n'importe qui à la Cour pouvait être retrouvé mort le lendemain.

Cette angoisse la figea sur sa chaise. Depuis sa naissance, Anne avait besoin de toutes ses forces, juste pour survivre.

— Est-ce que tu crois que nous sommes fous, Anne ?

Cette fois, Joan avait perdu son ton autoritaire. Elle paraissait inquiète, au contraire, comme si elle espérait qu'Anne réponde non.

En fait, elle avait la même voix que dans sa jeunesse. L'espace d'un instant, la femme de sang royal, née pour commander, disparut pour laisser la place à la femme amoureuse qui avait désespérément besoin qu'on la rassure et qu'on lui promette que les miracles étaient possibles.

Joan avait d'ailleurs la même expression, à l'époque. Ses yeux bleus étaient écarquillés, ses boucles blondes dansaient autour de son visage, et elle avait cette moue suppliante, comme si une seule personne au monde comptait pour elle.

Comment répondre à présent ? Joan était folle. Elle passait sa vie à jouer avec les lois de Dieu et des hommes comme si elle en avait le droit. Soudain, Anne regretta de ne pas pouvoir faire de même.

Hélas, on n'offrait pas ce genre de liberté à une infirme.

— Ce n'est pas à moi de juger, milady.

Joan se leva soudain et prit la main d'Anne, comme quand elles étaient encore jeunes filles.

— Mais je veux que tu te réjouisses avec moi, insista-t-elle. Avec nous.

Oh oui… C'était bien Joan. Elle savait toujours transformer les gens en poupées de chiffons pour jouer à son aise. Anne soupira donc et la prit dans ses bras. Elle lui dit qu'elle était heureuse, que tout se passerait bien. Comme les autres, elle était incapable de résister au charme de sa maîtresse. C'était son don : s'attirer l'amour des gens comme l'océan attire à lui les rivières.

— C'est réglé, alors, reprit Joan en retrouvant le sourire. Ce qui doit être sera.

— Bien sûr, milady.

Trois mots récités par cœur. Une réponse aussi artificielle que la devise de la comtesse.

Mais Lady Joan n'en avait pas terminé.

— Est-ce que tu l'as vu ? L'ambassadeur du roi. Sir Nicholas ?

Le cœur d'Anne se mit à tambouriner à ce souvenir.

— De loin…

— Lui ne t'a donc pas vue.

Elle secoua la tête, heureuse que le destin lui ait épargné l'humiliation de trébucher devant lui.

— Tant mieux. Voici ce que tu vas faire pour moi.

Anne reposa de nouveau son ouvrage et écouta.

La vie qu'elle menait était bien sûr un honneur. Nombreuses étaient les femmes qui devaient envier sa position à la Cour, entourée par tout le luxe imaginable. Et pourtant, parfois, elle avait presque l'impression d'être enfermée dans un donjon : jamais on ne l'autoriserait à quitter le service de sa maîtresse.

Elle en savait beaucoup trop.

Nicholas se tenait dans une alcôve, sur le côté de la grande salle du plus vaste des quatre pavillons de chasse du roi. Il regardait Edward et Joan célébrer leur amour comme s'ils étaient déjà unis aux yeux de Dieu et de l'église.

Pendant toute la soirée, des hommes étaient venus le voir pour lui donner de grandes tapes sur l'épaule comme si la bataille était terminée. Comme s'il avait remporté une immense victoire.

Mais ce n'était pas le cas. Pas encore.

Le vin qu'il buvait ne l'aida pas à avaler l'amère vérité – même si Edward et Joan, eux, n'avaient clairement pas de mal à l'ignorer. Cependant, le message du Pape avait été uniquement adressé à la famille royale, et ce n'était pas à Nicholas de le rendre public. Il ne s'agissait que d'une formalité. Quelques semaines de plus de dérangement avant qu'on lui rende sa liberté.

Il embrassa la salle du regard, pressé de pouvoir partir. Le traité avec la France datait déjà d'un an, mais Nicholas avait passé très peu de temps en Angleterre depuis. Le roi Edward gardait les fils du roi de France en otage, et Nicholas avait fait partie des hommes chargés de transporter troupes et or entre les deux pays.

À présent, au lieu de se battre contre les Français, Edward, aussi chevaleresque qu'Arthur lui-même, traitait les captifs comme des hôtes de marque, et non comme des prisonniers de guerre. Il avait même emporté certains de ces otages dans la forêt avec lui pour les protéger de la peste.

Après tout, un otage vivant pouvait rapporter une petite fortune. Mort, il ne valait plus rien. Et le propre prisonnier français de Nicholas, bien gardé dans une geôle londonienne, lui rapporterait aussi son pesant d'or.

Un jour.

Dans la grande salle, le roi avait donné le départ des danses et quelques prisonniers français s'étaient élancés au milieu des autres, s'amusant à charmer la princesse Isabelle qui avait presque l'âge du prince et qui, comme lui, n'était toujours pas mariée. C'était étrange qu'un sage souverain comme Edward n'ait jamais cherché à trouver de bons partis pour ses aînés. N'ayant jamais été utilisés pour nouer des alliances et habitués pendant trop longtemps à vivre comme ils l'entendaient, le frère et la sœur avaient développé des caractères indomptables – et ils avaient tous les deux un penchant pour les sottises.

Soudain, quelqu'un le percuta, assez fort pour renverser un peu de son vin sur sa dernière tunique propre. Il se retourna vivement, prêt à invectiver le maladroit.

Mais il se retrouva face à une femme.

Enfin, il ne la vit pas exactement. La première chose qu'il aperçut fut sa chevelure qui caressait sa main.

Une cascade rousse et soyeuse qui dégageait un discret parfum d'épices.

Un soudain accès de désir monta en lui, incontrôlable. Il avait passé tant de temps sans partager la couche d'une amante – sans même y penser...

L'inconnue venait de tomber. Nicholas ravala son agacement et tendit la main pour l'aider à se relever.

— Faites attention, dit-il.

Elle leva ses grands yeux sur lui avant de baisser précipitamment la tête.

— Veuillez me pardonner.

Des paroles humbles. Mais une voix qui les démentait.

Elle le dévisagea de nouveau, et il vit tout de suite au fond de ses yeux qu'elle avait l'habitude de servir les riches. Il connaissait bien ce sentiment. À qui était-elle donc attachée ?

— Je suis désolée, reprit-elle simplement, comme si elle était habituée à prononcer ces paroles à tort et à travers. Il n'y a personne dans cette alcôve d'habitude, et j'y viens souvent pour être au calme.

— C'est à moi de m'excuser, j'ai parlé trop vite.

La vie à la Cour exigeait un délicat mélange de force et de courtoisie, bien différent de ce que demandaient la guerre et la diplomatie.

Nicholas prit la main de la jeune femme pour la remettre sur pied, ignorant la flamme qui envahissait sa paume. Il s'attendait à ce qu'elle le lâche rapidement.

Elle n'en fit rien.

Ses doigts restèrent serrés sur son poignet. Cela n'avait rien à voir avec une tentative de séduction. Craignait-elle de tomber de nouveau sans son soutien ?

— Pouvez-vous tenir debout, maintenant ? demanda-t-il, pressé de récupérer sa main.

Elle l'examina une fois de plus, sans détourner le regard, cette fois.

— Oui, si vous me donnez mon bâton.

Il la vit trop tard : une béquille traînait par terre.

Avant de pouvoir s'en empêcher, il baissa les yeux sur la jupe de l'inconnue. Se reprenant bien vite, il redressa la tête.

La jeune femme le regardait avec froideur, comme s'il n'était pas le premier curieux qui cherchait à apercevoir son défaut.

— Ce n'est qu'un pied un peu faible. Rien d'impressionnant.

Nicholas n'essaya même pas de nier sa maladresse.

— Appuyez-vous au mur, dit-il. Je vais chercher votre bâton.

Elle obéit et il se pencha, étrangement déséquilibré, comme s'il allait s'écrouler à son tour. Son mouvement l'obligea à approcher le visage bien trop près de la jupe de l'inconnue, et il se surprit à se demander ce qui se cachait dessous. Pas le pied dont elle avait parlé, mais les parties plus intimes de son corps...

Le cœur battant, il se redressa d'un coup et lui tendit la béquille au bois lissé par l'usure. Il resta aussi loin d'elle que possible, craignant de trahir son émotion s'il s'approchait.

Elle prit son bâton, le cala sous son bras et essuya de sa main libre la tache de vin sur sa tunique.

— Je la ferai laver, si vous voulez.

Nicholas prit ses doigts et l'écarta brutalement de lui.

— Inutile.

En un éclair, il eut honte de sa réaction. Elle allait penser qu'il la repoussait à cause de sa jambe.

Rien à voir. C'était parce que le simple contact de sa main avait allumé un incendie en lui.

— Pardonnez mes mauvaises manières, lâcha-t-il.

Il avait passé beaucoup trop de temps à la guerre et pas assez en compagnie des femmes.

Elle eut un petit rire, dénué de joie mais qui résonna tout de même en lui avec la puissance résonnante d'une cloche.

Une cloche qui ne l'aurait pas appelé à l'église... À des plaisirs plus terrestres, au contraire.

Quand son rire s'éteignit, elle sourit.

— Je ne suis pas habituée à la chevalerie, vous savez.

Il la contempla un instant, surpris. Certes, elle n'aurait pas attiré tous les regards dans la grande salle. Ses cheveux ressemblaient à une étoffe délavée, roux mais sans flamboiement ni reflets. Son visage était plutôt quelconque, à l'exception de ses yeux. Immenses, lumineux et francs, ils dévoraient ses traits, prenaient toute la place. De quelle couleur étaient-ils ? Bleus ? Gris ?

— Et de quoi avez-vous l'habitude ? demanda-t-il.

Ce n'était pas une servante. Elle était trop bien habillée et, en dépit de sa première impression, n'avait pas le maintien timide et discret des domestiques.

— Je suis Anne de Stamford, suivante de la comtesse de Kent.

La comtesse de Kent. Ou bien, comme elle serait bientôt appelée, la princesse de Galles. La femme dont les indiscrétions venaient de l'entraîner dans un voyage à Avignon et retour...

— Je suis Sir Nicholas Lovayne, dit-il, bien qu'elle n'eût pas la politesse de lui demander son nom.

— L'émissaire du roi auprès du Pape, acheva-t-elle à sa place. Je sais.

Il s'écarta un peu plus, mal à l'aise. Sa mission n'avait jamais été un secret, mais cette femme semblait en savoir plus que les courtisans qui avaient passé la soirée à le féliciter de son succès.

Qu'est-ce que Lady Joan lui avait dit ?

— Dans ce cas, vous savez aussi que le temps des réjouissances est venu, dit-il avec prudence.

Elle examina l'assemblée du regard, sans le sourire qu'il s'était attendu à voir.

— Pas tant qu'ils ne seront pas réellement mariés. Là, nous nous réjouirons.

Nous. Comme si sa maîtresse et elle n'étaient qu'une personne. Elles étaient donc très proches, toutes les deux.

Pourquoi Lady Joan l'avait-elle choisie pour confidente ? Même sans compter son invalidité, cette Anne était parfaitement invisible. Peut-être était-ce la raison. Peut-être la comtesse voulait-elle s'entourer de personnes qui n'éclipseraient jamais sa beauté.

Si c'était le cas, elle avait bien choisi...

— Dans ce cas, répondit-il, prions pour pouvoir nous réjouir au plus tôt.

Une fois le mariage officialisé, il pourrait enfin se consacrer à la vie simple qu'il désirait.

— Cela dépend de vous, non ?

Oh oui, elles étaient proches si Joan lui avait aussi confié cela.

Il ravala sa dernière gorgée de vin. Inutile de lui rappeler la mission qui l'attendait encore. Quelle perte de temps ! Fouiller une seconde fois dans une affaire qui avait été close par le clergé tant d'années auparavant...

— Cela dépend surtout de la rapidité de l'archevêque à localiser un document vieux d'une douzaine d'années.

— Et c'est tout ce que vous avez à faire ?

Nicholas l'espérait en tout cas.

— Sa Sainteté ne peut en demander plus. À moins qu'il ne tienne à causer du tort au roi.

— Ce document sera-t-il difficile à trouver ?

Tant de questions... Il jeta un rapide coup d'œil à la table, de l'autre côté de la salle. Ses réponses seraient certainement répétées à la comtesse avant la fin de la soirée.

— Non, dit-il donc.

— Nous sommes simplement tous...

Court silence rempli d'espoir.

— Pressés de voir cette histoire se terminer.

— Moi aussi, confirma Nicholas.

Il avait un peu l'impression d'être ce héros grec. Hercule. Quand une tâche s'achevait, une autre commençait. Mais n'avait-il pas déjà accompli ses douze travaux ?

Ils échangèrent un petit sourire, comme deux vieux amis.

— Ce n'est qu'une question de semaines, reprit-il pour la rassurer. Même moins, si je le peux.

— Vous paraissez aussi pressé que moi de voir ce mariage célébré. Qu'est-ce qui vous attend, quand ce sera fait ?

Rien. Et c'était justement cette liberté qui l'attirait.

— Je repartirai sur le continent.

— Une autre mission pour le prince ?

Il fit non de la tête. Il en avait assez des missions et des obligations.

— Pas cette fois. Cette fois, ce sera pour moi seul.

Une affirmation audacieuse, songea-t-il en contemplant son verre vide.

— À présent, je vous laisse au calme que vous êtes venue chercher.

— Ne partez pas à cause de moi. De toute manière, la comtesse doit se demander où je suis, répondit Anne en s'écartant, lourdement appuyée sur sa béquille.

— Avez-vous besoin d'aide ?

Il eut un geste vague dans sa direction. Comment aidait-on une estropiée ?

Elle lui lança un sourire froid.

— Je fais cela tous les jours.

Peut-être, mais en la voyant s'éloigner, Nicholas pinça les lèvres, troublé. Chaque jour, chaque pas, dans la douleur.

Nous sommes tous pressés... Oh oui. Le prince et Lady Joan n'étaient pas les seuls à attendre une résolution rapide. Anne de Stamford aussi, pensa-t-il en la regardant marcher de son pas inégal et maladroit.

Pourquoi donc s'intéressait-elle tant à ces choses ?

Anne retourna sur l'estrade, puis attendit que Lady Joan puisse s'éloigner de la table et lui parler discrètement.

— Alors ?

Sous le sourire de sa maîtresse, elle décela une pointe d'inquiétude.

— Qu'a-t-il dit ?

Anne la rassura d'un hochement de tête.

— Il ne se doute de rien.

Avec le temps, elle était devenue sensible à ce genre de choses. Des haussements d'épaules, des changements de ton... Cette clairvoyance compensait ses nombreuses faiblesses.

— La seule chose qui lui importe vraiment est d'accomplir sa mission au plus vite. Il pense que le Pape cherche juste à créer un dernier obstacle avant de donner sa bénédiction.

— Oui, bien sûr. C'est évident. Il n'a aucun soupçon.

La comtesse parut respirer plus librement.

— Ce qui doit être sera. Maintenant que nous sommes rassurées, tu ferais mieux d'éviter Sir Nicholas.

Anne le savait déjà. Elle devait le fuir pour tant d'autres raisons... Mais son ingratitude obstinée et coupable s'embrasa de nouveau. Elle était envahie par la même colère sourde quand sa maîtresse lui donnait des ordres comme à un chien ou un cheval.

Non. Elle devait être reconnaissante. Elle acquiesça donc sans un mot.

Puis, elle jeta un regard discret à Sir Nicholas. Il se tenait droit, grand et séduisant, avec ses yeux de rapace qui semblaient tout voir.

Et il pouvait bouger... Oui, il pouvait bouger comme bon lui semblait. Il pouvait retourner en France sans raison, aussi facilement qu'il aurait traversé un couloir.

Elle avait déjà appris à étouffer sa jalousie en voyant les autres femmes danser et virevolter, ou les hommes marcher d'un pas vif sans s'arrêter. Mais, quand cet inconnu lui prenait la main, ce n'était plus la jalousie qui l'envahissait.

C'était quelque chose de pire encore. L'attirance.

Elle se détourna. Peut-être n'était-ce pas à cause de cet homme mais de tout ce qui les entourait. Le mariage. Ce désir perpétuel qui unissait Joan et Edward, comme si chacun avait besoin de l'autre pour vivre…

Jamais Anne ne connaîtrait cela. Aussi ne s'était-elle jamais autorisée à le vouloir. Elle n'avait jamais laissé ses yeux s'attarder sur la silhouette d'un homme pour penser à lui de cette manière. Si jamais elle avait un jour la chance de se marier, ce serait parce qu'un homme aurait eu pitié d'elle et aurait accepté le fardeau de son handicap en échange de son don pour la couture et de son esprit posé. Si une telle chose arrivait, elle n'aurait bien sûr d'autre choix qu'être bassement reconnaissante, encore.

Ses regards se tournèrent de nouveau vers Sir Nicholas. Non, elle n'avait pas besoin d'un ordre pour éviter cet homme. Il lui rappelait en permanence ce qui ne serait jamais sien.

3

Le lendemain, avant l'aube, Nicholas était déjà en selle et recalculait une dernière fois la distance qui le séparait de Canterbury. Son écuyer, Eustace, était arrivé tard, la veille, avec son cheval malade. Tout était empaqueté et prêt. L'étalon qu'il chevauchait piaffait, aussi impatient que lui.

Quelques premiers rayons de soleil passaient entre les branches.

Mais Edward n'était pas là.

Il se contenta d'envoyer un page porter un message à Nicholas. La peste, ce fléau meurtrier, ravageait toujours le pays. Le roi avait apparemment interdit le voyage prévu jusqu'à ce qu'un éclaireur ait pu faire l'aller-retour pour l'assurer que son fils et héritier puisse prendre la route sans danger…

Nicholas ravala son exaspération et mit pied à terre. Il confia sa monture à l'un des écuyers. Les hommes avaient des peurs bien étranges ! Les Edward, père et fils, n'avaient jamais hésité à affronter la mort sur les champs de bataille, mais le roi devenait soudain craintif parce que la maladie avait emporté l'un de ses amis de jeunesse. Il se cachait à présent dans une forêt, comme si cela suffirait à dissimuler sa famille aux yeux de la destinée.

Nicholas, lui, refusait de fuir devant la mort.

Elle le rattraperait toujours, comme tout le monde. Il avait survécu à la guerre en France, mais les combats n'étaient jamais terminés. Il y aurait d'autres batailles. En Italie ou même en Terre sainte.

Privé de son voyage, il se mit à aboyer après tous ceux qui l'approchaient comme un limier affamé privé de son os. Incapable de tenir en place, il quitta le pavillon de chasse, trop petit pour offrir le moindre confort à la Cour, et entreprit de se promener seul. Il tira trois balles de tissu de sa sacoche et jongla, juste pour s'occuper les mains, calculant et recalculant les milles qui le séparaient de Canterbury.

Concentré sur ce qu'il faisait, il manqua de trébucher sur Anne, assise sur un petit banc dans le soleil matinal.

Son ouvrage de couture tomba par terre. Elle se pencha, mais Nicholas fut plus rapide et le ramassa dans la poussière.

L'époussetant rapidement, il le lui rendit.

— On dirait que ramasser ce que vous faites tomber devient une habitude, chez moi !

À peine eût-il parlé qu'il s'aperçut de la maladresse de sa remarque.

Elle reprit son ouvrage sans toucher ses doigts. Son visage restait de marbre.

— Merci, dit-elle sans la moindre sincérité.

Comme sa broderie avait repris sa place sur ses genoux, elle se remit au travail avec une vitesse surprenante, sans prêter attention à Nicholas. Elle créait une véritable œuvre d'art, songea-t-il, même s'il était mal placé pour juger de ces choses-là. Les fils d'argent ressortaient sur le tissu noir. Il reconnut soudain l'écusson du prince.

Glissant ses balles de jonglage dans sa sacoche, il s'approcha.

— Vous préparez la célébration ?

Elle ne leva pas les yeux.

— N'en parlez pas au prince. Lady Joan veut le lui offrir en cadeau de mariage.

— Je sais être discret.

Alors même qu'il parlait, il se rendit compte qu'il ne l'avait pas vraiment été avec elle, la veille.

— J'en suis heureuse, dit-elle, toujours penchée sur son aiguille. Ce qui doit être sera.

Quelles paroles étranges...

— Et qu'est-ce qui doit être ?

Anne laissa de nouveau échapper un petit rire. Inattendu. Comme si toute la beauté et la grâce dont son corps était privé s'étaient logées dans sa gorge.

— Tout se passera comme Dieu ou ma maîtresse le désirent, expliqua-t-elle.

C'était toute la vie de Nicholas en quelques mots. Tout devait toujours se passer comme le prince et le roi le voulaient. Faire apparaître des chevaux à Calais. Faire remonter du vin le long de la Seine. Transporter des documents à Avignon. Toujours envisager une solution de repli. Toujours avoir un chemin alternatif prêt.

Plus jamais Nicholas ne voulait se plier aux désirs des autres.

— Et les souhaits de Dieu s'accordent-ils à ceux de la comtesse ?

Un petit sourire dansa sur les lèvres d'Anne.

— Grâce au Pape et à Sir Nicholas Lovayne, oui.

Il ne put s'empêcher de sourire à son tour. Oui, il avait hâte d'être libéré de toutes ces exigences mais, tant qu'elles lui étaient adressées, il y répondrait. Y compris pour cette dernière lubie.

— Alors, pouvons-nous nous attendre à une cérémonie de mariage grandiose à Canterbury ?

Anne secoua la tête et se replongea dans son ouvrage.

— Lady Joan veut que cela soit fait le plus tôt possible.

— Sans luxe ? Sans fantaisie ?

Sans la moindre célébration du travail qu'il allait accomplir ?

— La comtesse est de sang royal et elle épouse le futur roi. Le pays n'a pas connu de tel mariage depuis...

Depuis quand ? Bien avant sa naissance.

Anne lui jeta un rapide coup d'œil en coin.

— La cérémonie sera à la hauteur de leur statut, oui. Mais Lady Joan épouse l'homme qu'elle veut, après tout.

— Qu'elle veut ?

Curieux choix de terme, urgent et bassement physique. Pas l'homme qu'elle « aime », ou dont elle « a besoin ». Un terme qui réveillait trop l'image d'un sexe dressé et de cuisses ouvertes... Et qui rappelait désagréablement à Nicholas ce qu'il ressentait pour la femme assise devant lui.

— J'aurais convaincu le Pape de faire ployer les lois divines pour qu'elle ait ce qu'elle veut ?

Il n'aurait pas dû dire ça, et le regard éberlué d'Anne le lui fit bien comprendre.

— On vous a envoyé là-bas, répondit-elle avec la patience d'un parent qui éduque un enfant boudeur, parce que vous pouviez accomplir cette mission. Vous devriez vous montrer plus humble et plus reconnaissant qu'on vous ait fait confiance à ce point.

— Reconnaissant ?

Non, il n'était pas reconnaissant. Au contraire, il avait cédé au plus grave des sept péchés capitaux : l'orgueil.

— J'espère simplement que cela en vaudra la peine.

— Pour vous ?

Décidément, cette femme ne mâchait pas ses mots. Et sa froideur parvint à étouffer un instant son désir pour elle. En dépit des leçons qu'elle tentait de lui donner, elle ne semblait pas plus humble ou plus reconnaissante que lui.

Il s'éclaircit la voix, le temps de retrouver son calme.

— Pour moi, cela en vaut déjà la peine, répondit-il.

Au-delà, même. Ce mariage marquerait le début de sa liberté.

— Je parlais d'eux...

Le simple prix des chapelles qu'ils allaient devoir bâtir dépassait tous les trésors que Nicholas pouvait espérer voir dans sa vie entière.

L'aiguille d'Anne resta un instant en suspens. Elle plongea son regard dans le vide, comme si elle avait oublié sa présence.

— Être capable de regarder une autre personne ainsi... ?

— Comme si la nuit n'arriverait jamais trop tôt ?

C'était une remarque plus qu'imprudente mais, dans quelques semaines, il ne serait plus attaché au service du prince et pourrait dire ce qu'il voudrait.

Anne secoua de nouveau la tête.

— Ce n'est pas que du désir, dit-elle.

En effet, c'était de la folie !

— Le prince est...

Tous les mots qui vinrent à l'esprit de Nicholas prenaient des airs d'insultes. Le prince agissait comme un homme ensorcelé. Le père de Nicholas aussi avait ce regard quand il avait épousé sa seconde femme. Ensorcelé et aveugle à ce qu'elle était vraiment.

Anne le dévisagea comme si elle comprenait ce qu'il voulait dire, même à demi-mot.

— Béat. Il est béat. Et elle aussi.

Nicholas soupira. La béatitude ne durerait pas – celle de son père s'était éteinte bien vite, en tout cas.

— Je n'ai jamais vu le prince ainsi. D'un autre côté, il n'a encore jamais été marié.

Anne le fixait toujours de ses grands yeux. De quelle couleur étaient-ils ?

— Mais elle oui. C'est ce que vous voulez dire ?

Était-elle donc capable de lire les pensées qu'il cachait si facilement aux autres ?

Cette femme gardait-elle son franc-parler avec la comtesse ? Si c'était le cas, elle n'était sans doute pas la plus agréable des suivantes.

— Êtes-vous récemment entrée à son service ?

Avec ses manières brusques, elle n'y resterait certainement pas...

— Non. Je suis auprès d'elle depuis très longtemps.

Avait-elle donc connu tous ses mariages, secrets et officiels ? Elle pourrait peut-être lui éviter un voyage à Canterbury.

— Étiez-vous là quand elle a épousé Thomas Holland ?

La jeune femme eut un petit sursaut et se piqua un doigt qu'elle porta immédiatement à sa bouche. Nicholas se laissa aller à contempler ses lèvres bien plus longtemps qu'il l'aurait dû. De nouveau, il pensait au désir, aux besoins...

— Vous avez raison, dit-elle finalement en regardant l'écusson du prince qu'elle avait de nouveau lâché. On dirait que je ne peux m'empêcher de faire tomber des choses à vos pieds. Pourriez-vous le ramasser pour moi, s'il vous plaît ?

Il était toujours incapable de se détacher de ses lèvres. Elles étaient fines, certes, mais bien dessinées. Comme une excuse du Créateur pour lui faire oublier ce qu'il avait fait à sa jambe.

Quand il parvint enfin à se détourner, il ramassa la broderie une seconde fois, ravi d'avoir une excuse pour baisser les yeux et prendre quelques instants pour mettre de l'ordre dans ses pensées.

— Vous jonglez, Sir Nicholas ?

Il n'était pas certain qu'elle l'ait remarqué.

— Ce n'est que pour me distraire.

En déposant l'ouvrage dans sa main tendue, il se souvint enfin de sa question. Avait-elle essayé de la lui faire oublier ?

— Son mariage avec Holland. Vous étiez là ?

— Oui, bien sûr. C'était une fête grandiose.

— Je parlais du premier.

Cette fois, ce fut Anne qui se détourna.

— Le premier ? Son mariage avec Salisbury, vous voulez dire ?

— Non, son premier mariage avec Holland. Le mariage secret, insista Nicholas.

Les belles lèvres fines se pincèrent.

— Je n'avais que quatre ans. Et ils n'ont pas convié une fillette à leur échange de vœux clandestin.

Nicholas tenta de l'imaginer à quatre ans et sourit. Elle ne se dérida pas.

— À présent, comme vous me l'avez rappelé, j'ai des devoirs à accomplir, moi aussi.

Elle rangea sa broderie dans un sac et attrapa sa béquille.

— Attendez...

Il tendit la main pour l'aider, sans savoir pourquoi. Quelque part, il lui en voulait un peu de le mettre si mal à l'aise.

Elle repoussa son offre d'un regard glacial.

— J'ai vécu vingt-cinq ans sans votre aide. Je n'en ai pas besoin aujourd'hui.

Nicholas serra les dents et s'écarta.

— Dans ce cas, je ne vous la proposerai plus.

Il la regarda s'éloigner maladroitement, à la fois en colère et coupable de penser du mal d'elle alors qu'elle n'aurait dû lui inspirer que de la pitié.

Pourtant, il n'avait pas une seule fois eu pitié d'elle depuis leur rencontre. Elle assumait son invalidité avec la même fierté qu'un chevalier afficherait ses cicatrices de bataille.

Non, ce qu'il ressentait pour elle était bien plus surprenant.

Du désir.

Le moment était venu de se ressaisir ! Cela faisait trop longtemps qu'il n'avait pas eu de maîtresse. Quand il partirait enfin pour Canterbury, il ferait un détour par Grape Lane et trouverait une femme. Blonde. Aux hanches voluptueuses et aux yeux bleus. Qui ne passerait pas son temps à lui lancer des remarques acerbes.

Anne avait presque atteint le pavillon de son pas inégal. C'était décidément étrange que Lady Joan ait choisi cette femme comme demoiselle de compagnie – et pas juste à cause de son franc-parler. En général, les personnes comme Anne étaient rejetées, ou gardées discrètement à l'abri des regards. Elle, par contre, semblait très proche de sa maîtresse. Elle ne pouvait peut-être pas accomplir de nombreuses tâches, mais elle semblait en charge d'autres servantes capables de le faire à sa place.

Quoi qu'il en soit, Nicholas n'était pas là pour s'interroger sur une suivante royale. Il avait pour mission d'assurer le mariage du prince avec la femme qu'il aimait.

Après cela, il partirait.

— Viens là, Anne, lança Lady Joan en tapotant le banc sur lequel elle était assise, dans ses appartements. Où étais-tu ? Nous devons parler des préparatifs du mariage.

Anne s'approcha du banc et s'y laissa tomber, plus fatiguée que d'ordinaire. Elle pensa d'abord dire à sa maîtresse que Sir Nicholas lui avait posé des questions inquiétantes, mais se ravisa.

Mieux valait garder ce secret pour elle.

D'ailleurs, sa maîtresse, toute à l'organisation du mariage, ne lui posa pas de questions. Anne sortit donc son aiguille et son ouvrage, tout en écoutant Lady Joan.

Celle-ci monopolisa vite toute son attention. Elle était si nerveuse qu'elle ne cessait d'aller et venir dans la pièce, passant d'une idée à une autre avec l'agilité d'un chat. De toute évidence, son éternel masque de calme était finalement tombé.

Lady Joan ne pouvait pas de vivre sans homme. Quand Thomas Holland était parti pour la guerre, elle l'avait bravement supporté. Mais il était mort en Normandie, fin décembre, et elle s'était tenue à ses côtés. Les semaines suivantes avaient été une véritable tornade. Il avait fallu emballer toutes les affaires pour repartir en Angleterre. Une fois la traversée achevée, Anne avait espéré un peu de calme pendant le deuil de sa maîtresse.

Mais Lady Joan n'était pas le genre de femme à s'épanouir sans époux. Combien de semaines s'étaient écoulées avant qu'elle se mette en quête d'un nouveau conjoint ? À peine assez pour pleurer Thomas Holland dans les règles... Non seulement Joan était la plus belle femme d'Angleterre, mais elle était également la plus riche. Très vite, une foule de prétendants s'était présentée, et elle n'avait eu qu'à choisir.

Malgré toutes ces opportunités, elle avait décidé d'attendre pour attraper le plus gros poisson de la mare. Un homme qu'elle avait connu depuis sa petite enfance.

Anne n'avait aucune opinion arrêtée sur Edward de Woodstock. Elle ne pouvait pas se le permettre. Elle avait entendu toutes sortes de ragots concernant la « veuve joyeuse ». Mais, en ce qui la concernait, le prince ne réveillait pas la moindre étincelle de désir en elle.

Soudain, sans le vouloir, elle revit le visage de Nicholas. Ses sourcils marqués, son nez aquilin, ses lèvres qui...

Mieux valait ignorer ce genre de fantasme ! Les lèvres de cet homme ne l'intéressaient que lorsqu'il lui parlait de Lady Joan.

— Nous devons préparer la cérémonie avec soin, déclara la comtesse. Il ne faut pas que cela soit trop gai, ce serait une insulte à la mémoire des victimes de la peste. Mais cela devra tout de même être digne d'un mariage royal et de notre rang.

Une moue perplexe flotta un instant sur son visage.

— Ce sera aussi une cérémonie donnée pour deux personnes qui sont déjà mariées.

— Pas aux yeux du Pape, lâcha Anne avant de regretter ses paroles.

Elle savait pourtant tenir sa langue devant sa maîtresse, d'habitude. À force de parler à bâtons rompus avec Sir Nicholas, elle s'était oubliée.

Lady Joan la dévisagea froidement, comme si son singe apprivoisé venait de lui mordre le doigt.

— Le Pape aura ses chapelles ! Ce qui doit être sera.

— Si Sir Nicholas obtient la bénédiction de l'archevêque...

Cette fois, la comtesse parut inquiète.

— Tu m'as assuré qu'il n'y avait rien à craindre. Est-ce que tu lui as parlé de nouveau ? Quelque chose a changé ?

Oui. Il posait des questions – le genre de questions auxquelles Anne et sa maîtresse n'avaient pas prévu de répondre. Cependant, avouer tout cela l'aurait obligée à admettre qu'elle avait passé quelques minutes au soleil avec un beau chevalier qui avait pris le temps de la regarder. Admettre qu'au lieu de l'éviter elle lui avait parlé de désirs...

Anne s'éclaircit la voix et fit non de la tête, préférant se concentrer sur sa broderie plutôt qu'affronter le regard de sa maîtresse.

— Je veux simplement dire qu'il pourrait être intrigué

par le passé, à force de fouiller. Il pourrait poser d'autres questions, dit-elle.

Rassurée, la comtesse haussa les épaules.

— Il ne découvrira presque rien.

C'était justement ce dont Anne avait peur. Que ferait Sir Nicholas, ensuite ? Sans doute se montrerait-il loyal envers le prince, comme elle l'était envers sa maîtresse.

Soudain, Lady Joan se figea.

— Je sais ! s'écria-t-elle. Après le mariage, nous donnerons une fête. Un tournoi, pour prouver au peuple que nous avons triomphé de la mort qui ravage notre pays.

Anne lissa sa broderie d'argent en ravalant une réplique cinglante. Seul Jésus Christ avait triomphé de la mort.

Mais, déjà, sa maîtresse parlait de robes et d'étoffes...

— Sera-t-il convié au mariage ?

— Qui ?

Lady Joan revint s'asseoir sur le banc et appuya le dos de sa main contre le front d'Anne.

— Est-ce que tu vas bien ? Tu n'es plus toi-même, aujourd'hui.

Non, en effet. Elle n'arrivait pas à chasser le trouble qui la hantait.

— Je parlais de Sir Nicholas. Après tout ce qu'il a fait pour rendre votre union possible.

Nouveau haussement d'épaules.

— Oui, j'imagine.

— Dans ce cas, comment puis-je l'éviter ? Je ne peux pas refuser de lui parler jusqu'à son départ pour Canterbury sans attirer les soupçons.

Ce sourire. Toujours ce même sourire qui dissimulait si bien les pensées de sa maîtresse. Anne tenta de rester de marbre, mais elle n'était pas douée pour le mensonge.

— Non, non. Je vois, répondit Lady Joan en lui tapotant la main. Tu as raison : il nous rend un grand service. Reste proche de lui. Essaie de devenir son amie.

Anne avait simplement cherché le pardon pour le péché qu'elle avait déjà commis, pas l'obligation de chercher de nouveau la compagnie de Sir Nicholas.

— Je ne suis pas le genre de femme qui sait retenir l'attention d'un homme, protesta-t-elle.

Le regard de pitié de Lady Joan la terrassa. Sa maîtresse pensait la même chose...

— Je voulais juste que tu le distraies. Que tu le divertisses. En temps de paix, il faut occuper les guerriers désœuvrés.

— Peut-être devriez-vous confier cette mission à quelqu'un qui pourrait danser avec lui.

La pensée de devoir délibérément se rapprocher de Sir Nicholas lui donnait le vertige. Comme si elle était un papillon qui risquait de brûler ses ailes à sa flamme.

— Une femme n'a pas besoin de danser avec un homme pour le distraire.

Anne le savait très bien, évidemment. Elle savait comment distraire les gens pour qu'ils ne remarquent pas... d'autres choses. Après un dernier point pour parachever l'écusson du prince, elle posa son ouvrage à côté d'elle. Le noir et l'argent formaient un ensemble si morne...

— Cette broderie est terminée, milady, annonça-t-elle.

— Parfait. Maintenant, montre-moi tes progrès sur l'aumônière. Est-ce qu'elle sera prête pour la semaine prochaine ?

Anne sortit son second ouvrage de son sac. Celui-ci allait orner une bourse. L'efficacité qu'elle perdait à cause de son pied était compensée par l'agilité de ses doigts. Combien de bourses avait-elle créées au fil des ans ? Dix ? Vingt ? Cinquante ? Et chacune avait été donnée à un homme pour qu'il l'offre à sa compagne ; ou à une femme pour qu'elle séduise son amant.

Celle-ci montrait un couple qui se tenait main dans la main au milieu d'un jardin. La jeune femme était blonde et souriante.

— Ton travail est digne des guildes, Anne. Ce portrait ressemble tant à Edward et moi !

— Merci, milady.

C'était en satisfaisant Lady Joan qu'Anne échappait à l'humiliation de devoir demander l'aumône à des hommes et des femmes portant ce genre de bourse.

— Je sais ! Tu n'as qu'à en faire une pour Sir Nicholas, pour qu'il la donne à sa maîtresse. En guise de remerciement de ma part. Découvre le nom de sa compagne. Je suis certaine que cela l'empêchera de penser au reste.

Sa compagne. Évidemment. Il devait en avoir une.

— Et si cela ne suffit pas ?

Sir Nicholas n'était pas stupide, et Anne le savait.

— S'il pose des questions au sujet de choses qu'il ne doit pas savoir ?

Lady Joan se figea, regardant sa suivante comme si elle n'avait pas compris la question.

— Eh bien, dans ce cas, tu n'auras qu'à mentir, répondit-elle finalement avec la même aisance que si elle lui avait annoncé le menu du soir.

4

Tu n'auras qu'à mentir.

Le pouvait-elle ? Quand elle ouvrirait la bouche, les bonnes paroles sortiraient-elles ?

Oui. Parce qu'elle n'avait pas le choix.

Parce que sa vie entière était un mensonge.

Elle se le rappela encore une fois, à la fin du souper, quand elle chercha des yeux Nicholas dans la grande salle. Sa maîtresse lui avait demandé de devenir son amie, et elle allait le faire, sans se soucier du fait que cette idée lui plaise pour des raisons qu'elle devait à tout prix garder secrètes.

Comme le soir précédent, elle l'aperçut debout et seul, près de l'un des murs, occupé à regarder les couples danser. Elle le rejoignit, soulagée de voir qu'il n'avait pas bougé pendant le temps qu'il lui avait fallu pour traverser la salle. Il aurait facilement pu lui échapper et sa béquille l'aurait empêchée de le poursuivre.

— J'espère que ma compagnie ne vous dérange pas, dit-elle en se laissant tomber sur le banc, près de lui.

Elle s'appuya contre le mur. Sa jambe lui faisait mal et elle aurait voulu être seule quelques instants pour la masser.

— Pourquoi tenez-vous tant à me parler ? répondit-il avec une pointe d'amertume. On dirait que je ne fais rien d'autre que vous insulter à chaque fois que nous nous voyons.

Elle sentit ses joues s'empourprer.

— Pardonnez-moi. Je suis obligée d'être toujours polie et agréable quand je suis avec la comtesse.

Elle tira son ouvrage de son sac et enfila maladroitement un fil sur son aiguille.

— Parfois, cela...

— Vous fatigue ?

— Pas vous ? N'avez-vous jamais envie de dire ou de faire des choses qui déplairaient au prince ?

Il eut un petit sourire penaud.

C'était donc arrivé. Et récemment.

— Je vois que j'ai raison.

Quelles choses si peu correctes avait-il envie de dire au futur roi ? Des choses concernant Lady Joan, peut-être ?

— Votre secret est bien gardé avec moi, répondit-il avec plus de chaleur. Si vous promettez de ne révéler le mien à personne.

Elle lui rendit son sourire et, l'espace d'un instant, elle eut presque l'impression qu'ils étaient complices, pas ennemis.

— Je vous le jure.

Relations, promesses, loyauté. Au final, c'était tout ce sur quoi le roi pouvait compter. C'était ce qui lui permettait de régner. Ce qui empêchait le monde de tomber en poussière et ce qui permettait à Anne de ne pas mourir de faim.

Nicholas était loyal envers Edward. Il trouverait toujours ce que le prince voulait obtenir.

Ce qui doit être sera...

Tandis qu'elle brodait en silence, la foule rassasiée devint plus bruyante. On chantait, on dansait. Partout dans la grande salle les acrobates se donnaient en spectacle et jonglaient.

Le vieux Robert le Fou enchaînait les cabrioles au sol et, dans un soubresaut, vint bondir sur ses pieds juste devant eux. Il lançait adroitement ses cinq boules de bois colorées en l'air.

— Qui donc est ce nouvel arrivant ? demanda-t-il à la jeune femme.

— Un jongleur, comme vous, répondit Anne en posant son ouvrage sur ses genoux. Sir Nicholas Lovayne.

Le chevalier la dévisagea, les sourcils froncés.

Elle l'ignora.

— Ah ! s'écria Robert le Fou sans cesser de jongler. Voici donc le faiseur de miracles dont j'ai tant entendu parler ! Celui qui a su transformer Eve en Sainte Vierge...

Honteuse, Anne rougit de plus belle, en silence. Les fous avaient plus de liberté que les membres de la Cour, mais c'était une référence plus que directe à sa maîtresse... Et elle n'était pas flatteuse. Pourvu, songea-t-elle, que Lady Joan n'en entende jamais parler.

— Attention, Sir Faiseur de Miracles ! s'écria le fou en lui lançant une balle.

Abasourdie, Anne vit son compagnon la rattraper et la relancer. Quelques secondes plus tard, il jonglait avec le vieux Robert. Il avait enfin retrouvé le sourire.

Quand il finit par rater une balle, il la ramassa et la renvoya d'un geste assuré à son propriétaire.

— Je ne suis pas à la hauteur, Fou.

— Cela dépend du jeu, j'en suis certain, répondit l'autre avec un clin d'œil avant de s'éloigner.

Anne s'éclaircit la voix.

— Il est au service du roi depuis longtemps et on lui accorde certains privilèges, expliqua-t-elle.

Nicholas haussa les épaules.

— Les paroles d'un fou ne méritent pas d'être répétées.

Rassurée, Anne se replongea dans son ouvrage, guettant Nicholas du coin de l'œil.

Loyal jusqu'à la moelle, il ne répandrait aucun ragot. Et pourtant, il était là tout seul tandis qu'Edward père et Edward fils jouaient aux dés, pariant avec d'autres chevaliers et courtisans.

Croisant le regard de Nicholas, elle indiqua leur groupe d'un petit signe de tête.

— Vous ne comptez pas les rejoindre ?

Nicholas les étudia un instant à son tour.

— La vie elle-même est un jeu de hasard. Je ne cherche pas volontairement l'incertitude.

— Pourtant, vous avez passé des années au front. Quelle certitude espériez-vous trouver là-bas ?

— Oh ! vous n'avez pas idée. À la guerre, nous sommes certains de voyager pendant de longues journées, d'avoir faim, de nous battre. Je contrôle tout ce que je peux mais, au final, je ne suis sûr que d'une chose : vivre ou mourir.

— Comme Dieu le veut.

— Ou le roi. Ou votre maîtresse.

Elle dut le dévisager un instant, sous le choc. C'était un blasphème, sans doute. Cependant, ses amères paroles correspondaient trop bien à sa propre vie, suspendue au bon vouloir de quelqu'un d'autre.

— Malgré tout, vous désirez retourner en France. Pourquoi ?

Il fallait qu'elle le fasse parler de lui pour éviter qu'il pose des questions.

Un étrange désir traversa son regard.

— Pour retourner me battre.

— Mais la guerre est terminée !

Une trêve avait été signée. La cour était pleine d'otages français de marque.

— Vous croyez ?

Il lui jeta un coup d'œil surpris, comme s'il la trouvait aussi naïve qu'une enfant, puis haussa les épaules de nouveau.

— Il y en aura toujours une autre. Quelque part.

— Et vous vous moquez de l'endroit où vous vous battez ? Ou des raisons ?

— Les hommes ne combattent que pour une seule raison : rester en vie.

— Vous ne voulez pas de foyer ?

De femme ?

— Ici, en Angleterre ?

Il secoua fermement la tête.

— Je préfère rester en mouvement.

La jalousie qui envahit soudain Anne lui laissa un goût amer.

— Vous ne vous marierez donc jamais ?

— Bien sûr que si, répondit-il avec un enjouement qui sonna faux. À une riche veuve.

— Ah...

Elle ravala sa déception, honteuse d'avoir de telles pensées. Bien sûr qu'il allait se marier. Il était grand et fort. Ses jambes, droites et solides, étaient étendues devant lui, comme une insulte aux siennes. Le vieux roi, Longues Jambes, devait lui ressembler dans sa jeunesse.

— Sera-t-elle bientôt là ?

— Elle ? Qui ?

— Votre...

L'espace d'un instant, elle ne put se résoudre à imaginer une femme dans les bras de cet homme.

— La veuve.

Celle pour qui elle devrait broder une bourse.

Nicholas secoua la tête, les yeux baissés.

— Il n'y a pas encore de veuve. Mais c'est ce que désirent tous les chevaliers pauvres, non ?

— Je ne saurais dire ce que veut un chevalier pauvre, protesta doucement Anne.

Elle gardait les yeux sur son ouvrage, gênée d'avoir posé la question. Pour elle, il n'y aurait personne. Jamais. Et arracher des confidences embarrassantes à un beau chevalier n'y changerait rien.

— J'ai été impoli, pardonnez-moi. Votre question n'était pas déplacée. En ce qui me concerne, je ne veux que la rançon de mon otage français.

— Vous avez un prisonnier ?

Qu'il continue à parler de lui. Il ne fallait pas le laisser s'interroger au sujet d'Anne ou de sa maîtresse.

Nicholas acquiesça.

— La récompense de longs mois passés au front.

Elle examina tour à tour les quelques prisonniers français qui lançaient des œillades charmeuses aux femmes présentes.

— Est-il ici ?

— Non, il est enfermé en sécurité à Londres, et il dîne à mes frais.

— Mais la rançon vous remboursera tout cela.

— Les Français ne sont pas pressés de payer…

Elle acquiesça. Ce n'était pas la première fois qu'elle entendait cette complainte.

— Pendant que nous attendons l'argent des Français, les otages ne se privent pas pour manger, boire et jouer.

— Sur nos deniers. Parfois je me demande ce qui serait plus ruineux pour eux : qu'ils paient la rançon ou leurs dépenses ici.

Anne n'avait jamais vu la question sous cet angle. Sir Nicholas avait l'habitude de penser au coût des choses. Lady Joan, elle, ne s'en occupait jamais, même au moment de payer.

— Et pourtant, vous êtes un homme chanceux. Votre otage va vous rapporter une belle somme, répliqua-t-elle.

— Veuillez pardonner mon amertume.

Il prit un air si coupable qu'elle eut de la peine pour lui.

— Je dois vous paraître bien impoli. C'est simplement que j'ai hâte de me débarrasser de mon prisonnier pour repartir en France.

— Ne vous en faites pas. J'aime bien votre… franchise.

Peu de personnes osaient se montrer si directes ; et encore moins osaient parler de mouvement sans jeter un coup d'œil gêné à sa jambe.

— J'envie votre futur voyage. J'adorerais voir toutes ces choses…

— Vous n'avez jamais quitté l'Angleterre ?

— Si, bien sûr. Lady Joan était en France quand son époux, Lord Holland, est mort.

Ils étaient partis quand la comtesse l'avait voulu et

étaient rentrés sur ses ordres aussi. Et, pendant tout ce temps, les vastes horizons avaient appelé Anne en vain.

Sir Nicholas l'étudia un moment, de ses yeux qui voyaient trop de choses.

— Quand elle y retournera, vous l'accompagnerez ?

— J'ai entendu parler d'un départ pour l'Aquitaine. On dit que le roi veut offrir au prince un nouveau royaume.

Nicholas poussa un petit grognement et but une gorgée de vin.

Une fois de plus, Anne attendit qu'il reprenne la parole, mais il ne dit rien. Finalement, elle fit une nouvelle tentative :

— Vous n'approuvez pas ce voyage ?

Il leva sur elle un regard plus surpris que cynique.

— Mon opinion n'a aucune importance.

Oh oui, elle connaissait bien ce sentiment.

— Mais vous êtes déjà allé là-bas.

Il acquiesça.

— Et vous aimeriez y retourner ?

Lui, qui avait traversé toutes les contrées de France, saurait sans doute si elle pourrait se plaire dans cette nouvelle région.

— Inutile d'y aller : nous occupons déjà le pays.

Clairement, cet homme ne connaissait rien de la vie, en dehors de la guerre...

— Je veux dire, est-ce que... ? Est-ce que ce serait un endroit agréable à vivre, si ma maîtresse et le prince s'y installaient ?

— C'est une terre plate sillonnée de rivières. Difficile à défendre. Il faudrait rebâtir les ponts.

Les rivières étaient-elles vastes et bleues ? Ou bien tortueuses et chantantes ? Les feuilles des arbres étaient-elles vertes au printemps, les fleurs, jaunes ? Le soleil était-il le chaud et le vin plus doux dans sa région d'origine ?

— Vous ne savez donc parler que de chevaux, de vivres et de combat ?

Le regard de Sir Nicholas était vide de souvenirs. Il se tourna de nouveau vers elle.

— C'est pour cela que j'y ai séjourné.

Il avait contemplé ce décor avec des yeux qui ne voyaient pas le paysage mais les distances à couvrir et les moyens de vaincre une armée ennemie.

— Moi, je n'y serai pas pour la guerre.

— Le prince, si.

— Pas sa femme. J'espère bien que nous aurons le temps de voir d'autres choses.

Soudain, Sir Nicholas la dévisagea avec gravité – presque avec curiosité.

— Quelles choses ? Que vous choisiriez-vous de voir ?

Elle se détourna, troublée par cette question. Si elle avait été aussi grande et forte que lui, libre de choisir sa vie comme lui, elle aurait fait le pèlerinage à pied jusqu'à Compostelle pour voir l'autel de St Jacques. Puis elle serait allée à Rome voir les ruines de l'ancien empire romain. Ensuite, elle aurait pu choisir de découvrir la Castille, Jérusalem ou même Alexandrie...

Mais ce n'étaient pas des rêves pour une invalide.

— Je vais là où le veut ma maîtresse.

Et elle avait déjà de la chance de pouvoir faire cela. Imprudente ! Elle avait laissé cet homme lui poser des questions et avait été assez étourdie pour lui répondre.

Elle se pencha de nouveau sur son ouvrage. Heureusement pour elle, la musique et le brouhaha des discussions couvraient leurs paroles. Il fallait à tout prix qu'elle trouve une nouvelle question à poser à Sir Nicholas avant de dire quelque chose qu'elle risquerait de regretter. Des couples de danseurs s'assemblèrent au milieu de la salle tandis que les musiciens se préparaient à entamer un nouveau morceau.

Se tournant vers Nicholas, elle lui adressa son plus beau sourire.

— Est-ce que vous dansez ?

Nicholas dévisagea Anne quelques instants, sans savoir quoi répondre. Tout ce qui lui venait en tête aurait été une insulte pour une femme qui ne pourrait jamais bondir joyeusement au bras d'un cavalier...

— On n'a pas souvent l'occasion de danser quand on est au front, répondit-il finalement.

C'était la vérité.

Elle lui sourit de nouveau, interrompant son travail pendant quelques secondes, comme si elle venait de réaliser l'absurdité de sa question.

— N'y avait-il donc jamais le moindre répit pour les troupes ?

— Le roi trouvait un peu de temps pour la fauconnerie.

Ce qui avait contraint Sir Nicholas à s'assurer que les oiseaux préférés du roi soient soignés et qu'ils aient toujours à manger, tout comme les soldats.

— Ah...

Ses yeux passaient de sa broderie à Nicholas avec un naturel déconcertant.

— J'ai participé à des chasses au faucon. Une fois ou deux.

Ainsi, elle savait monter. Nicholas s'était plusieurs fois posé la question.

Cependant, sa surprise dut se lire sur son visage, car Anne s'empressa d'y répondre.

— Le fauconnier fait le plus gros du travail, dans ces chasses.

— Ce n'est pas ce que je…

— Je sais ce que vous pensiez.

Son aiguille resta en suspens.

Lui, qui était capable de dissimuler ses pensées même aux yeux du roi, avait laissé cette femme le percer à jour. C'était dangereux.

Puis, comme si elle avait également perçu son trouble, elle posa doucement une main aux doigts fins sur la sienne. Le charme de cette main était comme un amendement pour faire pardonner l'infirmité de sa jambe.

— Pardonnez-moi, dit-elle. Parfois, j'essaie d'ignorer l'évidence. Vous n'avez rien fait de mal…

Avait-elle déjà fait ce genre de confession à quelqu'un d'autre ?

— Vous acceptez votre… situation… avec un calme étonnant.

— Je n'ai pas le choix. Que puis-je faire d'autre ?

Pas le choix. Cette notion le fit frissonner. Il avait toujours passé sa vie à s'assurer qu'il y ait toujours des choix possibles, des options nouvelles, d'autres chemins à suivre.

— Vous auriez pu vous lamenter sur votre sort et chercher à obtenir des traitements de faveur.

Il avait déjà vu des guerriers valides plus amers qu'elle, sans la moindre raison valable.

— Qu'est-ce que cela changerait ?

Nicholas ne sut que répondre, une fois de plus. Un silence tendu tomba entre eux. Lorsque la musique se tut, il se rendit compte qu'elle avait toujours sa main sur la sienne. Elle le remarqua au même moment et retira vivement ses doigts, comme si son contact la brûlait.

— Est-ce que vous participerez à la chasse de demain ? demanda Nicholas sans réfléchir, pour dissiper cet instant de gêne.

C'était une chasse au cerf, bien plus exigeante que la fauconnerie...

Et il avait hâte d'y être. Il galoperait aussi longtemps et aussi vite que la bête qu'ils allaient traquer. Cela lui permettrait au moins de se libérer de sa frustration à l'idée d'être bloqué ici à cause des craintes absurdes du roi.

De nouveau, Anne avait repris son aiguille. L'équilibre entre eux était restauré.

— Les gens ont rarement la patience de m'attendre, lors d'une chasse à courre.

— Les femmes y participent, pourtant.

Certaines femmes, en tout cas.

— Et elles ne sont pas critiquées si elles restent en arrière.

— Elles ne sont pas aussi lentes que moi.

Son sourire fut-il aussi triste qu'il l'imagina ? Elle devait se sentir bien seule, obligée de rester en arrière quand le reste de la Cour partait en chasse sous le soleil d'été...

— Venez, dit-il soudain. Je chevaucherai avec vous.

Après tout, il avait participé à suffisamment de battues en France. Inutile de voir tous les cerfs du monde mourir sous ses yeux.

L'aiguille d'Anne trembla un peu, mais elle ne ralentit pas pour autant.

— On a pitié de l'invalide ?

Il lui prit le poignet, l'arrachant à son ouvrage pour qu'elle le regarde.

— Non.

Elle leva sur lui des yeux surpris. Que lisait-elle sur son visage ? Il ne savait même pas lui-même pourquoi il lui avait fait une telle proposition et préférait ne pas empirer les choses en insistant.

Finalement, elle le gratifia d'un petit sourire tendre.

— J'adorerais venir.

— À demain, dans ce cas.

Il se leva d'un bond et, sur un salut courtois, s'éloigna à grands pas.

En quelques mots à peine, il venait d'accepter de passer du temps avec une femme qui ne ferait que le retarder…

5

Le lendemain matin, regrettant amèrement son impulsion de la veille, Nicholas rejoignit la petite troupe qui se rassemblait devant le pavillon et se préparait à partir.

Il ne pouvait s'empêcher de prier pour qu'un page arrive en courant et lui annonce qu'Anne avait changé d'avis. Qu'elle le laissait libre d'épuiser ses nerfs à cheval.

Hélas, elle était déjà là, en selle, l'attendant un peu à l'écart des autres cavaliers et des bêtes nerveuses. Les chiens qui allaient traquer le cerf reniflaient dans toutes les directions, se demandant quelle trace on leur demanderait de suivre. D'autres, prêts à poursuivre le gibier, chassaient leur queue à la place, tenus en laisse par leurs dresseurs jusqu'à ce que la proie soit repérée. Vêtu du costume vert qu'il mettait toujours pour la traque, le roi discutait avec son chasseur et révisait leur stratégie.

Et Anne, juchée sur un palefroi bai, contemplait la scène avec l'attention de quelqu'un qui veut la mémoriser.

S'il lui demandait sans ambages si elle était capable de chevaucher toute une journée, hésiterait-elle ? Il n'eut pas besoin de poser la question pour connaître la réponse. Néanmoins, il voulait lui laisser une chance de reconsidérer son choix...

— Il se servira de chiens, dit-il avec un petit regard en direction du roi tandis qu'il flattait l'encolure du palefroi d'Anne.

Cela voulait dire que la chasse allait être plus longue. Plus fatigante et sale. Il leva les yeux sur Anne, espérant qu'elle le comprendrait.

Elle se contenta d'acquiescer et d'annoncer :

— Ils ont repéré un cerf adulte, à grands bois. Un adversaire redoutable...

Dans ce cas, le roi avait toutes les raisons de sourire.

— La journée risque d'être longue, alors.

Ce serait une chasse à courre, où l'on traquerait la bête jusqu'à épuisement – le mode de chasse préféré du roi. Le travail avait déjà dû commencer la veille pour le chasseur royal et s'était poursuivi au petit déjeuner par l'établissement de la stratégie, réunion que Nicholas avait préféré manquer.

À présent, il ne leur restait plus qu'à mettre les chiens sur la piste de leur proie. Une fois l'animal repéré, la vraie chasse commencerait. Il faudrait peut-être des heures et des heures de traque pour que le cerf abandonne et laisse au roi l'honneur de lui donner le coup fatal et de le dépecer pour offrir à ses chiens un morceau de chair en récompense. Tout cela pourrait aisément les faire rentrer à la tombée de la nuit.

— Ma maîtresse aussi espère que la chasse sera excitante, répondit Anne en échangeant un petit signe avec Lady Joan, elle aussi à cheval près du prince. Sans guerre, les hommes s'agitent.

Elle le dévisagea un instant, puis ajouta :

— Pas vous ?

Elle avait l'air de savoir à quel point il avait envie de se joindre aux autres chasseurs.

— Si, admit-il presque avec hargne.

— Alors, c'est une bonne chose qu'il y ait une chasse aujourd'hui.

Elle était souriante et n'avait clairement aucune intention de descendre de cheval.

Nicholas soupira et se mit en selle à son tour, sur la monture qu'il avait empruntée à l'écurie du roi. La journée allait sans doute être encore plus longue qu'il l'avait d'abord cru...

Finalement, Edward donna le signal de départ et se mit en route, d'abord à un rythme posé tandis que le chasseur et les dresseurs prenaient de l'avance pour confirmer la piste du cerf. Les rabatteurs aussi partirent se placer en avance.

La New Forest était une chasse royale privée. Ici, les cerfs vivaient et se reproduisaient en paix, uniquement traqués de temps à autre par le souverain. Le soleil tamisé perçait à travers les feuillages verdoyants qui murmuraient sous la brise. C'était parfait pour porter l'odeur de leur proie jusqu'aux chiens pressés.

Nicholas jeta un bref coup d'œil à la jeune femme qui chevauchait à ses côtés. Si elle marchait avec peine, elle paraissait plus à son aise à cheval. Les quatre jambes de sa monture la portaient là où sa béquille ne lui était d'aucune aide. Sans doute n'était-ce pas tant la chasse qui l'attirait, mais cette liberté nouvelle de pouvoir courir sans être gênée par sa jambe malade.

— Si jamais nous ne parvenons pas à suivre les

autres, est-ce que vous regretterez de rater la mise à mort ? demanda-t-il.

— J'aime être à cheval et sentir l'air frais. Je n'apprécie pas vraiment de voir...

Elle le regarda avec une sincérité poignante.

— ... de voir des créatures plus faibles souffrir.

Des créatures faibles. Comme elle. Homme ou femme, un invalide était souvent tué pour son infirmité. Nicholas en avait déjà été témoin. Des aveugles armés de bâtons se voyaient promettre un festin de porc grillé s'ils pouvaient tuer la bête eux-mêmes. Mais il n'y avait pas de cochon. Juste un autre aveugle tout aussi perdu. On les laissait s'entre-tuer pour le plus grand amusement d'un public cruel.

Soudain, Nicholas ressentit une rage incontrôlable l'envahir à l'encontre de tous les ignorants qui avaient pu faire du mal à Anne dans sa vie. Et cette colère inattendue le bouleversa.

Il avait passé tant d'années à vivre comme il l'entendait, seul, uniquement occupé à faire avancer des troupes ou à porter des messages au Pape pour qu'il bénisse l'union d'un prince. Mais, au moment où il s'y attendait le moins, il était témoin de la douleur de la femme qui l'accompagnait et il avait de la peine pour elle. C'était une sensation pénible, étrange.

Les sentiments conduisaient toujours à la déception. Au deuil d'une mère disparue et à l'arrivée d'une belle-mère qui ne se souciait pas de lui.

Anne n'avait absolument pas besoin de sa compassion ! On s'occupait bien d'elle et, dès que sa maîtresse aurait épousé le prince, elle mènerait une vie que beaucoup jalouseraient. Peu d'infirmes, même les nains qui servaient comme fous, pouvaient espérer autant...

Il lui jeta un petit coup d'œil pour s'assurer qu'elle était à l'aise sur son cheval. La douleur et la joie se mêlaient sur son visage. Elle pinçait les lèvres, à force de lutter pour tenir en selle, et pourtant ses yeux buvaient la lumière et le paysage avec tant de gourmandise qu'un sourire furtif finit par remplacer sa crispation.

Elle allait bien pour le moment. Mais, si elle ne pouvait pas soutenir ce rythme toute la journée, elle serait encore moins capable de suivre les chasseurs quand la traque commencerait vraiment.

Un cor sonna. Le cerf avait été aperçu. D'un seul coup, les hommes talonnèrent leurs chevaux, et un tonnerre de sabots martelant l'herbe s'éleva. Les femmes, elles, restèrent en retrait et poursuivirent leur route à une allure plus tranquille. Nul ne les attendrait avant la célébration de la mise à mort.

Le cheval de Nicholas partit au trot, aussi pressé que son cavalier de suivre les chasseurs. Mais un coup sec sur les rênes le retint – et retint Nicholas lui-même. Il ne pouvait pas se permettre de partir en laissant Anne en arrière alors qu'elle avait du mal à se maintenir en selle.

Où était Lady Joan ? Une fois qu'ils l'auraient rattrapée, Anne pourrait rester avec elle. Hélas, la comtesse s'élança au grand galop, juste derrière le prince.

Nicholas jeta un coup d'œil surpris à Anne.

— Elle chasse avec lui ?

La jeune femme acquiesça.

— Ils ne s'éloignent l'un de l'autre que lorsqu'ils n'ont pas le choix.

La fille du roi, Isabelle, et quelques autres dames de

la Cour trottaient devant eux, assez loin des hommes pour ne pas respirer la poussière qu'ils levaient, et assez loin d'Anne pour qu'elle ne puisse les rejoindre.

Nicholas était piégé.

Il avait encore le faible espoir de pouvoir la reconduire au pavillon et de revenir à temps pour assister au coup de grâce.

Mais la silhouette tassée d'Anne et l'abaissement de ses épaules le firent changer d'avis.

Il avait passé des années à cheval, parcourant des milles et des milles. Ses cuisses avaient l'habitude de se serrer sur les flancs de sa monture et ses talons savaient la diriger sans peine.

Le pied droit d'Anne ne tenait pas dans l'étrier.

Chaque mouvement brusque de la bête risquait de la faire tomber au milieu du chemin. Chevaucher plusieurs heures d'affilée devait être une torture pour elle. Jamais elle n'aurait la force de poursuivre un cerf.

Pourtant, elle avait essayé...

Très vite, les autres cavaliers disparurent et le grondement des sabots s'éteignit peu à peu. Bientôt, on n'entendit plus rien que le murmure des feuilles.

Nicholas soupira.

— Venez, dit-il en indiquant du menton un arbre mort couché dans l'herbe. Reposons-nous un moment.

— C'est inutile, protesta-t-elle d'une voix pourtant mal assurée.

Nicholas ne l'écouta pas.

Il mit pied à terre et vint l'aider. Elle était déjà en selle quand il l'avait aperçue, avant le départ, et il n'avait pas pris le temps de se demander comment elle avait réussi à se hisser si haut. Pouvait-elle faire ça toute seule ?

Il tendit les mains vers elle, et elle fit passer sa jambe droite par-dessus le pommeau de la selle pour se couler dans ses bras.

Près. Beaucoup trop près. Sa poitrine se pressa un instant contre le torse de Nicholas, son souffle caressa sa joue. L'espace d'un instant, il fut enveloppé dans le parfum de ce fruit orange qu'il avait goûté en Espagne, à la fois sucré et acide.

Les pommettes d'Anne rosirent, et elle eut l'air de retenir sa respiration.

Tout comme lui.

Finalement, il fit ce qu'il avait envie de faire depuis le premier jour, depuis qu'elle l'avait percuté sans prévenir dans la grande salle.

Il lui redressa le menton en douceur, se pencha sur elle et l'embrassa.

Sa première pensée – était-ce vraiment une pensée ? – fut que ses lèvres étaient encore plus douces et plus chaudes qu'il s'y attendait. La seconde fut qu'elles exploraient les siennes avec gourmandise, comme pour lui dire des choses que tout le reste de son corps taisait.

Et il comprit, sans pouvoir l'expliquer, que personne n'avait encore embrassé cette femme.

Ils finirent par se séparer. À regret. Nicholas la lâcha et elle se détourna pour attraper le bâton qui était attaché à sa selle.

Il attendait ses protestations timides de jeune fille. Ou un regard en coin de femme, rempli de promesses inavouées.

Rien ne vint.

Ni mots. Ni rougeur. Ni sourire. Ni colère. Elle s'appuya simplement sur sa béquille et s'approcha du tronc écroulé comme si rien ne s'était passé. Comme si leur baiser – ou Nicholas lui-même – n'était rien.

Il serra les dents, luttant contre un sentiment étrange qui se mit à bouillonner en lui. Ce n'était pas de la colère. Pas même du désir, bien qu'il en sentît aussi la chaleur dans ses reins, naturellement.

Non, c'était quelque chose de beaucoup moins familier que ça. La possessivité. Un instinct de protection. Une envie folle de la prendre dans ses bras et de la faire sienne.

Et elle ne se rendit compte de rien.

Anne tourna le dos à Nicholas, de peur de croiser son regard, et fit un pas de plus.

Ce qui venait de se passer était une erreur. Cela n'aurait jamais, jamais, dû arriver. Et pourtant, elle l'avait embrassé. Elle avait même envie de tellement plus.

Pourquoi était-elle venue ici ? Sa maîtresse lui avait ordonné de distraire Sir Nicholas, pas de l'entraîner dans le péché – même si Lady Joan aurait tout à fait été capable de lui demander une telle chose. Seulement, elle ne l'avait pas fait parce qu'elle savait que ce genre de choses était hors de sa portée, tout comme courir ou danser.

Je ne suis pas le genre de femme qui sait retenir l'attention d'un homme.

Malgré cela, il l'avait embrassée. Délibérément.

Et elle s'était détournée de lui parce qu'elle avait été

tentée de lui rendre son baiser et de ne jamais plus le quitter.

Ses lèvres... Ses lèvres n'étaient pas pulpeuses, mais elles étaient si finement sculptées qu'elles avaient le don de faire frissonner Anne de la tête aux pieds. Toute la force qu'elle avait amassée pour lutter contre ses douleurs était inutile face au plaisir qui naissait du moindre mouvement de ces lèvres.

Il ne lui restait plus qu'une chose à faire : prétendre que rien ne s'était passé pour oublier ce faux pas fatal.

Elle se laissa tomber sur le tronc avec un soupir de soulagement.

— Vous devez être fatiguée, dit-il vivement, sans la moindre émotion.

Et Anne, qui n'admettait jamais la moindre faiblesse, acquiesça avec un petit sourire.

— Anne. Regardez-moi.

Elle voulait faire comme si tout était normal. Pas lui...

Elle releva donc la tête et soutint son regard, le mettant au défi de parler.

— Je vous pardonne, dit-elle simplement, comme si elle avait été offensée et pas émue.

— Je n'ai pas demandé votre pardon.

Seul son regard l'effleurait, à présent, mais c'était suffisant. La chaleur de ses yeux ravivait un désir qu'elle ne voulait ni ne pouvait se permettre de ressentir.

— Qu'est-ce que vous voulez, alors ? lâcha-t-elle d'une voix mal assurée. Me prendre en pitié ?

— Pitié ?

Était-ce de la colère, dans sa voix ?

— C'est ce que vous croyez ?

Elle n'avait pas envie de parler. Tout ce qu'elle voulait,

c'était le repousser loin d'elle avant qu'il ne se rende compte de sa faiblesse.

— Je crois, répondit-elle au bout d'un moment, que vous avez cru pouvoir voler un baiser – ou plus – à une femme vulnérable...

C'était évident. Elle aurait dû se rendre compte plus tôt que c'était la seule explication possible. Il avait dû voir en elle une proie facile pour assouvir ses désirs.

— Vous vous trompez.

Elle voulait se tromper. Oh oui, elle le voulait !

— Pourquoi m'auriez-vous attirée là, sinon ? Vous saviez très bien que je ne pouvais pas suivre le rythme de la chasse. Vous saviez que, tôt ou tard, nous nous ferions distancer et que nous nous retrouverions seuls.

Et elle avait compris toutes ces choses avant même de se mettre en selle.

— Avez-vous donc été maltraitée à ce point, dans votre vie ?

Elle fut d'abord surprise. Puis honteuse.

— Non, avoua-t-elle. Ma maîtresse a toujours été compréhensive, même si je ne peux pas faire... ce dont les autres sont capables.

— Je ne sais pas assez bien danser pour suivre le roi quand il ouvre un bal. Cela ne réduit pas ma valeur en tant qu'homme.

Elle ne put cacher sa surprise. Pouvait-on réellement la regarder sans penser qu'elle valait moins qu'une autre ?

Dans les yeux de Nicholas, elle découvrait une émotion qu'elle n'avait jamais vue chez les autres hommes. Du désir, ce qui était déjà remarquable en soi. Couplé avec de la colère et une note... d'admiration. Pas la pitié et le dégoût qu'elle semblait toujours inspirer.

En général, une fois que les gens avaient compris qui elle était et ce qu'elle était, ils s'efforçaient de ne plus la voir du tout. Leurs yeux passaient sur elle sans s'arrêter, comme si elle était une pierre ou un arbre. Elle souffrait parfois de cette solitude, certes. Mais être invisible avait aussi ses avantages.

— Je suis navrée de vous avoir accusé alors que vous êtes si… gentil, reprit-elle, hésitante.

Gentil. Quel autre mot employer ?

— Votre première réaction était la bonne, Anne. Imaginons que ceci n'est pas arrivé et asseyons-nous ensemble, tranquillement, pour parler de tout et de rien en attendant que vous ayez repris des forces.

Elle n'avait aucune envie de parler avec lui, mais elle n'avait pas le choix. Sa maîtresse lui avait ordonné de rester proche de lui, même au risque de…

Non. Elle redressa le menton avec fermeté. Il n'y avait aucun risque. Elle avait passé sa vie entière sans homme. Cela ne changerait pas parce qu'un chevalier de passage lui avait volé un baiser.

Nicholas s'installa à l'autre bout du tronc, en silence, soulagé de voir qu'Anne ne parlait pas non plus. Il avait déjà bien assez de mal à reprendre ses esprits !

Il l'avait embrassée comme un idiot, sans réfléchir. Et, en un instant, le monde avait basculé pour lui, mettant à nu une faiblesse qu'il avait crue enterrée pour toujours. La même faiblesse qui avait empêché son père de voir la vérité au sujet de sa seconde femme.

Malgré tout, Anne était convaincue qu'il cherchait simplement à se distraire un peu avant de la repousser.

Il aurait dû la laisser penser cela. Il aurait aimé être aussi froid qu'elle le croyait.

Cette femme avait le don de le faire basculer de la colère au désir – et inversement – sans même lui laisser le temps de comprendre ce qui se passait. Une seule chose était claire : elle ne voulait pas plus d'une liaison que lui.

Pourquoi ?

À l'autre bout du tronc, elle restait très droite et très raide, les yeux fixés sur le bosquet ombragé comme si elle craignait de devoir le décrire en détail plus tard. Privés de leurs aiguilles, ses doigts s'agitaient sur ses genoux, mais elle ne baissa pas les yeux. Peut-être même ne se rendait-elle pas compte de leur mouvement.

À quoi pensait-elle, maintenant ?

Nicholas était un homme d'action, mais il savait que comprendre les émotions et les impulsions des autres lui permettait toujours de gagner leur coopération. L'homme qui vendait son vin pour faire un bénéfice pouvait être persuadé de vous le céder au bon prix. Celui qui se souciait plus de défendre son château pouvait monnayer sa loyauté en échange de sécurité.

Et Nicholas avait appris à lire ce genre de personnes.

Mais les femmes ? Au final, elles n'étaient pas aussi mystérieuses qu'on le croyait… En tout cas, pas celles qu'il avait rencontrées avant.

— Vous n'avez pas beaucoup vécu en compagnie des dames, n'est-ce pas ?

Quel était ce sortilège ? Pouvait-elle entendre ses pensées ?

— Un guerrier n'a pas beaucoup de temps pour ça, répondit-il.

Il aimait sa vie comme cela. Toutes les femmes étaient menteuses. Prêtes à dire ou faire n'importe quoi pour enchaîner les hommes par le mariage. Sauf celle-ci, apparemment.

— Moi, je n'ai pas beaucoup fréquenté d'hommes...

C'était sans doute ce qu'il obtiendrait de mieux en matière d'excuses, venant d'elle.

— Nous n'avons qu'à recommencer, suggéra-t-il. Peut-être pas en tant qu'homme et femme.

Puisque, au final, cette idée semblait la répugner autant que lui.

— Les hommes ne voient jamais une vraie femme quand ils me regardent.

C'était une simple constatation, énoncée sans tristesse. Et, de nouveau, une vague de colère monta en Nicholas.

— Vous ne désirez donc pas ce que veulent toutes les autres femmes ?

— Me marier ?

Elle baissa les yeux sur ses jambes, puis regarda Nicholas avec un demi-sourire à la fois amusé et triste.

— Je vous croyais plus sage que ça.

— Je le suis suffisamment.

Sauf en ce qui vous concerne. En effet, le mariage n'était certainement pas pour elle, et sa question maladroite n'avait fait que remuer le couteau dans la plaie.

Mais elle en avait tout de même envie, c'était certain. Toutes les femmes voulaient la même chose.

Comment traiter Anne ? Que lui dire ? Sa dernière réponse lui donnait l'impression d'être aussi gauche et hésitant avec ses mots qu'elle l'était sur ses jambes. Pourtant, elle était bien femme. Rien n'indiquait qu'elle était différente des autres. Nicholas aurait donc dû se méfier… Mais, au contraire, il s'était laissé séduire.

Anne examina discrètement son compagnon, qui secouait la tête sans la regarder, comme s'il essayait de comprendre une langue étrangère. Une fois de plus, elle avait l'impression de l'avoir mis mal à l'aise. Elle n'avait pas fait exprès, mais mieux valait au fond qu'il s'interroge à son sujet plutôt qu'à celui de Lady Joan.

Mieux valait qu'elle lui renvoie ses questions sans lui laisser trop de temps pour réfléchir.

— De toute manière, lança-t-elle donc, pour chaque femme qui rêve de mariage, il y a un homme qui accepte. J'en connais peu qui font le choix du célibat, comme vous…

Elle laissa sa phrase en suspens, espérant qu'il lui apporte une explication. Avait-il été blessé par une femme ? Portait-il le deuil d'une épouse décédée ? Avait-il fait un vœu ?

— Peu d'hommes ont vu la malhonnêteté des femmes d'aussi près que moi, lâcha-t-il.

Sous le choc, Anne ne put étouffer un hoquet effaré.

Elle voulut protester. *Je ne suis pas comme ça ! Je ne suis pas comme celles que vous avez connues !*

Mais elle l'était, bien sûr. Et s'en défendre ne ferait qu'enfler le mensonge davantage.

Finalement, Nicholas se leva et lui tendit une main absente.

— Si vous vous sentez mieux, nous allons rentrer.

Elle prit sa main, parce qu'elle avait besoin de son

aide pour se lever, mais la lâcha dès qu'elle le put. Déjà, elle avait peur de devoir se remettre en selle devant lui.

Monter à cheval était une épreuve pour elle, un moment si humiliant... Bien que ce fût difficile, elle s'arrangeait en général pour s'en sortir seule, sans personne pour la voir. Tout d'abord, elle conduisait son cheval docile près d'une souche d'arbre ou d'une pierre. Puis elle grimpait sur ce marchepied improvisé et prenait position avec soin pour pouvoir atteindre l'étrier de son pied gauche. Enfin, elle se hissait, laissant sa jambe droite pendre lamentablement et se servait des forces qui lui restaient pour faire basculer ce pied inutile par-dessus la croupe de l'animal sans le frapper.

C'était si pénible et si gênant qu'elle n'aurait jamais pris la peine d'en passer par-là si elle n'avait pas tant aimé se promener à cheval. Seulement, une fois en selle, elle pouvait bouger avec la même liberté, ou presque, que n'importe qui. Et, pour cela, elle était prête à souffrir s'il le fallait.

Mais laisser Sir Nicholas la voir...

Le cheval, bien dressé, s'approcha d'une souche dès qu'elle l'appela. Nicholas accepterait-il de détourner le regard poliment et de lui éviter une nouvelle humiliation, si elle le lui demandait ?

Elle prit une profonde inspiration, mais il ne lui laissa pas le temps de parler, la soulevant de terre suffisamment près de la selle pour lui permettre de placer sa jambe droite dans l'étrier et de trouver son assise.

Tout se passa si vite qu'elle n'eut même pas le temps de s'inquiéter ou de se demander quelle image elle renvoyait. Les mouvements de Nicholas furent même si fluides que leurs corps s'éloignèrent avant d'avoir attisé de nouveau le désir qui dormait en eux.

— Merci beaucoup.

Elle avait horreur de prononcer ces mots, mais Nicholas les méritait.

Il lui jeta un petit coup d'œil surpris, comme s'il avait aussi peu l'habitude d'entendre ces paroles qu'elle de les prononcer.

— J'apprécie votre gentillesse, répondit-il avec la solennité d'un homme qui prononce un serment.

— En général, personne ne...

Elle s'interrompit. Elle avait déjà été aidée par des serviteurs, des pages, des écuyers parfois, mais jamais par un gentilhomme.

Le regard trop perçant de Nicholas semblait lire en elle comme dans un livre.

— Allons-y, dit-il finalement en se mettant en selle à son tour. Rentrons et préparons-nous à écouter le roi nous raconter la mort de ce cerf.

Anne comprit soudain qu'elle n'était pas invisible, aux yeux de cet homme. Et c'était bien ce qui le rendait si dangereux...

6

Ils rentrèrent au pavillon, et Anne se retira sans sa chambre, attenante à celle de sa maîtresse, soulagée d'avoir le temps de reposer sa jambe avant le retour des chasseurs. Avant que Lady Joan ait besoin d'elle.

Sa maîtresse avait une femme de chambre, bien sûr, pour l'aider à se changer. Mais c'était à Anne qu'incombait l'honneur de la coiffer.

Chaque soir, Anne avait le privilège de pouvoir s'asseoir aux côtés de la comtesse pour ce rituel – un privilège qu'elle ne devait qu'à son infirmité. Là, tandis qu'elle coiffait les épaisses boucles blondes de Lady Joan, d'abord avec le côté large du peigne pour les démêler, la jeune femme écoutait le récit des plaisirs de la journée. De temps en temps, sa maîtresse lui demandait aussi si elle avait aperçu telle lady ou tel lord dans la grande salle.

Car, si elle ne pouvait ni marcher ni courir, elle avait au moins l'avantage de savoir observer et écouter. Ce qui, à la Cour, était un indéniable talent.

Anne répondait donc, et sa maîtresse écoutait – l'un des rares moments de la journée où elle laissait parler les autres. Elle engrangeait chaque information pour s'en servir plus tard comme on se sert de friandises pour attirer un chien rétif. À moins qu'elle utilisât ce savoir pour exprimer une opinion partagée par son confident du moment. Ainsi l'homme, car c'étaient toujours des hommes, serait enchanté et penserait avoir enfin rencontré une femme merveilleuse capable de le comprendre...

De retour de la chasse, Lady Joan reparut bientôt dans ses appartements, les yeux pétillants et les joues rouges. Elle s'assit comme à son habitude devant son miroir, et Anne prit place derrière elle, prête à coiffer sa maîtresse.

— Avez-vous apprécié la chasse, milady ?

Elle haussa les épaules.

— Je la suis parce qu'Edward aime ça. C'est lui qui a tué le cerf et gagné le pari qu'il avait fait avec son père. Donc, la journée a été plutôt bonne.

— Oui, on peut le dire, milady, renchérit Anne, comme toujours.

Joan lui jeta un rapide coup d'œil par-dessus son épaule, privant Anne de son opulente chevelure.

— Et ta propre chasse ? Qu'as-tu appris de plus au sujet de Sir Nicholas ?

C'était la raison, l'unique raison, qui l'avait poussée à chevaucher aux côtés de Nicholas : pouvoir répondre à cette question.

— Il n'a pas de maîtresse et n'aura pas besoin de cadeau pour elle.

Et, si elle ne s'était pas trompée à son sujet, il ne risquait pas d'en avoir de sitôt.

— Il retient un otage français et prévoit de repartir au combat dès que le prince le libérera de ses obligations.

Il m'a aussi embrassée.

Mais sa maîtresse n'avait pas besoin de connaître ce détail.

Lady Joan acquiesça d'un air absent, puis se concentra sur son reflet dans le miroir.

— Le messager du roi est de retour, annonça-t-elle.

Anne reprit son peigne et poussa un petit soupir de soulagement, discrètement pour ne pas se trahir. La comtesse était satisfaite. Elle ne lui poserait plus de questions au sujet de Sir Nicholas ce soir.

— Déjà ? Je pensais qu'il lui faudrait au moins deux semaines pour atteindre Canterbury et en revenir.

— Il n'est pas allé aussi loin. Il a rencontré des voyageurs qui lui ont dit que la région est encore épargnée par la peste.

— Quand Sir Nicholas partira-t-il ? Demain ?

Pourvu que ce soit le cas. Chaque minute qu'elle devait passer sous le même toit que cet homme était un nouveau danger.

— Je pense, oui. Edward veut l'accompagner, mais je préférerais qu'il reste. Inutile qu'il risque la peste, lui aussi. Sir Nicholas a su rallier le Pape à notre cause, il sera sans doute capable de négocier avec l'archevêque.

Elle se tourna une nouvelle fois vers Anne et la jaugea un instant avant de sourire.

— Viens là. Laisse-moi coiffer tes cheveux.

— C'est mon devoir de m'occuper de vous, milady, protesta Anne, gênée.

Une telle gentillesse de la part de Lady Joan ne serait sans doute pas gratuite…

— Mais tu es toujours si patiente avec moi et mes petites lubies. Viens. Retourne-toi.

Anne retira donc quelques cheveux dorés des dents écartées du peigne, taillées pour les chevelures épaisses, puis tendit l'ustensile à Lady Joan.

— Vous n'aurez besoin que du côté aux dents fines, milady.

Anne se sentit d'abord mal à l'aise avec la présence de la comtesse dans son dos, là où elle ne pouvait voir les expressions de son visage. Cependant, le glissement délicat du peigne, les mains douces et ces quelques secondes de paix l'enveloppèrent comme un cocon. Comme si la présence tranquillisante de Lady Joan elle-même venait se poser sur sa tête et ses épaules. Tant qu'elle restait proche de la comtesse, elle faisait partie de cet autre monde, où tout ce qui devait être serait.

— Tes cheveux sont très beaux, Anne.

Mensonge. Sa chevelure était fine et du roux pâle d'un vêtement trop souvent lavé, mais Lady Joan se montrait gentille...

— Merci, milady, répondit-elle donc.

— Lève le miroir, ordonna sa maîtresse. Regarde-toi.

Anne obtempéra et découvrit leurs deux visages côte à côte dans le reflet. Lady Joan avait peut-être huit ans de plus qu'elle, mais c'était toujours ses traits qui attiraient le regard.

Qu'est-ce que Nicholas pensait d'elle ?

La comtesse contempla sa suivante avec un petit sourire, dans la glace.

— Tu es encore jeune.

Plus jeune qu'elle, oui, mais Anne ne le lui fit pas remarquer.

Et Joan ne prit pas le temps d'y songer.

— Bien sûr, tes cheveux sont plus roux que blonds,

ta bouche est un peu trop grande et tes pommettes, comme tes mains, ont perdu un peu de leur fraîcheur de jeune fille...

Anne jeta un coup d'œil à ses doigts calleux à force de broder. Si ses mains n'étaient pas aussi blanches et douces que celles de Joan, ce n'était pas sans raison.

— Mais tu as un grand front dégagé. Si nous enlevions ce cheveu rebelle, ici, et si nous déposions un peu de poudre de carthame sur tes joues pour les faire briller...

Anne reposa si brutalement le miroir qu'elle faillit le faire tomber.

— Tout ceci n'effacera jamais la disgrâce de ma jambe, coupa-t-elle.

— Non, mais cela pourrait te permettre d'attirer le regard d'un homme.

Anne ne put retenir un éclat de ce rire si mélodieux qu'elle avait perfectionné au fil du temps. À défaut de flatter l'œil, elle savait satisfaire l'oreille.

— Voulez-vous vous débarrasser de moi, milady ?

— Bien sûr que non. J'ai promis à ta mère...

Elle n'acheva pas sa phrase. C'était inutile.

— Mais je suis tellement heureuse avec Edward. Je voudrais que tu trouves un époux, toi aussi.

Anne avait souvent été témoin de ces scènes de bonheur conjugal et de désir, consciente qu'elle ne connaîtrait jamais une telle joie. Certains hommes étaient prêts à épouser une femme sans charme pour son argent, ou bien parce qu'elle pouvait les aider à élever leurs enfants, à tenir leur maison. Et, le reste du temps, ils coucheraient avec de belles maîtresses par amour ou simple passion physique.

Mais une estropiée comme elle n'aurait jamais la moindre utilité pour quiconque. À part, peut-être, Dieu.

Seulement, Anne n'avait jamais envisagé la vie monacale, privée des merveilles du monde.

— Je pensais qu'un autre pèlerinage...

Elle secoua la tête, interrompant Lady Joan. Sa mère avait fait appel à Dieu dès le premier jour. Dès qu'elle avait pu quitter son lit, après l'accouchement, elle avait voyagé jusqu'à l'autel de sainte Larina avec son bébé dans les bras, priant pour un miracle. Larina ne l'avait pas accordé. Pas plus que sainte Winifred, saint Werburgh, sainte Etheldreda ou la Vierge elle-même.

Le miracle d'Anne n'avait pas été une guérison, au final, mais la protection de Lady Joan.

Seulement, nul ne pouvait se permettre de juger la sagesse divine.

— J'en suis même certaine, reprit la comtesse en se levant pour faire les cent pas, laissant la moitié de la chevelure d'Anne emmêlée. Un pèlerinage à Canterbury. Dieu t'entendra, cette fois, c'est certain.

D'où lui venait donc cette idée saugrenue ? Joan n'avait encore jamais parlé de guérison.

— Milady, je ne crois pas que...

— Et tu pourrais partir immédiatement. Dès demain ! Avec Sir Nicholas Lovayne !

Anne faillit éclater de rire de nouveau – mais pas de joie, plutôt pour étouffer le désir qui monta soudain en elle. Passer encore quelques jours en compagnie de Nicholas, dans ce mélange perpétuel d'espoir et de peur à l'idée qu'il puisse...

— Sir Nicholas n'a pas besoin de s'encombrer de

moi. Il doit d'abord s'occuper de la requête du Pape concernant votre mariage.

Il avait même été très clair sur ce sujet : il ne voulait s'encombrer de personne. Pas même d'une épouse.

Joan la regarda de nouveau, avec son grand sourire, en tapotant le peigne de corne contre sa paume d'un air distrait.

— Tu ne seras pas un fardeau pour lui. Et tu me seras d'une grande aide...

Soudain, Anne comprit tout. Elle ne voyagerait pas jusqu'à Canterbury dans l'espoir d'être guérie. Elle partirait comme espionne au service de sa maîtresse.

Nicholas pensait encore à Anne, ce soir-là, tandis qu'il se préparait à partir. Pourtant, ce n'était pas faute d'essayer de l'oublier. Il avait fait son devoir. Il avait été gentil. Il n'avait plus aucune obligation envers elle. Leur baiser ? Cela n'avait été qu'une erreur qu'elle avait eu la bonté d'ignorer.

C'était à lui de faire de même, à présent.

Dès le lendemain, il partirait pour Canterbury, libre, sans avoir besoin de regarder sans cesse par-dessus son épaule pour vérifier qu'elle n'était pas tombée de cheval.

Quand un page vint lui annoncer qu'elle voulait le voir, il n'en fut pas vraiment surpris. Sans doute voulait-elle simplement le remercier encore et lui souhaiter un bon voyage.

Seulement, quand il l'aperçut assise sur le banc du jardin, dans la lumière déclinante, penchée sur son ouvrage, il comprit à son air déterminé que quelque chose n'allait pas.

— Est-ce que vous vous êtes remise de la chasse ?

Elle leva les yeux sur lui et acquiesça, la main immobile au-dessus de sa broderie.

— À quelle heure partez-vous, demain ?

— Dès l'aube. Le voyage sera long, et je n'ai pas beaucoup de temps devant moi.

— Envoyez un page à ma chambre quand vous serez prêt. Je pars avec vous.

Nicholas sentit son sang se figer. Il avait sûrement mal entendu…

— Pardon ?

— Je voyagerai avec vous.

— Pourquoi ?

Il aurait sans doute pu se montrer plus délicat, mais il avait déjà pris l'habitude d'être franc avec elle.

Elle détourna un instant les yeux.

— Ce n'est pas… Je n'attends pas de…

Et voilà. Ils perdaient leurs mots tous les deux. Ce baiser pesait entre eux comme une pierre.

Finalement, elle surmonta son instant de faiblesse et se redressa.

— Nous ne serons pas seuls.

Bien sûr, ils auraient une suite. Petite, mais suffisante pour marquer l'importance de cette mission.

— Non, en effet, répondit-il.

Mais la tentation n'était pas la seule chose qui le rendait hésitant. Il se souvenait bien du mal qu'elle avait à se mettre en selle ou à descendre de sa monture. Et il n'aurait pas le temps de s'occuper de ça.

— Je sais que vous avez envie de voyager, mais je dois…

— Aller vite. Je sais. Nous avons déjà perdu assez de temps à attendre le retour du messager.

Elle était pleine de bon sens et elle savait qu'elle le ralentirait. Alors pourquoi ? Un soupçon l'assaillit. Est-ce que ce baiser imprudent lui avait donné des idées ? Ils avaient échangé quelques sourires, quelques mots amicaux, mais cela ne signifiait rien.

Pensait-elle que... ?

Elle était loyale envers sa maîtresse. C'était la seule carte que Nicholas pouvait encore jouer pour la dissuader.

— Lady Joan ne peut pas se passer de vous en ce moment, avec tous les préparatifs du mariage, vous ne croyez pas ?

Cet argument, au moins, la ferait changer d'avis.

— C'est elle qui désire que je parte. Elle pense qu'un pèlerinage pourrait...

Elle s'interrompit, les yeux baissés.

Un pèlerinage. Son dernier espoir de guérison.

Nicholas était déchiré entre sa culpabilité et son devoir. Comment pouvait-il refuser à cette femme, ou à n'importe qui, l'opportunité de prier les saints ? Seulement, le voyage jusqu'à Canterbury durerait au moins sept jours, même s'il avait d'abord pensé pousser les chevaux un peu plus fort. Jamais il ne pourrait tenir ce délai avec elle.

Il ravala son premier mouvement de colère et chercha des mots plus appropriés.

— Vous n'avez encore jamais fait cela ? Un pèlerinage ?

Elle secoua la tête.

— Ma mère l'a fait. Plusieurs fois. Quand j'étais petite, et puis...

Elle haussa les épaules.

— Puis nous avons arrêté.

Et elle boitait toujours.

— Pourquoi pensez-vous que les choses seront différentes, cette fois ?

Il la vit tressaillir, comme si elle venait d'essuyer un coup.

— Je n'y crois pas. Mais Lady Joan est toujours convaincue que ce qui doit être…

— … sera, acheva-t-il en même temps qu'elle.

Elle sourit. Pas lui.

— Oui, c'est cela.

Ainsi, comme toute femme digne de ce nom, la comtesse lui faisait porter les espoirs d'Anne sans se soucier un seul instant de tout ce qui ne la concernait pas directement. Et elle s'attendait à ce qu'il parvienne à jongler avec toutes ces responsabilités pour la satisfaire !

S'il ne partait pas immédiatement de là, il risquait de dire quelque chose qu'il regretterait un jour.

— Je dois m'occuper des chevaux et des vivres.

Il n'avait pas de temps à perdre en discussions. Il n'avait qu'un seul espoir : aller voir Edward et lui exposer le problème. Lui dire qu'il ne pouvait pas prendre Anne avec lui et le laisser faire entendre raison à sa femme.

— Il faut aussi que je parle au prince, ajouta-t-il.

Sans un mot de plus, il tourna les talons, mais la voix d'Anne lui parvint encore, dans son dos :

— Je crois que la décision du prince pourrait vous surprendre.

Il ne se retourna pas. C'était Anne de Stamford qui allait être surprise.

Quand Nicholas trouva le prince, celui-ci venait de gagner une partie de dés, ce qui l'avait rendu de très bonne humeur.

Obéissant aux ordres du Pape, il ne partageait plus sa chambre avec Lady Joan et passait le plus clair de ses journées à compter les heures qui les séparaient encore de leur mariage officiel. Il n'accepterait probablement pas que l'approbation de l'église soit retardée, quoi que puisse en penser Anne.

— Milord, nous partons à l'aube, annonça Nicholas.

Edward le gratifia d'un sourire et lui donna une claque amicale dans le dos.

— Faites bon voyage, mon ami. Je vous souhaite de revenir le plus vite possible.

— Mais vous venez avec moi...

Le prince secoua la tête d'un air tranquille.

— Vous n'aurez pas besoin de ma présence. Joan et moi attendrons impatiemment votre retour.

Voilà que le voyage soigneusement préparé par Nicholas volait en éclat avant même leur départ. La décision du prince était-elle due à sa confiance en son émissaire, ou bien à sa peur de la peste ? Non, l'explication était sans doute beaucoup plus simple. Quel mot Anne avait-elle employé ? Le désir. L'impulsion qui détruisait tant d'hommes, y compris le père de Nicholas.

— Je ne reviendrai sans doute pas aussi vite que je l'avais prévu, répondit-il. L'une des suivantes de Lady Joan souhaite m'accompagner.

Il constata avec soulagement que le prince paraissait surpris.

— Qui ? Pourquoi ?

— Anne, répondit-il d'un air presque interrogateur, comme s'il hésitait sur son nom. Elle espère guérir sa jambe. Elle m'a dit que Lady Joan lui avait suggéré de faire un pèlerinage.

Contrairement à ce que Nicholas avait espéré, Edward sourit.

— Ma femme est si bonne, soupira-t-il. Elle se soucie toujours tant des autres.

Les choses ne se passaient vraiment pas comme il l'avait espéré ! L'amour rendait-il donc tous les hommes aussi naïfs ?

— Voulez-vous qu'elle accomplisse son pèlerinage ou bien voulez-vous que l'on satisfasse le Pape le plus vite possible ?

Edward fronça furtivement les sourcils.

— Si Joan tient à ce que sa suivante parte avec vous, sa volonté sera exaucée. Je suis certain que vous saurez aussi bien vous occuper d'une infirme que de l'archevêque. Ce ne sera sans doute pas plus difficile que trouver quatre barriques de vin de Gascogne dans les quartiers des prêtres de St Thierry...

Nicholas regretta un instant la foi que le prince plaçait en lui. Voilà où l'avait conduit son orgueil. Il avait toujours laissé croire à Edward que ses tours de force étaient faciles, et cela empêchait à présent le prince d'envisager la moindre complication.

Du moins, en apparence.

Tout en cherchant de nouveaux arguments, il se mit à recalculer par habitude son temps de trajet et à revoir le détail de ses préparatifs.

— Je peux l'emmener là-bas et la raccompagner,

dit-il, mais sa guérison est entre les mains de Dieu, pas entre les miennes.

Edward soupira d'un air compréhensif.

— Pauvre femme. Joan l'a prise sous son aile parce que personne ne voulait s'en occuper, ni même la fréquenter. La comtesse est vraiment une perle. Bonne et généreuse...

Nicholas le laissa divaguer. La sainte Joan, qui avait protégé une infirme quand aucun autre mortel ne l'aurait fait... Apparemment, tout le monde tombait sous le charme de la comtesse.

« Joan l'a prise sous son aile. » Et Anne n'avait jamais voulu avouer depuis combien de temps elle servait sa maîtresse. Savait-elle quoi que ce soit au sujet du mariage épineux que Nicholas devait éclaircir ?

— Depuis quand ? dit-il, coupant le prince en plein monologue. Depuis quand sont-elles ensemble ?

Edward haussa les épaules.

— Au moins quinze ans. Sa mère a servi Joan avant elle.

— C'était donc à l'époque où Lady Joan était encore mariée à Salisbury ?

Froncement de sourcils. Le prince n'aimait pas qu'on lui rappelle la vérité : qu'il serait le troisième homme à partager le lit conjugal de sa femme.

— Cela n'a aucune importance. Vous devez la conduire là-bas et la ramener, c'est tout.

Certes, songea Nicholas. Mais il restait curieux. Quinze ans, cela représentait beaucoup...

— Et son père ?

— Mort avec les honneurs en France. Pourquoi

ces questions ? Cela ne change rien à votre mission à Canterbury.

Car, bien sûr, la mission était tout ce qui importait au prince.

Nicholas le salua donc et quitta la pièce. Si Anne avait réellement passé autant de temps avec sa maîtresse, elle avait non seulement assisté à son mariage, mais aussi au retour de Holland venu réclamer sa femme.

Étonnamment, elle n'avait jamais mentionné ces choses.

7

Soucieux, Nicholas vit arriver Anne le lendemain matin, déjà habillée et prête à partir. Surprit-il un regard en coin ? Un soupir ? Le moindre indice qui le laisserait supposer qu'elle espérait trouver un époux au bout du voyage, et non un miracle ?

— Vous comprenez, dit-il de sa voix la plus sévère, que vous n'aurez pas le temps de vous rendre à Canterbury à pied pour votre pèlerinage ?

C'était cruel – et voulu. Il préférait garder ses distances.

Sa question fut accueillie par une œillade glaciale.

— Je suis estropiée, mais pas idiote.

Pas vraiment les paroles d'une femme qui espère séduire un homme.

Nicholas serra les dents. Il la reconnaissait bien là. À chaque fois qu'il était menacé par un accès de culpabilité, elle trouvait une remarque acerbe à lui lancer pour remplacer la pitié par la colère.

Et il lui en était reconnaissant. Cela lui évitait de trop penser à elle.

— Et nous n'aurons pas non plus le temps de vous laisser communier, donner vos biens terrestres ou être bénie à la messe. Rien de tout cela.

Un vrai pèlerinage était presque autant ritualisé qu'une messe ou une chasse au cerf. Dieu exigeait de nombreux sacrifices avant d'accorder sa pitié.

— Si vous essayez de vous libérer de toute responsabilité si le saint ne me guérit pas, c'est inutile. Mes prières et celles de ma mère ont toujours été ignorées jusqu'à présent. Je ne pense pas qu'une bénédiction de plus fera la moindre différence aux yeux de saint Thomas.

— Dans ce cas, pourquoi partir ?

Elle ne répondit rien, cette fois, et son silence réveilla les soupçons de Nicholas. Ce pèlerinage cachait-il un autre but ?

Finalement, elle redressa la tête, comme pour s'extirper d'une vision lointaine.

— Cela fait plus de quinze ans que je ne me suis pas éloignée de Lady Joan.

Aveu surprenant. La cour royale était toujours en mouvement... Avant même leur retour de Canterbury, le roi serait sans doute parti s'installer à Clarendon, Brockenhurst ou Carisbrooke. Il arrivait donc souvent que certains domestiques restent en arrière ou partent préparer l'arrivée du souverain. Il était donc particulièrement inhabituel, pour une suivante comme Anne, de n'avoir jamais quitté le chevet de sa maîtresse.

Nicholas n'aurait jamais pu envisager une telle constance chez lui. Mais l'infirmité d'Anne rendait chaque déplacement plus lourd, évidemment. Elle était sans doute plus à l'aise en voiture et, en se déplaçant avec la comtesse, elle pouvait sans doute partager la sécurité et le confort de son véhicule.

Sa décision de faire son pèlerinage à cheval, uniquement

accompagnée par quelques chevaliers et une servante, était courageuse. Bien plus qu'il l'avait d'abord pensé.

— Va-t-elle vous manquer ?

Elle sourit.

— J'aurai bien le temps de le savoir, non ?

Il ne vit pas la moindre peur dans ses yeux. Juste un désir de découverte qui ralluma les braises de la faiblesse qu'elle avait fait naître dans sa poitrine.

Il dut lutter pour rester de marbre.

Un rapide baiser volé à une jeune femme souriante n'était pas une bien grande diversion quand on passait trois jours coincé dans la New Forest. Anne et lui avaient peut-être échangé quelques paroles vives et partagé quelques rires, mais il avait compris dès le début que cela ne durerait pas...

Et voilà qu'au moment de partir il devait se résoudre à passer de longues journées sur la route avec elle.

Pire encore, il n'était pas certain que cela le gêne beaucoup.

Anne avait déjà voyagé à cheval, mais jamais aussi longtemps – jamais plusieurs jours d'affilée. Les routes étaient creusées d'ornières, les voitures lentes et inconfortables, et parfois sa maîtresse et elle avaient profité du confort d'une litière agrémentée de coussins, avec des rideaux qui protégeaient du vent ou du soleil.

Mais, cette fois, Anne ne pouvait espérer ce genre de répit.

Le simple fait de tenir en selle épuisait toutes ses forces. Son pied droit ne tenait pas dans l'étrier. Elle devait donc serrer les cuisses aussi fort que possible pour garder son équilibre, et prier pour ne pas glisser dans la boue où elle aurait été piétinée. Sa monture, sentant sans doute sa tension, lui résistait. Chaque pas était une nouvelle lutte.

Dès le premier après-midi, son corps tremblait de douleur.

Elle était néanmoins tellement heureuse qu'elle aurait pu chanter comme un pinson.

Juste avant de s'endormir, elle imaginait parfois pouvoir voyager aux confins du monde et admirer des décors trop étranges pour être réels, mais elle savait que ce n'était qu'un rêve. Elle ne pouvait vivre en toute sécurité qu'avec Lady Joan et, dès qu'elle se réveillait le matin, elle réalisait qu'elle ne pourrait jamais quitter sa maîtresse.

Pourtant, elle était là, sous le soleil d'été, si loin de la comtesse qu'elle ne pouvait ni la voir, ni l'entendre, ni être appelée dans ses appartements. Au lieu d'avoir peur, elle était euphorique. Elle inspira le parfum délicat des fleurs, certaines jaune vif et d'autres bleu profond. Elle admirait l'ondulation des collines à l'orée de la forêt. Peut-être même que leur route les conduirait assez près de la côte pour qu'elle ait un aperçu de la mer.

Elle était heureuse, grâce à cette liberté qu'elle n'avait encore jamais goûtée. Aujourd'hui, enfin, elle pouvait faire semblant d'être la femme qu'elle avait toujours rêvé de devenir, libre de voyager où bon lui semblait. C'était pour cette raison qu'elle se sentait aussi bien. Pas à cause de Sir Nicholas Lovayne.

Son cheval impatient marchait devant elle par moments, et il lui jetait de petits coups d'œil soucieux pour s'assurer qu'elle tenait en selle.

Soudain, il ralentit le pas pour cheminer à côté d'elle, comme s'il avait surpris ses pensées. Ils n'avaient pas parlé depuis qu'elle était montée sur son palefroi, grâce à son aide. Il arrivait à la soulever avec tant de grâce qu'elle ne luttait plus pour se mettre en selle.

— Est-ce que vous allez bien ? demanda-t-il. Avez-vous besoin de vous reposer ?

C'était gentil de sa part. Il n'avait pourtant pas été d'une humeur aussi généreuse ce matin... Mais elle refusait de se laisser dorloter, même s'il fallait qu'elle s'attache au cheval pour tenir.

— Vous l'avez dit vous-même : nous n'avons pas le temps de faire des pauses. Et puis les pèlerins ne sont-ils pas censés souffrir ?

Elle ponctua sa question d'un sourire, pour lui faire comprendre que ce n'était pas son cas.

Pourvu qu'il ne la voie pas serrer les dents.

— Venez. Nous allons nous arrêter pour manger.

Il donna quelques ordres aux hommes qui les escortaient et à son écuyer, Eustace, se dépêcha d'étaler une couverture par terre tandis qu'Agatha, la servante que Lady Joan avait prêtée à Anne, déballait leur déjeuner froid au bord du ruisseau. Ils voyageaient en petit groupe, uniquement accompagnés par deux chevaliers et leurs écuyers.

Nicholas avait tout organisé lui-même. Sans doute était-ce bien plus facile que trouver à boire et à manger pour des centaines d'hommes, comme il avait dû le faire en France. Néanmoins, avec lui, Anne n'était plus une suivante obligée de porter toutes sortes de choses.

Il s'approcha de son palefroi, prêt à l'aider à descendre et elle étouffa la vague de désir qui monta en elle.

Ses bras étaient forts, assurés. Elle se laissa couler contre son corps, dans une étreinte digne de deux amants. Seulement, s'il se souciait d'elle, ce n'était que par devoir. Elle le savait bien. Il était le serviteur du prince, et elle était attachée à la maisonnée de Lady Joan. Mais, étonnamment, si loin de la Cour, elle avait l'impression qu'ils avaient fui leurs obligations – au moins pour quelques jours.

Ses pieds se posèrent sur le sol inégal et elle perdit l'équilibre, obligée de s'appuyer sur Nicholas pour ne pas tomber.

— Je vous tiens, ne vous en faites pas, dit-il de sa voix grave qui résonna contre sa poitrine.

Elle ferma un instant les yeux, s'abandonnant à un fantasme qu'elle s'était toujours interdit.

Le fantasme de devenir enfin une femme normale, qui aurait pu avoir un époux, voire un amant. Si jamais elle devenait cette femme, choisirait-elle Sir Nicholas ? Elle n'était certainement attirée par lui que parce qu'il était le seul à accepter de la toucher.

Elle leva les yeux vers lui en murmurant un rapide remerciement et fut de nouveau bouleversée en le voyant.

Il était grand et fort, oui. Elle l'avait vu dès le premier jour. Sa taille égalait celle du roi ou du prince, ce qui était rare. Peu d'hommes étaient capables de regarder les deux Edward dans les yeux. Nicholas, lui, arrivait sans peine à leur hauteur.

Les mains posées sur ses bras, elle sentait la puissance de muscles habitués au maniement de l'épée. Mais ces muscles, comme tant de choses chez lui, semblaient se cacher, comme s'il les utilisait uniquement en cas d'urgence. Ses lèvres fines contrastaient avec son nez abîmé par ses trop nombreuses batailles. Vu dans son ensemble, il présentait un étonnant mélange de diplomatie et de force brute.

— Qu'est-ce que vous regardez ? demanda-t-il.

— Vos yeux.

Trop tard pour mentir, de toute manière.

Il recula d'un pas, manquant de la lâcher, mais ne se détourna pas d'elle.

— Et qu'en pensez-vous ?

Une vague de chaleur la traversa, enflammant ses joues. Pouvait-il lire dans ses pensées ?

Non. Certainement pas. Et, s'il avait assez de volonté pour soutenir son regard, elle ferait de même.

— Je pensais que vous aviez les yeux marron, mais je me suis trompée. Ils sont...

Elle l'examina encore un instant, incapable de nommer la couleur de ses yeux. Verts ou noisette selon la lumière, puis au second regard, presque gris et or. Leur nuance était aussi changeante que le vol d'une plume aux vents et aussi dure à décrire que l'homme lui-même.

— Oui, Anne ?

Combien de temps avait-elle contemplé ses yeux, comme si elle cherchait à le séduire ?

— Je ne sais pas. Quand je m'apprête à dire qu'ils sont bleus ou verts, tout change à nouveau.

Il la gratifia d'un sourire sincère.

— Cela m'est utile à chaque fois que je dois négocier avec quelqu'un.

Ah oui... Des yeux qui semblaient montrer un fragment de son âme mais qui, en fait, la camouflaient.

— De quelle couleur sont-ils selon vous ?

Elle avait adopté un ton léger et insouciant. Le ton d'une femme capable de danser.

Nicholas parut surpris.

— Je ne vois pas mes propres yeux, et je ne perds pas de temps à me regarder dans le miroir. Pourquoi tenez-vous à le savoir ?

Parce que je veux tout savoir de vous.

Seulement pour mieux servir sa maîtresse, bien sûr. Mais elle ne pouvait le dire. Mieux valait que Nicholas la croie charmeuse, pas plus sérieuse avec lui que les femmes qui jouaient à séduire les chevaliers pendant les bals. Il ne fallait pas qu'il fasse le moindre lien entre ceci et leur baiser...

— Votre mère, alors ? Comment les décrivait-elle ?

Un éclair de douleur. De colère. Son regard intense se fixa de nouveau sur elle.

— Comment décrivez-vous les vôtres ?

— Les miens ?

Elle jetait des coups d'œil à son miroir aussi souvent qu'une autre, sans doute, mais ne s'y attardait pas.

— Je n'étudie pas mes propres yeux.

— Eh bien moi non plus, répliqua-t-il fermement.

Il n'en dirait pas plus, c'était évident.

Anne tendit la main vers son bâton, ravie d'avoir une raison de se détourner. Pour réfléchir. Leur escorte était déjà rassemblée sur la couverture pour partager une miche de pain et du fromage. Soudain, les quelques pas qui la séparaient de là lui parurent insurmontables.

Elle avança un peu, maladroitement. Puis ses jambes, affaiblies par la matinée de voyage, refusèrent de la porter plus loin, et elle se laissa tomber sur les restes d'un muret en ruines.

— Ne bougez pas, lui dit Nicholas. Je vous apporte à manger.

Soulagée, elle le laissa se charger de son repas. Il revint avec du pain, un morceau de fromage et de la bière. À sa grande surprise, il s'assit à côté d'elle.

— Vous avez donc passé quinze ans au service de Lady Joan, commença-t-il.

— Comment le savez-vous ?

Il lui jeta un bref regard.

— Parce que, ce matin, vous m'avez dit que vous ne l'avez jamais quittée pendant tout ce temps.

Comment avait-elle pu être aussi imprudente ? Elle mâchonna son pain bien plus longtemps que nécessaire, cherchant un moyen de détourner la question. Sur la couverture, Eustace et Agatha s'était assis côte à côte, penchés l'un vers l'autre.

— Donc, dit-elle finalement en chassant quelques miettes de sa jupe, puisque nous sommes tous les deux incapables de nommer la couleur de nos propres yeux, dites-moi quelle est celle des miens, et je vous dirai celle des vôtres.

C'était une faible diversion pour l'empêcher de poser trop de questions sur le passé. Elle se pencha vers lui et contempla ses yeux, ouvrant les siens le plus grand possible comme pour lui permettre de mieux les voir, puis papillonnant des paupières.

Il tenta de rester de marbre, mais finit par rire.

— J'avoue que cette légèreté me surprend, venant de vous.

Bien : elle avait retenu son attention. À présent, elle devait la garder.

— Voyons, messire chevalier, n'avez-vous jamais regardé une femme dans les yeux ? demanda-t-elle.

Simplement pour le distraire. Pas parce qu'elle avait envie de connaître la réponse.

Nicholas retrouva son sérieux et étudia ses yeux. Son air concentré, songeur, ne trahissait pas la moindre envie de l'embrasser de nouveau.

— Vos yeux sont gris. Et... verts, aussi.

Gris. Verts. Pas la moindre poésie dans tout cela.

— À vous, maintenant. Laissez-moi voir.

Étrangement, son regard lui parut voilé, assombri par ses sourcils froncés et ses paupières mi-closes, comme s'il jaugeait en permanence la personne en face de lui. Comme s'il cherchait à se protéger.

— Vos yeux sont bleu-gris, comme un nuage qui dissimule la lune.

Il parut surpris.

— Je ne vous avais pas encore vue si... volage, jusqu'à présent.

En effet, elle se sentait volage. Aussi légère et insouciante que le rire d'Agatha qui flottait jusqu'à eux sur la brise estivale. Pourquoi faisait-elle cela ? Parce qu'elle s'était enfin éloignée de la vie qu'elle connaissait ? Parce qu'elle essayait de distraire Nicholas ? Ou parce qu'avec lui elle se sentait... différente ?

— Trop d'air pur, sans doute. À moins que ce ne soit... *Vous.*

Elle s'empêcha de prononcer ce dernier mot.

De son côté, il ne bougea pas. Il la dévisageait, la tête

un peu penchée sur le côté, ses sourcils volontaires toujours vaguement froncés et les lèvres pincées.

Elle finit par se détourner. Elle n'avait pas l'habitude de badiner avec les hommes et elle n'aurait jamais dû essayer de jouer ce rôle.

— Vous me regardez comme si vous étiez en train d'évaluer un cheval pour voir s'il est digne d'être monté par un homme du roi, lui fit-elle remarquer avant de rougir jusqu'aux oreilles.

Comme un homme peut… monter une femme, lui murmura une petite voix.

— Je ne voulais pas dire…

Elle empirait les choses ! Les ombres qui voilaient le regard de Nicholas se dissipèrent, laissant entrevoir la lune un instant. Elle sut tout de suite ce qu'il imaginait. Lui. Elle. Ensemble. Il la contemplait comme les courtisans qu'elle connaissait contemplaient les autres femmes – pas elle, jamais elle.

Personne ne posait les yeux sur elle.

Elle se retourna vers lui, même si elle n'aurait pas dû, trop enivrée par ce soupçon de désir, aussi furtif soit-il. Bien sûr, elle ne pourrait connaître la béatitude du prince et de Lady Joan, mais ce simple avant-goût…

Les nuages reparurent dans ses iris sombres.

— Je comprends, dit-il avec fermeté.

Si elle avait échoué à étouffer son fantasme, Nicholas, lui, y parvint tout de suite.

Il restait néanmoins quelque chose, derrière le voile nuageux. Un éclat brillant, clair, aiguisé qui semblait tout droit venu de tous les pays lointains qu'il avait visités. Qui parlait à Anne de paysages, de sons et de parfums qu'elle ne pourrait jamais comprendre.

Et jamais percevoir.

Finalement, il se leva et lui tendit la main.

— Venez. Nous devons nous remettre en route. Je vais fabriquer un harnais pour vous aider à tenir en selle et à voyager plus à votre aise.

Après cela, Nicholas garda ses distances. Il arrangea une ceinture et une lanière en corde pour empêcher Anne de tomber de cheval. Avec cet accessoire, le palefroi et elle parurent mieux s'adapter l'un à l'autre, et il n'eut plus besoin de se retourner sans cesse pour s'assurer qu'elle n'avait pas chuté en chemin. Il montra aux autres chevaliers et même aux écuyers comment l'aider à monter et descendre de cheval. Mais, dès le lendemain, il ne supporta plus de voir leurs efforts maladroits : ils étaient aussi gauches avec les sangles qu'avec elle. S'il ne s'interposait pas, ils finiraient par se blesser, ainsi que le cheval et Anne.

Il reprit donc la responsabilité de s'occuper d'elle, même si cela l'obligeait à la tenir contre lui près de dix fois par jour. Ces gestes étaient devenus faciles pour lui mais il les exécutait avec raideur, tentant de rester aussi loin d'elle que possible.

Cela ne l'empêchait pas de percevoir le parfum de ses cheveux, épicé comme un fruit défendu caché au plus profond des bois.

Chaque fois que cela arrivait, il se crispait davantage, tout comme elle et, bien qu'ils fussent tout proches l'un de l'autre, un mur défensif semblait se dresser entre eux, assez solide pour détourner une volée de flèches ennemies.

Il se répéta qu'elle n'était qu'un obstacle sur son chemin, comme une rivière en crue ou une route boueuse qu'il fallait traverser tant bien que mal et qu'on laissait ensuite en arrière. S'adapter à l'infirmité d'Anne pendant ce voyage n'était pas plus compliqué que convaincre un boulanger français de vendre du pain à l'ennemi britannique ou trouver un port près du champ de bataille pour que les navires de vivres puissent y accoster. Nicholas avait déjà relevé des défis bien plus problématiques.

Mais toutes ces difficultés avaient fini par disparaître sans plus le troubler. Anne, elle, ne quittait jamais vraiment ses pensées. Non seulement il était responsable de son confort et de sa sécurité, mais en plus il était sans cesse envahi par un mélange de ressentiment, d'inquiétude et d'un désir plutôt malvenu.

À chaque fois qu'il levait les yeux sur elle, il la voyait sourire et cela le rendait heureux car il savait qu'il était en partie responsable de sa joie, aussi.

Il allait leur falloir près de dix jours pour atteindre Canterbury, bien plus longtemps qu'avec une simple escorte de cavaliers expérimentés. Nicholas faisait de son mieux pour maintenir leur allure, tout en surveillant Anne quand elle ne le regardait pas.

Souffrait-elle ? Si c'était le cas, elle le cachait bien. Fière et obstinée. Déterminée à ne pas ralentir leur groupe.

Ils atteignirent Winchester à la fin de la deuxième journée de voyage. Nicholas envoya son écuyer et les autres retenir des chambres à la taverne tandis qu'il conduisait Anne à la salle des pèlerins, au pied de la cathédrale.

Elle ne pourrait pas vraiment se reposer ici, songea-t-il alors qu'elle s'installait, mais elle aurait au moins un toit au-dessus de la tête. Les lourdes poutres de bois s'élevaient en arche, comme dans une nef, mais la salle n'offrait ni la paix ni le calme d'une église. Des pèlerins et des voyageurs occupaient tout l'espace, cherchant tous à se ménager un semblant d'intimité.

Oui, elle ne risquait rien, ici. Et Nicholas serait ravi de ne pas la voir avant le lendemain. Au moins, son absence allait-elle lui permettre de passer une bonne nuit sans rêves.

— Vous serez bien ici, dit-il en pensant déjà à ce qu'il ferait si elle protestait.

— La Cour voyage beaucoup, répondit-elle en s'enveloppant dans son indépendance comme on enfilerait une armure. Ma servante est ici et elle pourra m'accompagner.

Cependant, l'épuisement assombrissait ses yeux et semblait peser sur ses épaules.

— Vous accompagner ? Où ça ?

Il entendit l'inquiétude qui perçait dans sa voix et lui donnait presque des accents de colère.

— Je vais à l'église Greyfriars.

— Pourquoi ?

S'il était fatigué par la route, elle devait être à bout de forces...

— Vous aviez accepté de ne pas vous plier aux devoirs des pèlerins.

Elle soutint un instant son regard.

— Cela ne fait pas partie de mon pèlerinage. Le comte de Kent y est enterré et ma maîtresse m'a demandé de me rendre sur sa tombe.

— L'ancien époux de Lady Joan ? Je croyais qu'il avait été inhumé en France.

— Pas lui. Le frère de la comtesse.

— Son frère ?

Si elle y tenait tant, il allait devoir l'accompagner. Il ne pouvait pas la laisser traverser la ville avec sa servante pour seule escorte. Un nouvel obstacle se dressait entre lui et sa pinte de bière...

— A-t-il été emporté par la peste ?

Personne n'avait mentionné la mort d'un frère.

— Non. Il est mort il y a neuf ans. Il avait vingt-deux ans.

Vingt-deux ans. S'il avait vécu, il aurait eu l'âge de Nicholas.

— Tué à la guerre ?

Avait-il connu le comte ? Avait-il voyagé ou combattu à ses côtés ? Il essaya de raviver ses souvenirs en vain. L'année en question avait été une suite incessante de trêves et de batailles avec les Écossais et les Français. Il y avait eu tant de marches, tant de combats.

— Non, il est simplement... mort. Qui sait ce qui emporte certains hommes ?

Nicholas la dévisagea un instant. Devait-il lire plus que de la simple loyauté dans toute cette dévotion ?

— Est-ce que vous aviez... une faiblesse pour lui ?

Elle parut choquée.

— Il était marié !

Nicholas ne prit même pas la peine de souligner que cela ne voulait absolument rien dire, dans ces cas-là.

— Mais vous le connaissiez ?

— Bien sûr. C'était le dernier frère survivant de Lady Joan. À sa mort, ses terres et son titre lui sont revenus.

Mais cela n'expliquait toujours pas la loyauté inattendue d'Anne. D'après ce que Nicholas avait pu voir, les femmes étaient rarement aussi dévouées les unes aux autres. Elles ne se souciaient vraiment que d'elles-mêmes. D'un autre côté, si Anne avait autrefois eu des sentiments pour un homme, cela ne le concernait absolument pas. Voilà qu'il se laissait aller à des chimères. Peu lui importaient les motivations d'Anne. Il ne devait se soucier que des conséquences tangibles.

— Votre fidélité envers votre maîtresse est admirable, remarqua-t-il.

Par contre, la jalousie qu'il ressentait envers un homme mort ne l'était pas du tout !

Elle eut une petite moue dubitative, comme s'il ne l'avait pas convaincue.

— N'avez-vous donc jamais été fidèle à qui que ce soit ?

— Si, à Edward et au roi, bien sûr.

Cependant, sa loyauté envers le roi et son fils n'était que le fruit du devoir, des obligations, de son instinct de survie. Cela n'avait rien à voir avec le lien émotionnel qui unissait Anne à sa maîtresse. Ce lien semblait aller bien au-delà de la simple gratitude.

— Personne d'autre ? demanda-t-elle d'un air surpris. Votre famille ?

— Ma famille n'a jamais réellement mérité ma dévotion.

Cette femme avait passé presque toute sa vie au service de sa maîtresse. Nicholas, lui, avait quitté les siens depuis de nombreuses années.

La tristesse adoucit son regard soupçonneux.

— J'en suis désolée, murmura-t-elle.

— Je suis prête, lança soudain la jeune servante en les faisant sursauter. Eustace dit qu'il nous accompagnera aussi.

— Certainement pas.

Le jeune homme faisait sans doute cela pour passer plus de temps avec Agatha. Il allait jouer les chevaliers servants auprès de la bonne au lieu de s'occuper d'Anne...

— Si vous désirez visiter l'église, reprit-il, laissez-moi vous escorter.

— Mais je...

— S'il devait vous arriver quoi que ce soit, Lady Joan me ferait écarteler, coupa-t-il.

Et le prince la soutiendrait sans hésiter. Il fit donc signe à la servante et à son écuyer de les laisser – ils parurent d'ailleurs ravis d'avoir un peu de temps à passer en tête à tête – et tendit sa béquille à Anne.

Nicholas était aussi épuisé qu'Anne, mais il trouva encore la force de faire venir une petite voiture pour lui éviter d'avoir à marcher le long des rues. Il l'aida aussi à réveiller l'un des frères pour recevoir un présent commémoratif à rapporter à Lady Joan et la regarda prier longuement devant la tombe.

Un gisant avait été sculpté sur le couvercle du sarcophage, comme si le pauvre homme avait été pétrifié sur son lit de mort.

Un jeune seigneur titré, doté de vastes terres. Disparu.

Né la même année que Nicholas, il ne bougeait déjà plus.

Un courant d'air froid glissait sur les dalles de pierre et remonta le long des jambes du chevalier.

La mort frappait quand elle le voulait. Nicholas le savait très bien. Rapide ou lente, prévue ou inattendue, elle viendrait et il s'y était préparé.

Du moins, c'était ce qu'il se répétait depuis des années.

À présent, un doute le rongeait. À sa mort, il ne resterait plus rien de lui, telle était la vie qu'il avait choisie. Une vie libérée de tout ce qui aurait pu l'entraver. Pas de titres ou de terres. Pas d'épouse. Pas d'enfant. Personne pour le pleurer.

Pas même un membre de sa maisonnée comme la loyale Anne de Stamford, qui viendrait parfois s'agenouiller sur sa tombe et dire une prière pour le salut de son âme.

Au bout d'un moment, Anne se redressa et il tendit la main pour l'aider à se relever. Quand elle fut debout, toujours appuyée sur lui, il vit qu'elle avait pleuré.

Des larmes. Venant d'une femme qui ne cédait jamais. Était-elle plus proche de cette famille qu'il l'avait d'abord cru ? Une fille bâtarde et demi-sœur, peut-être ? Pleurait-elle la mort d'un frère, la perte d'un amour perdu sans espoir de partage, ou simplement ce drame qu'était la mort ? Cela ne faisait aucune différence aux yeux de Nicholas. Il ne supportait pas de la voir si triste.

Sans réfléchir, il la prit dans ses bras et, la serrant contre lui, il lui caressa les cheveux. Elle se coulait à la perfection contre son corps, de l'épaule aux pieds, comme si elle avait été faite pour lui. Il se crispa un instant, conscient de la pression de sa poitrine contre lui à chaque respiration et de sa joue humide contre son épaule. Comment faisait-on pour réconforter une femme ?

Jamais il ne s'était posé la question.

Finalement, elle redressa la tête. Ses grands yeux, bordés de longs cils roux, étaient baignés de larmes. Nicholas avait le souffle court, chaotique, comme elle. Presque comme s'il venait de l'embrasser...

Elle ne lui laissa pas le temps de bouger et se hissa sur la pointe des pieds, les bras passés autour de son cou, pour presser ses lèvres contre les siennes.

Ce fut rapide, aussi inattendu qu'une flèche tirée par un archer embusqué – et presque aussi mortel.

Contrairement aux flèches, par contre, cela n'empêcha pas Nicholas de réagir. Au contraire, il la serra davantage contre lui, emporté par son instinct de protection, par un besoin soudain de s'unir à elle, de sombrer en elle, de lui offrir toute sa force pour échanger les rôles et s'appuyer sur elle...

Puis, aussi vite qu'elles étaient arrivées, ses lèvres s'écartèrent.

L'air abasourdie, elle soutint son regard. Le vert-gris de ses yeux, qui lui avait paru rêveur quelques secondes plus tôt, s'était transformé lui aussi. Elle le dévisageait avec une franche curiosité, comme le jour de leur rencontre. Seulement, derrière ce masque, Nicholas surprenait quelque chose de nouveau : une inquiétude teintée de honte qu'il n'aurait jamais cru voir chez elle.

Ce n'était certainement pas ce qu'il attendait d'une

femme qui venait de pleurer sur la tombe d'un autre homme ; ou ce qu'il attendait de lui-même.

À présent, c'était lui qui ne se sentait plus très sûr de ses jambes, qui ne trouvait plus ses mots. L'espace d'un instant, il eut l'impression de ressentir plus qu'un simple désir physique. Quelque chose toucha le Nicholas qu'il était réellement, sous l'apparence qu'il donnait à voir au monde.

Mais il ne lâcha pas Anne.

8

Anne s'écarta de Nicholas et se laissa couler au sol, les yeux baissés.

— Pardonnez-moi.

Ses lèvres étaient encore en feu mais elle s'empêcha d'y porter les doigts.

— Je… Je n'ai pas… C'est… Je ne suis pas sûre…

Elle s'éclaircit la voix, trébuchant sur ses mots comme elle trébuchait sur son pied inutile. Qu'avait-elle fait ? Quelle folie s'était emparée d'elle ?

D'eux. Parce qu'il ne l'avait pas repoussée, pas même quand elle l'avait lâché. L'espace d'un instant, elle avait eu l'impression d'être une femme ordinaire, capable d'embrasser un homme, d'aimer sans être rejetée avec dédain. Cette intimité forcée, au fil du chemin, lui donnait envie de choses qu'elle ne pouvait avoir.

Même son père avait refusé de la prendre sur ses genoux, les rares fois où il était de passage à la maison.

Elle essuya ses larmes d'un revers de la manche, puis chercha désespérément son bâton, rendue aveugle et infirme à la fois. Ce fut Nicholas qui le trouva et le lui tendit.

Il toussa, lui tendant sa béquille à bout de bras, et attendit qu'elle retrouve son équilibre.

— Tout va bien ?

Elle acquiesça. Ce n'était pourtant qu'en partie vrai. Elle sentait confusément qu'ils venaient de s'engager tous les deux sur un sentier glissant.

Elle irait beaucoup mieux quand elle ne pourrait ni le voir, ni l'entendre, ni reconnaître son odeur quand il s'approchait trop près. Pour l'instant, la seule chose qui la réconfortait était le sol et elle n'essaya même pas de se relever.

Parler. Elle devait parler pour le rassurer.

— Je ne voulais pas... Je n'aurais pas dû... Je...

— Je ne me doutais pas de l'importance de votre deuil, Anne.

Une vague de soulagement la submergea : il était convaincu qu'elle pleurait l'ancien comte. Ce n'était pas le cas, en réalité. Le frère de Joan était mort depuis près de six ans et elle n'était venue que sur les ordres de sa maîtresse.

Non, si elle avait sangloté, c'était à cause de sa propre faiblesse. Elle pleurait parce qu'elle désirait une vie qu'elle ne pourrait jamais avoir – et elle le savait. À ce moment, Nicholas l'avait prise dans ses bras et elle avait voulu... Oh ! elle avait tant voulu...

Elle s'était laissée aller. Elle lui avait pris un autre baiser. Juste un. Pour pouvoir faire semblant...

Il fallait qu'elle le regarde. Qu'elle prétende une fois de plus qu'il n'y avait eu ni baiser, ni espoir, ni désir.

— Vous êtes gentil, murmura-t-elle en ravalant un nouveau flot de larmes.

Gentil d'une manière qu'elle ne pouvait tolérer. Elle

ne laissait personne se soucier d'elle à ce point, parce que cela ne faisait que souligner une fois de plus son infirmité. Cela lui rappelait sans cesse tout ce qu'elle ne pouvait pas faire.

Non, non, Anne. Tu ne peux pas, lui disait toujours sa mère. *Pas toute seule.*

Et, quand quelqu'un finissait par l'aider, on attendait d'elle de la gratitude. Toujours plus de gratitude.

— Merci, finit-elle par dire en s'étouffant sur ce mot honni.

Il ne répondit pas.

Quand elle osa encore une fois croiser son regard, elle tomba dans le piège de ses yeux sans fond. Ces yeux qui semblaient voir tout ce qu'elle cachait, entendre tout ce qu'elle refusait de dire.

— Je n'ai pas besoin de vos remerciements.

Pendant combien de temps s'étaient-ils dévisagés avant qu'il lui réponde ?

— Est-ce qu'il vous arrive parfois de penser à vous ? reprit-il avec un mouvement de colère.

Comme si elle en avait le droit.

Comment pouvait-elle lui avouer qu'elle pensait rarement à quelqu'un d'autre qu'elle ? Ou qu'elle avait besoin de sa compagnie comme une fleur a soif de pluie ?

— En prenant soin de ma maîtresse, c'est aussi de moi que je m'occupe.

Il soupira.

— Vous êtes tellement loyale...

Oh oui, mais il ne devait surtout pas savoir à quel point !

— Vous servez bien le prince, vous-même.

— Je fais ce que je dois, répondit-il en la couvant d'un regard curieux. Mais vous…

Distrais-le. La voix de sa maîtresse résonna dans sa tête comme si elle avait été présente, avec eux.

Anne s'appuya donc sur sa béquille et, rejetant l'aide de Nicholas, se releva péniblement.

— Ce que vous devez ? Consoler des femmes en pleurs, par exemple ?

Son sourire était-il trop timide ? Pourvu qu'il ne s'en rende pas compte.

— Non.

Une fois de plus, il s'éclaircit la voix comme s'il craignait de l'entendre s'érailler.

— En tout cas, pas jusqu'à maintenant.

Et il n'en avait probablement pas envie du tout, songea-t-elle.

Elle avança maladroitement et glissa sur les dalles. Une fois de plus, Nicholas la rattrapa à temps. Cette fois, il n'y eut plus de gêne entre eux. Elle était redevenue Anne…

Le dallage usé de l'église et ses escaliers déformés par les pas monopolisèrent toute son attention jusqu'à ce qu'ils débouchent tous les deux dans la rue baignée de soleil.

Nicholas la porta pour l'installer dans la charrette et prit la bride du cheval pour le guider dans la ville.

— Que faites-vous donc, Sir Nicholas, quand vous n'aidez pas les damoiselles en détresse ? demanda-t-elle soudain, refusant de céder de nouveau aux larmes ou de laisser un silence gêné s'installer entre eux.

— Je résous les problèmes, répondit-il dans un soupir qu'elle connaissait trop bien.

— Je vois. J'ai souvent fait la même chose.

— Vous ?

— Oui. Vous nourrissez les armées. Moi, je suis chargée des tenues de la famille royale pour Noël, cette année.

— Est-ce si difficile ? demanda-t-il d'un air incrédule. De toute évidence, il ne comprenait pas les forces en jeu...

— Cette année ? Oui. Quelle couleur choisir ? En temps normal, la robe de la princesse Isabelle ne doit être surpassée que par celle de sa mère, la reine. Mais, cette année, Lady Joan sera princesse de Galles, un rang plus élevé qu'Isabelle ! Je dois m'arranger pour les satisfaire toutes les deux sans qu'aucune se sente offensée par quoi que ce soit.

— Et comment des vêtements pourraient-ils les offenser ?

— Toute la famille royale doit porter la même couleur pour offrir un spectacle parfait au peuple. Même la livrée des serviteurs doit être assortie. Malheureusement, le bleu met la beauté de Joan en valeur et Isabelle ne le supporte pas. Elle préférerait du jaune, mais Lady Joan refuse. La reine, qui espère apaiser tout le monde, a choisi de ne pas donner son avis. Au final, je me retrouve à devoir naviguer entre les deux et chercher une solution avec Cecily, la suivante d'Isabelle...

Nicholas éclata soudain de rire – un son qui parut aussi peu familier à ses oreilles qu'à celles d'Anne, à en croire son air presque surpris.

— Les femmes ! Elles ne savent penser qu'à elles... Quand je pense que je me plaignais de devoir trouver à boire et à manger pour dix mille hommes et trente mille chevaux au front !

Anne ravala une réponse bien sentie et se contenta de dire :

— On ne peut pas comparer les besoins d'une armée et les caprices de deux princesses. Je suis au moins heureuse de pouvoir en rire avec Lady Cecily.

Elle lui conta mille anecdotes sur leur recherche de fourrures d'hermine, le faisant de nouveau rire de bon cœur. Peu à peu, leur camaraderie revint s'installer entre eux, les maintenant à une distance respectable l'un de l'autre.

Anne devait à tout prix éviter de s'égarer de nouveau.

Durant les jours de voyage qui séparèrent leur étape à Winchester de leur arrivée à Canterbury, Nicholas chevaucha plus lentement. Edward et Joan pourraient bien attendre quelques jours de plus pour se marier. Il refusait de faire du mal à Anne pour se plier à leur folie. Néanmoins, le trajet restait fatigant et ils avaient peu de temps pour se reposer ou discuter.

Convaincu qu'Anne aurait la force de tenir le rythme, ou qu'elle voulait du moins le lui faire croire, Nicholas garda ses distances. Si jamais elle se taisait pour mieux résister à la douleur, il fit semblant de ne pas s'en apercevoir.

Cela valait mieux pour eux deux.

Une fois de plus, il laissa donc Eustace et les autres hommes aider Anne à se mettre en selle ou à descendre de cheval – même si ces idiots la manipulaient comme un sac de grain et pas comme une femme – de peur de trop s'approcher d'elle à nouveau.

Il l'avait vue pleurer sur la tombe d'un mort et, l'instant d'après, l'embrasser comme si sa vie en dépendait. Pourquoi ?

Qui pouvait savoir ce qui poussait les femmes à agir, sinon pour défendre leurs intérêts ? D'après son expérience, les femmes n'étaient attirées par lui qu'en fonction de ce qu'il pouvait leur offrir. Celles qui suivaient les armées cherchaient de la nourriture et un endroit chaud où dormir, ce qui avait fait de lui le centre de toutes leurs attentions. Il avait reçu nombre de propositions de leur part et, en général, préférait refuser. Les femmes qui cherchaient un époux paradaient devant lui dans l'espoir d'attirer ses regards, jusqu'à ce qu'elles découvrent qu'il ne pouvait leur offrir ni richesses ni foyer.

À la vérité, bien que le comportement d'Anne demeurât un mystère pour lui, c'étaient ses propres actes qui l'effrayaient le plus. Il avait bien failli ne pas la laisser s'éloigner, la dernière fois. Dès qu'il posait les yeux sur elle, quelque chose le poussait à fouiller plus loin, pour connaître et comprendre cette femme dont les regards l'avaient si vite ensorcelé.

Pourquoi l'attirait-elle tant ? Il ne pouvait même pas décrire la couleur de ses yeux ! Quand il se fixait sur le gris, elle se retournait et son regard devenait bleu-vert. Puis, sous une autre lumière…

Plus il contemplait ses yeux, plus l'arche de son sourcil le distrayait, le poussant à admirer les mèches de cheveux qui cachaient ses oreilles et son cou d'une manière si hypnotique…

Il finissait toujours par soupirer en se rendant compte que la route avait défilé pendant qu'il se posait toutes ces questions inutiles sur cette femme qui n'était pourtant rien pour lui.

Il avait toujours possédé peu de choses dans sa vie, et en avait désiré encore moins. Son cheval. Son armure. Son travail. De quoi boire et manger. C'était tout ce qu'il lui fallait pour maintenir son corps et son âme en bonne santé – et pas assez pour le ralentir. Il ne s'encombrait de rien qui puisse l'empêcher d'aller de l'avant.

Seulement, toutes ces choses nécessaires à sa survie ne satisfaisaient pas ses désirs, ses envies profondes. Il posait sur elles le même regard froid et calculateur que sur les armes et les vivres à transporter au front. Établir un plan. S'attendre à des obstacles en chemin. Mesurer chaque épreuve et la surmonter sans laisser l'émotion surpasser le jugement.

Au début, il avait à peine été capable de comprendre ou d'admettre ce qu'il ressentait pour Anne. Sa faiblesse pour elle n'avait aucune raison d'être. Cette femme n'était plus une jeune fille rougissante et lui-même avait passé les trente ans presque sans s'en apercevoir. Quand on servait le prince, il était facile de ne pas se rendre compte de ces choses-là. Le prince ne s'était pas marié et aucun des deux hommes n'avait franchi la limite qui transformait à tout jamais la vie d'un homme, même quand on était convaincu que cela ne changerait rien.

Et depuis quand pensait-il au mariage quand il observait Anne ?

D'un autre côté, il ne pensait qu'à des unions

clandestines ou officielles depuis quatre mois… Et, au final, il y aurait bien un mariage, avec une cérémonie et une grande fête. Sans doute était-ce la raison pour laquelle il pensait tant à Anne. Car, au fond, son attirance pour elle avait été ridicule et inexplicable.

Et impossible à ignorer.

Mieux valait qu'il passe le moins de temps possible avec elle…

Au fond de lui, Nicholas savait quelles raisons poussaient Anne à faire ce pèlerinage. Mais, en arrivant enfin devant la porte ouest de Canterbury, il comprit vraiment pourquoi elle était là.

Il avait déjà vu des pèlerins, avant. Les mendiants. Les aveugles, les sourds et les estropiés. Ceux qui, contrairement à lui, ne pourraient jamais parcourir le monde. Mais jusqu'à ce jour, jusqu'à ce qu'il les voie entassés au bord de la route comme des feuilles mortes abandonnées là, il n'avait jamais vraiment compris.

Anne aurait pu être parmi eux.

Cette pensée le choqua peut-être, mais ce ne fut rien comparé à la suivante…

Il n'avait jamais vu Anne comme l'une d'entre eux. Pas même le premier jour.

Il jeta un rapide regard en coin à la jeune femme. Elle gardait la tête haute et les yeux fixés devant elle, refusant de contempler les infortunés qui rampaient par terre. Il se demanda d'abord comment elle pouvait se montrer si insensible. Puis il comprit. Jour après jour, elle était restée perchée sur son cheval uniquement grâce à sa volonté. Même avec le harnais, ses jambes tremblaient de douleur et d'épuisement, tout cela pour qu'elle ne soit pas obligée de boiter dans la poussière comme tous ces gens.

Elle non plus ne se voyait pas comme l'une d'entre eux.

Un tel courage ridiculisait tous les exploits dont il avait été témoin durant les batailles et lui donnait une bonne leçon. Autrefois, il aurait été prêt à abandonner cette femme comme un fardeau. Mais c'étaient ses doutes, le vrai poids sur ses épaules. Anne refusait qu'on la prenne en pitié et n'éprouvait ce sentiment pour personne non plus. En tout cas, elle avait rejeté la pitié de Nicholas. Elle ne voulait rien de lui.

À part un baiser...

Leur arrivée à l'auberge tira finalement Nicholas de ses pensées. Il allait devoir installer leur troupe de sept personnes et leurs chevaux pour la durée de leur séjour, envoyer un message à l'archevêque et régler tous ces petits détails qui occupaient tant ses journées.

Il s'assura qu'Anne soit à son aise dans la salle de l'auberge et la laissa seule. Quand il revint, une heure plus tard, elle était toujours assise dans le même coin, tournée vers la fenêtre et la rue remplie d'invalides et de malades.

Elle pleurait.

De nouvelles larmes emplissaient ses yeux, débordaient, coulaient sur ses joues et sa robe de laine comme une pluie printanière.

Nicholas se campa entre elle et le reste de la salle pour la protéger des regards indiscrets. Il posa doucement une main sur son épaule.

— Est-ce que vous allez... bien ?

Sa voix était rauque, gênée par une boule dure au fond de sa gorge.

Anne se retourna d'un bond, comme s'il venait de la frapper.

— Bien ? Est-ce que je vais bien ?

Il entendit toute sa douleur percer dans ce cri. Une douleur qu'elle avait toujours cachée auparavant.

Une émotion brutale qui s'échappa soudain en un flot de paroles trop rapide pour être interrompu :

— J'ai chaud, je suis au sec, je n'ai pas faim et on s'occupe de moi, contrairement à toutes ces pauvres créatures. Et ce n'est même pas grâce à ce que j'ai pu faire, mais grâce à la générosité de ma maîtresse !

Ma maîtresse. Bien sûr. Et c'était pour cela qu'elle lui était si dévouée. C'était tellement évident qu'il n'avait même pas su le voir : elle devait sa vie à Lady Joan.

« N'avez-vous donc jamais été fidèle à qui que ce soit ? »

Non. Pas comme ça. Pour lui, la loyauté n'était qu'un échange équitable. Son bras, son épée, ses talents de combattant en échange d'une bourse bien remplie. Autrefois, les hommes offraient leur vie en échange de protection, mais les guerres étaient maintenant trop étendues. Trop d'hommes devaient partir pendant trop longtemps. Seul l'or pouvait encore faire marcher les armées. De l'or pour les soldats, pour les chevaux, pour les armes et pour la nourriture nécessaire à la survie des troupes.

— Vous la servez bien, n'est-ce pas ? commença-t-il, gêné.

La relation d'Anne et de Joan devait répondre au

même genre d'échanges. Ce n'était sans doute pas une simple affaire de charité.

— Ce n'est pas comme si elle vous faisait l'aumône.

Chose sans doute inacceptable pour une femme aussi fière qu'Anne.

Elle grimaça, justement, comme si ce simple mot la blessait.

Nicholas n'avait pas vu les choses ainsi, mais peut-être avait-il été cruel, en effet. Après tout, qu'est-ce qu'Anne pouvait bien offrir à Joan en paiement de sa protection ? De belles bourses brodées ? Ses conseils avisés concernant les robes de Noël ? Les soins apportés à ses enfants quand elle en avait le temps ? Rien de tout cela ne pourrait égaler ce que Lady Joan lui avait donné. Sa vie.

Ses larmes s'asséchèrent, et elle secoua tristement la tête.

— Non. C'est pire que ça. J'ai...

Elle s'interrompit brutalement, et un voile sombre vint masquer son visage. Elle redevint la jeune femme qu'il connaissait, fière, obstinée et forte.

Tout le reste disparut.

Sous la table, Anne serra les poings. Elle ferma les yeux, remerciant Dieu de l'avoir arrêtée avant qu'elle raconte à cet homme tout ce qu'il ne devait pas savoir.

Quelle femme faible et fragile elle était devenue ! En quelques jours à peine passés avec cet homme, assez proche pour en rêver, elle avait oublié qui elle était vraiment...

— Anne ?

Il faut que je le regarde comme je le fais toujours, sans éveiller le moindre de ses soupçons.

Elle rouvrit les yeux et, une nouvelle fois, la rue remplie de pèlerins affligés de maux visibles ou non emplit son champ de vision. Tournant délibérément le dos à la fenêtre, elle affronta le regard de Nicholas.

— Pardonnez-moi. Pendant un instant, entourée par tous ces gens, j'ai été... troublée.

Sa maîtresse, sa mère et le secret. C'était tout ce qui se dressait entre elle et ces malheureuses créatures.

Elle remarqua soudain que la main de Nicholas était toujours posée sur son épaule – geste encore plus intime que le baiser qu'ils avaient échangé.

— Je suis désolé, dit-il. Ce problème-là, je ne peux pas le régler pour vous.

Des mots simples qui faillirent briser la digue de ses émotions. Lui avait-on déjà dit quelque chose comme ça ?

Elle effleura les doigts du chevalier des siens.

— Vous êtes un homme plus doux que ce que vous voulez bien croire, Sir Nicholas Lovayne.

À son grand soulagement, il se crispa à son tour et s'écarta.

— Et vous êtes une femme bien meilleure que vous le laissez voir, Anne de Stamford.

Non, elle ne l'était pas. Elle était porteuse d'un secret que Sir Nicholas ne devait jamais découvrir. Quoi qu'il lui en coûte.

Sourire, maintenant.

— Ce qui doit être sera, dit-elle en lui faisant signe de partir. Ne vous inquiétez pas pour moi.

Ne devenez surtout pas trop curieux, ou soupçonneux. Ne me posez pas plus de questions.

Parce que garder ce secret avait été l'unique cause de sa survie. À présent, elle allait devoir le protéger pour une autre raison.

Elle le protégerait pour que l'affection qu'elle lisait dans ces yeux bleu-gris, et que personne d'autre n'avait jamais éprouvée pour elle, ne se mue pas en abomination.

Elle suivit donc Nicholas des yeux, tandis qu'il s'éloignait pour retenir des lits et de la place aux écuries pour leurs chevaux. Toutes ces vérités dont elle n'osait parler allaient finir par l'étouffer...

Je ne suis pas la femme que vous croyez connaître. Je suis une femme dont la vie entière tient sur un mensonge, et je prie pour que vous ne découvriez jamais la vérité à mon sujet.

Nicholas s'obligea à quitter Anne et à se concentrer sur ses autres tâches. Que la servante s'occupe d'elle. Il avait besoin de prendre de la distance et de détendre un peu ce lien invisible qui l'attirait toujours plus près d'elle.

Le genre de lien dont il n'avait jamais voulu.

C'était justement cela qui avait poussé son père à tomber dans le piège et à épouser sa seconde femme. Il n'y avait eu ni logique ni rationalité dans sa décision. Et, plus tard, ils avaient tous regretté cette folie, même la femme qui avait pris tant de soin à gâcher la liberté à son époux.

Mais il avait été trop tard. Le père de Nicholas, trop amoureux, dominé par ses désirs, avait été incapable de penser à qui que ce soit d'autre.

Jamais Nicholas ne ferait cette erreur. Avec personne. Et certainement pas avec Anne de Stamford.

Elle avait dit qu'il était doux. Non. Il n'était pas doux. Il ne s'abandonnait à aucune émotion, quelle qu'elle soit.

Contrairement à beaucoup d'hommes. Des hommes comme le prince et son père, qui rugissaient de joie ou de rage et qui aimaient qui ils voulaient, ce qu'ils voulaient. Ils laissaient leurs épées échapper à leur logique et couraient au combat aveuglés par leur soif de sang, au lieu du calme attentif et prudent qui permettait de survivre. Ils tuaient, mutilaient, offraient à leurs amis des cadeaux qui valaient plus qu'une rançon, agissant comme des bêtes sans plus de contrôle qu'un bébé vagissant. Nicholas n'avait jamais fait partie de ces hommes. La destinée de son père lui avait servi de leçon.

Il se contentait d'observer. De calculer. D'enquêter. De planifier. Et après, seulement, il agissait. Puis, quand quelque chose tournait mal, comme souvent, il s'arrêtait pour réfléchir et adapter sa stratégie.

Il y avait toujours une autre solution, un second chemin. Il suffisait de penser, posément, au lieu de laisser la peur et le désir prendre les devants.

Et, les rares fois où la colère ou la frustration l'étouffaient, il les ignorait pour mieux poursuivre sa route. Ce don pour le contrôle était sa force. Il lui avait permis d'éviter le piège des excès de colère.

Ou des excès d'amour.

Le spectre de l'homme enterré à Winchester revint le hanter. Mort. Disparu. Sans rien garder de la vie qu'il avait menée sur terre.

C'était bien la destinée que Nicholas avait choisie. Une vie sans rien pour le ralentir ou le tirer en arrière.

Et, quand elle serait terminée, il ne resterait plus rien de lui.

C'était ce qu'il avait toujours voulu.

Ce qu'il voulait encore.

9

Le lendemain matin, après la messe, Nicholas fut conduit dans le prieuré de la cathédrale et admis dans le bureau de Simon Islip, archevêque de Canterbury.

Tout en s'agenouillant pour embrasser l'anneau du saint homme, Nicholas l'examina rapidement. Comme l'avait dit le prince, il avait plus de soixante-dix ans et paraissait aussi austère, aussi pointilleux qu'on pouvait l'attendre du plus haut dignitaire de l'Église du royaume.

Nicholas se releva.

Les deux hommes se dévisagèrent un instant, d'un air presque méfiant.

Nicholas avait sa jeunesse pour lui, c'était un réconfort. Il ne lui restait plus qu'à espérer que ce prêtre buté soit encore capable de se souvenir des événements dont ils devaient parler.

En paroles mesurées et longuement répétées, Nicholas transmit les respects du roi à l'archevêque ainsi que la demande du Pape – et fit de son mieux pour dissimuler son impatience. Le voyage était sans doute la partie la plus compliquée de sa mission, et il était déjà à moitié accompli. Tout ce qui lui manquait, c'était obtenir de la part de l'un des clercs de l'archevêque le document qu'il était venu chercher pour que le vieux prêtre marmonne une vague bénédiction dessus. Après cela, la seule chose qui le séparerait encore de la France serait la Manche.

Il acheva son discours et attendit. Le visage de l'archevêque restait figé. Et il ne répondit pas.

— Nous faisons uniquement cela à la demande de sa Sainteté le Pape, précisa Nicholas.

Le vieillard l'avait-il seulement entendu ?

Cette fois, ses lèvres ridées se fendirent d'une moue.

— Le Pape français ?

Nicholas ne put cacher sa surprise. En général, tout le monde s'abstenait de dire ce genre de choses à voix haute...

— Et à la demande de Sa Grâce le roi.

Islip ne s'était pas toujours plié à la volonté royale. Malgré cela, ou grâce à cela, le roi le respectait beaucoup.

L'archevêque lui fit vaguement signe de ne pas relever sa remarque.

— Quand on vieillit, on a parfois tendance à parler sans réfléchir, dit-il en laissant son regard délavé se perdre sous ses sourcils grisonnants. Dieu et la peste ont emporté les évêques de Worcester, de Londres et d'Ely. Comment suis-je censé remplacer de tels hommes ?

Comme tout le monde, il avait ses propres soucis, certes. Mais Nicholas n'était pas là pour les régler à sa place.

— Le prince m'a demandé de vous aider autant qu'il m'est possible. Comme vous le comprenez sans doute, il désire que tout soit en ordre quand l'accord papal arrivera. Il est très pressé de pouvoir se marier.

— Un peu trop, peut-être, répliqua sèchement Islip.

Et il pense que nous devons tous être aussi impatients que lui.

Nicholas sentit confusément que l'archevêque aurait employé les mêmes mots devant Edward lui-même.

— Je crois, dit-il avec tout le calme dont il était encore capable, que tout doit être mis en œuvre pour retrouver ce document au plus vite, l'examiner et rendre vos conclusions publiques. Je suis certain que Sa Sainteté ne vous en demandera pas plus...

D'ailleurs, le Pape leur avait à peine laissé assez de temps pour accomplir cette simple formalité.

— Pas plus ? Retrouver et étudier un document qui date de quand ?

— Quatorze ans.

C'était l'époque où l'appel pour la dissolution du mariage de Lady Joan et Salisbury avait été envoyé au Pape. L'époque où avait été reconnue la légitimité de son union clandestine avec Holland.

Quatorze ans. Avant la peste. Avant que cet homme soit nommé archevêque et avant l'adoubement de Nicholas. Il essaya de se souvenir du jeune homme qu'il était alors, à dix-sept ans à peine. Il avait déjà commencé à servir le prince, mais il était plus intéressé par le tout nouvel Ordre de la Jarretière et plus effrayé par l'arrivée de la peste qu'intrigué par le mariage de la cousine du roi – ou son annulation...

L'archevêque se prit la tête dans les mains et se massa douloureusement les yeux, comme si les années auxquelles il résistait férocement venaient d'un seul coup de fondre sur lui.

— Expliquez-moi encore une fois cette histoire de mariage, dit-il dans un soupir.

Nicholas comprenait sans peine sa confusion. Lui-même avait eu besoin de plusieurs récits pour comprendre les détails les plus complexes de l'affaire.

— D'après ce que j'ai compris, dit-il donc patiemment, Lady Joan et Thomas Holland ont été mariés en secret quand elle avait douze ans. Après cela, son époux est parti à la guerre. Quelques mois plus tard, la mère de Joan l'a obligée à épouser Salisbury.

— Alors qu'elle était déjà mariée ?

— Exactement.

Cela paraissait impossible, exposé si simplement.

— Comment Lady Joan a-t-elle pu consentir à une telle chose ? N'a-t-elle pas dit qu'elle était mariée aux yeux de Dieu ?

Les mêmes questions avaient déjà inquiété Nicholas, mais il les avait étouffées.

— J'ignore ce que Lady Joan a pu expliquer ou non à sa mère et à Salisbury.

Ou au roi et à la reine qui s'étaient occupés de leur cousine lointaine à la mort de son père.

Islip soupira.

— Donc, cette jeune femme, déjà mariée, a épousé un autre homme avec l'accord de sa famille. Que s'est-il passé ensuite ?

— Quand Holland est rentré en Angleterre, il a rendu son mariage public et a présenté le cas au Pape qui s'est rangé de son côté.

— Quel Pape ?

Comment Nicholas pouvait-il le savoir ? Et quelle différence cela faisait-il ? Peut-être que la situation était trop complexe pour qu'un homme tel qu'Islip la comprenne, finalement...

— Il a fallu deux ans pour que la demande de Holland soit accordée, donc il y a douze ans.

— Le Pape Clément.

Au moins, cette partie de la mémoire du vieillard fonctionnait encore.

— Très bien, le Pape Clément, donc. À présent, le Pape Innocent veut s'assurer que la dissolution du mariage de Lady Joan et Salisbury est en ordre avant d'autoriser la comtesse à épouser le prince.

L'archevêque se cala au fond de son siège et croisa les bras.

— Donc, si je comprends bien, Lady Joan a contracté un mariage secret avec un homme avant d'en épouser un autre officiellement. Elle était donc bigame pendant un temps.

En effet, c'était une manière crue de le dire. Et c'était aussi pour cela que tant de rumeurs avaient vu le jour quand le prince avait annoncé son désir d'épouser cette femme.

— C'est cela.

— Et Holland avait-il la moindre raison de vouloir se marier en secret ?

— Les parents de Joan désiraient peut-être lui trouver un autre prétendant, suggéra Nicholas avec un haussement d'épaules.

Holland était un noble chevalier, mais Salisbury était destiné à devenir comte, à l'époque. Seuls une jeune fille écervelée ou un vieux fou comme le père de Nicholas pouvaient se marier par amour.

— Le Pape a donc permis au premier homme, Holland, de faire annuler le second mariage avec Salisbury et de récupérer sa femme.

Nicholas acquiesça.

— Et maintenant, acheva-t-il, Sa Sainteté veut s'assurer que tout a été fait dans les règles.

Un long silence s'installa dans la salle. Islip tapotait des doigts sur l'accoudoir de bois sculpté de son siège.

— Et le comte de Salisbury est remarié de son côté, dit-il finalement.

— Je crois, oui.

Quelle importance ?

— La veuve de Thomas Holland a décidé de se marier de nouveau en secret, cette fois avec un homme qui lui aurait été interdit par l'Église si elle avait seulement daigné poser la question.

Nicholas n'aurait jamais dû douter de l'intelligence de l'archevêque : cet homme comprenait les ramifications de cette affaire bien mieux que lui.

— Oui, interdit, renchérit le vieux prêtre, et pour deux raisons que vous connaissez sans doute déjà. Ayant un grand-père en commun, ils sont trop liés par le sang pour se marier. De plus, le prince est le parrain d'un des fils de Lady Joan.

Et devenir parrain d'un enfant équivalait à rentrer dans le cercle de sa famille proche.

— Une fois de plus, cette femme a ignoré les lois de l'Église et, une fois de plus, le Saint-Père d'Avignon lui apporte sa bénédiction. Et c'est à moi que l'on vient demander si tout est en ordre ?

Nicholas étouffa un sourire et toussa. Il comprenait sans peine l'exaspération de l'archevêque – il ressentait la même !

— Je pense que le Pape a simplement cherché à créer quelques obstacles avant de donner son accord final.

— Eh bien, il a réussi ! marmonna Islip. J'aurais juste préféré qu'il se contente de gêner les deux personnes en faute, ou à la rigueur quelqu'un lié à cette histoire. Je n'étais même pas archevêque à l'époque !

— Qui était-ce ?

Nicholas ne retenait jamais ce genre de choses : elles ne lui auraient été d'aucune utilité au combat.

— John de Stratford, l'homme le plus intègre qui ait foulé la terre. Il a même défié le roi pour défendre les droits du clergé.

Étrange manière de le décrire. Islip avait-il des soupçons dont il ne parlait pas ?

— Je n'ai jamais douté de son honnêteté.

— Et il a aussi présidé le conseil royal pendant qu'Edward était sur le continent.

Ces informations étaient sans doute fascinantes aux yeux d'Islip, mais Nicholas s'en moquait. L'archevêque et le roi avaient donc une relation compliquée ? Cela arrivait à chaque fois que le chef de l'État et le chef de l'Église devaient travailler ensemble.

— Tout ce dont nous avons besoin, c'est de trouver ce document, reprit-il en essayant de rester concentré sur son affaire.

— C'est tout ? Trois archevêques se sont succédé depuis ! Comment suis-je censé retrouver ces archives ? Et si les documents ont disparu ?

— Disparu ? Que voulez-vous dire ?

Les clercs n'étaient-ils pas là justement pour s'occuper des archives ?

— On ne perd pas comme ça une lettre du Pape ! reprit-il sèchement. Surtout quand elle concerne une affaire aussi importante ! Quelqu'un doit forcément s'en souvenir. Qui étaient les clercs à l'époque ? Vous le savez ?

— Oui, répondit lentement le vieillard. J'étais l'un d'eux.

Nicholas fut sans doute plus surpris par cette annonce qu'il n'aurait dû l'être.

— Et avez-vous travaillé sur cette affaire ?

La réponse fut encore plus lente.

— Non.

Pas étonnant. S'il avait eu connaissance de cette histoire, il l'aurait sans doute dit plus tôt. Ou non. Clairement, les craintes du prince étaient fondées et la mémoire de l'archevêque n'était plus tout à fait fiable. Peut-être était-elle devenue plus sélective avec le temps.

— Ce document doit toujours exister...

Un vieux parchemin poussiéreux, comme l'avait appelé le prince.

— Quelqu'un a dû faire une copie de la pétition avant qu'elle soit envoyée.

— Il va falloir du temps pour la retrouver.

— Dans ce cas, vous feriez mieux de vous y mettre ! coupa Nicholas, exaspéré par la lenteur du vieillard, sans se soucier d'insulter un homme d'Église. Puisque, justement, nous n'avons pas le temps !

Il se fendit d'un salut juste assez bas pour être poli et attendit que le vieil homme murmure une bénédiction rapide pour lui permettre de partir. Mais l'archevêque n'en fit rien. Finalement, Nicholas redressa la tête. Islip était assis en silence et ses yeux vagues semblaient fixés sur un passé lointain que lui seul voyait.

— Cela fait plus de dix ans, dit-il à mi-voix. Depuis, la peste a emporté un tiers de notre population, et les

Français se sont chargés du reste. Qui peut encore se souvenir de ce qu'il a pu advenir d'un simple parchemin ?

Se rendant soudain compte qu'il n'était pas seul dans la pièce, il dévisagea un instant Nicholas.

— Et si nous n'arrivons pas à le retrouver ?

« Tant qu'ils ne seront pas mariés, votre tâche n'est pas accomplie. » Un frisson d'horreur traversa le jeune homme. Quelle solution lui resterait-il, dans ce cas ?

Il soutint le regard du vieillard et parla d'une voix forte, pour bien se faire comprendre :

— Si vous ne trouvez pas ce document, alors *vous* aurez l'honneur d'informer le prince et Sa Grâce que le mariage devra être annulé.

Agatha avait passé toute la matinée à bavarder tandis qu'Anne restait assise devant la fenêtre de la salle de l'auberge. Concentrée sur sa broderie la jeune femme avait néanmoins guetté la rue en attendant le retour de Nicholas.

L'auberge qu'il avait choisie avait vue sur la cathédrale, mais elle était ouverte aux voyageurs, pas aux pèlerins. Personne ici ne l'accusait de travailler au lieu de prier.

Néanmoins, elle priait en silence, avec ferveur, pour que Nicholas ne découvre rien qui attise ses soupçons.

Elle priait pour que ce qui devait être soit.

Quand il passa enfin la porte, les sourcils froncés, elle fit de son mieux pour ravaler ses craintes et fit signe à Agatha de les laisser. Rien, dans la démarche de Nicholas, ne lui laissait supposer qu'il soupçonnait quoi que ce soit ou qu'elle était en danger, et pourtant...

— Vous n'avez pas l'air content, dit-elle.

Leurs regards se croisèrent, et son humeur parut s'adoucir, l'espace d'un instant. Grâce à elle ? Mieux valait ne pas espérer ça.

Il se laissa tomber sur le banc, près d'elle, et commanda une bière.

— Je viens de passer la matinée à convaincre un vieillard buté de soixante-dix ans de se souvenir et de se presser. Ça s'est à peu près aussi bien passé que vous l'imaginez.

Elle laissa échapper un petit sourire soulagé. Aucune crainte à avoir. Pour le moment.

— Ce qui doit être sera, murmura-t-elle avec une once de doute dans la voix.

— Vous voulez dire : comme Edward et Joan le désirent ?

— Et moi aussi. Et vous. Nous le désirons tous.

Il soupira.

— Oui, en effet. L'archevêque trouvera ce dont il a besoin pour bénir la dissolution de l'ancien mariage de la comtesse, ou il bénira leur union sans ça.

Anne se détendit un peu. Si Nicholas avait eu l'air aussi contrarié, ce n'était dû qu'à son impatience. Il n'y avait aucun danger.

— Je sais que votre tâche n'est pas évidente et je vous remercie de vous y atteler. Je sais qu'Edward et Joan partagent mon sentiment.

— Parlons d'autre chose, coupa-t-il. Qu'avez-vous fait aujourd'hui ?

Aujourd'hui ? Elle avait attendu près de la fenêtre, aussi immobile qu'une statue.

— J'ai sauté par-dessus le rempart de la ville et je

suis allée danser avec les pèlerins qui attendent sur le parvis de la cathédrale...

Nicholas parut choqué. Ses paroles trahissaient son amertume, et elle n'aurait jamais osé être aussi franche en présence de Joan. Mais elle n'avait su cacher son exaspération devant lui. Que pouvait-elle bien faire ? Rien, sans aide. Elle s'était contentée de penser à tout ce qu'elle aurait aimé accomplir, avoir, être. Elle avait pensé à toutes les choses qu'elle ne posséderait jamais, elle qui était incapable de courir ou de danser.

Nicholas baissa les yeux un instant.

— Pardon. Je n'ai pas réfléchi.

— Et j'ai été impolie. En fait, j'ai terminé une broderie qui décorera les rideaux de la nouvelle chambre de ma maîtresse.

Elle lui montra son ouvrage, fière des entrelacs de fils vert profond qu'elle avait créés – et un peu triste à l'idée qu'ils allaient orner le lit conjugal d'une autre.

Nicholas acquiesça sans vraiment regarder la broderie.

— Ne vous obligez pas à dire uniquement ce qui pourrait me faire plaisir.

Elle sourit.

— Je ne le fais pas tout le temps, vous avez dû vous en rendre compte, répondit-elle.

— Vous m'avez aussi entendu dire des choses...

— Que vous préférez que je ne répète pas à la comtesse ?

La sincérité de son sourire lui fit du bien.

— Nous avons tous les deux passé trop d'années à faire attention à nos paroles, je crois.

Oh oui. De si nombreuses années, à tel point qu'Anne avait eu peur de ne plus jamais pouvoir réellement s'ouvrir à quelqu'un. Même maintenant, pouvoir révéler à cet homme un soupçon de ce qu'elle cachait perpétuellement au monde entier était un cadeau inespéré. C'était si précieux, pour elle, qu'elle en oubliait presque qu'elle ne gagnait sa confiance que sur ordre de Lady Joan.

— J'ai bien peur, reprit-il sans attendre de réponse, d'avoir perdu patience devant l'archevêque, ce matin. Mais j'en sais à peine plus que lui concernant les événements qui ont poussé le Pape à annuler le second mariage de Lady Joan…

Anne répondit par un murmure indistinct qu'elle tenta de rendre amical. Dehors, les cloches de la cathédrale sonnèrent, lui évitant de devoir meubler le long silence qui suivit.

Soudain, Nicholas la dévisagea comme s'il venait d'avoir une idée.

— Et vous ?

Elle ne sut quoi dire. Sans doute sentit-il sa gêne.

— Et vous, Anne ?

Elle s'empressa de suggérer de nouvelles pistes, pour mieux ignorer sa question.

— Qui est l'homme qui a porté la demande au Pape, comme vous l'avez fait ? Il saura quelque chose, lui, c'est certain.

— Qui donc se souvient encore de cet homme ?

Question absurde, comme s'il lui demandait : *qui se souviendra de moi ?*

— Connaissez-vous son nom ?

Cette fois, au moins, elle pouvait répondre en toute conscience puisqu'elle n'en savait rien. Elle secoua donc la tête.

Elle pouvait presque voir les pensées de Nicholas

défiler dans son regard, chercher de nouvelles possibilités, d'autres options.

— Il doit bien y avoir quelqu'un. Qui a rédigé les documents officiels ? Qui a parlé à Lady Joan et à Sir Thomas ?

Elle aurait voulu l'aider. Non, aider sa maîtresse. Mettre le plus vite possible fin à cette situation dangereuse.

— Je n'étais qu'une enfant à l'époque.

Une demi-vérité. Elle avait douze ans, l'âge de Joan quand Holland et elle avaient pour la première fois...

Nicholas ne la quittait pas des yeux. De nouveau, il fronçait les sourcils d'un air sceptique.

— Anne, cela m'aiderait beaucoup, ainsi que votre maîtresse, si vous me disiez tout ce dont vous vous souvenez. De toute évidence, le Pape a accepté d'annuler le mariage. Le roi et la reine l'ont même soutenu. Je sais que tout a été fait selon les règles, j'ai juste besoin de rassembler les éléments pour le prouver. Le prince m'a dit que vous avez passé de nombreuses années aux côtés de votre maîtresse. Est-ce que vous vous rappelez le retour d'Holland ? Est-ce que vous avez le moindre souvenir de cette époque ?

— Je...

Elle ravala péniblement sa salive.

— Je n'étais pas avec les autres serviteurs pendant toute cette affaire. J'étais avec ma maîtresse.

Nicholas parut surpris.

— Et où était-elle ?

— Dans le donjon.

Le chevalier eut à la fois l'air choqué, confus et un peu effrayé à l'idée de comprendre ce qu'elle voulait dire.

— Salisbury l'avait... enfermée là.

— Sa propre femme ?

— Peut-être la voyait-il comme la femme de Thomas Holland ?

Elle était son épouse, certes, mais elle voulait le quitter à présent que le fier chevalier Holland était revenu dans sa vie. Mais Salisbury était jeune, adoubé l'année précédente à peine, encore crédule et colérique. Il avait pensé que, s'il la séparait de son premier mari, elle finirait par l'oublier.

Comme elle l'avait déjà fait une fois.

— Est-ce que son représentant lui a rendu visite dans ce donjon ? Pour prendre son témoignage par écrit et parler en son nom au Pape ?

— Non, répondit Anne. Salisbury ne l'a pas autorisé. Elle était surveillée en permanence…

Les souvenirs de cette année terrible la faisaient encore frémir. Pendant des mois, elle avait été l'unique compagne de sa maîtresse, et cet isolement avait failli les rendre folles toutes les deux.

— Mais l'Église exige un témoignage dans ces cas-là. Elle avait droit à un conseil…

Anne haussa les épaules. Elle en avait déjà trop dit. Et, de toute manière, elle savait peu de chose de ce qui s'était déroulé en dehors du donjon, pendant qu'elles attendaient ensemble.

— Combien de temps ? demanda Nicholas d'une voix tendue. Combien de temps cela a-t-il duré ?

Les journées avaient paru interminables.

— Je ne m'en souviens pas vraiment. Un an, peut être.

— Mais Salisbury a finalement laissé Lady Joan s'exprimer.

— Oui.

Anne n'aurait jamais dû aborder le sujet. Répondre à une question ne pouvait qu'en appeler des dizaines d'autres, plus dangereuses.

— Pourquoi ? demanda encore Nicholas. Est-ce que l'archevêque est intervenu ? Ou le roi ?

Elle ne pouvait rien dire de peur de se trahir. Le roi, la reine, la mère de Joan, tous avaient soutenu Salisbury. Mais Holland, opiniâtre, avait envoyé une seconde demande au Pape, puis une troisième et une quatrième...

— Je n'étais pas dans la confidence en ce qui concerne ces choses-là.

Elle devait mettre fin à cet interrogatoire. Immédiatement.

Anne se redressa donc brusquement, et Nicholas se leva en vitesse pour l'aider à garder l'équilibre. Elle était à la fois heureuse et terrifiée de le sentir de nouveau si proche. Après tout ce temps, elle commençait à comprendre le désir qui hantait Edward et Joan, cette fièvre qui ignorait tout ce qui se dressait entre eux et qui les poussait à faire n'importe quoi, oui, n'importe quoi, pour être ensemble.

— J'ai atteint Canterbury, à présent, Sir Nicholas, dit-elle. Pendant que l'archevêque fouille ses archives et sa mémoire, puis-je rendre visite à la tombe de saint Thomas ?

Il acquiesça.

— Oui, Anne. Je vous promets que vous aurez votre pèlerinage.

Ce pèlerinage malhonnête et sans espoir qu'elle n'avait jamais voulu faire...

10

La route qui menait à la cathédrale s'étendait devant eux, noire de pèlerins. Très peu d'entre eux étaient capables de marcher. Ils rampaient, clopinaient, avançaient péniblement à genoux. C'était comme si le sol même s'était animé et bougeait.

L'espoir. Tous ces gens espéraient un miracle.

Mais pas Anne.

À ses côtés, Nicholas prit son bras et lui offrit un soutien plus sûr que la béquille qui l'aidait à tenir debout. Il fit un petit signe de tête en direction de la route, devant eux.

— Est-ce que vous voulez… ?

— Ramper ?

S'agenouiller comme une bête ? Jamais. Ni devant Nicholas ni devant qui que ce soit d'autre.

— Non, reprit-elle froidement. Dieu m'a au moins accordé le droit de me tenir sur mes jambes. Je garderai la tête haute.

Il tendit la main, comme s'il ne savait pas vraiment si elle avait besoin de son aide, ou même si elle la voulait.

— Que puis-je faire, Anne ?

Sa question apaisa la colère qui montait en elle.

Quelqu'un lui avait-il déjà demandé cela ? Et de cette manière ? Pas comme si elle devait être cachée au monde, ou comme si elle attirait la pitié, mais comme si ses désirs méritaient d'être entendus et sa douleur, d'être reconnue…

— Je vous serais reconnaissante de marcher à côté de moi, dit-elle d'une voix aussi instable que ses jambes.

Il acquiesça.

— Je ne suis pas un pèlerin, mais je m'assurerai que vous atteigniez l'autel.

Ce n'était pas une preuve d'affection, se répéta Anne. C'était simplement la réponse d'un homme habitué à organiser des choses et à résoudre des problèmes. Néanmoins…

Ils se tournèrent ensemble vers la cathédrale. Aux côtés de Nicholas, Anne monterait jusqu'au parvis comme une jeune épouse qui va chercher la bénédiction de l'église.

Non. Elle ne devait jamais penser à ça.

Toute cette histoire n'était qu'un mensonge. Elle n'aurait jamais dû se trouver ici. Ce n'était qu'une diversion pour inciter Nicholas à oublier toutes ses questions, aujourd'hui au moins. Pour l'empêcher de découvrir plus de fragments de la vérité. Pourtant, à l'ombre de l'imposante cathédrale, maintenant qu'elle s'obligeait à avancer comme si elle faisait partie d'un de ces mystères qu'on jouait sur les marches, son pèlerinage lui parut bien réel. Plus vrai et plus important que tout ce qu'elle avait pu faire dans sa vie.

Même si elle s'interdisait tout espoir, une lumière insidieuse l'envahissait lentement. Chaque pas devint plus aisé et, peu à peu, la cathédrale parut plus grande

– comme une plante qui pousserait sous ses yeux et s'étirerait vers le soleil.

Ils ne progressaient pas dans un silence respectueux mais dans une cacophonie de voix – des pleurs, des cris de douleur, des prières et des chants que les pèlerins reprenaient çà et là pour oublier un instant les lieues qu'ils avaient parcourues.

De part et d'autre de la route, des marchands de souvenirs haranguaient la foule comme s'ils avaient vendu des friandises sur le marché.

— Miniature ! Rapportez une miniature chez vous !

Le vagabond édenté qui hurlait ainsi par-dessus les bruits de la foule en mouvement secouait un petit emblème de fer martelé représentant saint Thomas Becket en mitre d'évêque entouré d'arches identiques à celles de la cathédrale.

Nicholas s'arrêta un instant.

— Laissez-moi vous en offrir une, dit-il.

— Regardez ! s'écria l'homme en lui montrant toutes ses pièces. J'ai aussi le saint sur un bateau, et celle-ci montre la tombe elle-même avec tous ses détails. Vous voyez ? C'est du beau travail. Sur celle-ci, le martyr est décapité au pied de l'autel.

— Laquelle voulez-vous ? demanda Nicholas.

D'un seul coup, Anne en voulut une, quelque chose qui lui appartienne et qu'elle puisse contempler pendant des années pour se souvenir. *Un jour, un bel homme s'est tenu à mes côtés et s'est soucié de moi...*

Le vendeur de miniatures avait étalé sa marchandise sur son bras gauche, du poignet à l'épaule.

Anne étudia longuement ces richesses et finit par se décider pour un portrait de saint Thomas à cheval.

— Celle-ci.

— Pour vous rappeler que vous avez fait le chemin jusqu'ici à cheval ?

Comment avait-il pu la comprendre si vite ? Pour certains de ces pèlerins, marcher était une pénitence ; mais elle avait fait preuve de force en chevauchant sur une si longue distance.

— Merci, murmura-t-elle.

Ces paroles étaient toujours difficiles à prononcer pour elle. Elle était lasse de passer sa vie à remercier le monde entier. Mais, cette fois, elle ne vit pas ce présent comme un geste de pitié ou de dédain.

Nicholas donna assez d'argent au vagabond pour acheter deux miniatures et les prit. Surprise, Anne le vit en glisser une dans sa bourse avant de lui tendre la seconde. Le fer-blanc fut étrangement léger dans sa main.

— Êtes-vous un pèlerin, vous aussi ?

— Non, répondit-il en reprenant sa route à ses côtés. Mais j'ai tant voyagé sans jamais emporter le moindre souvenir avec moi… Cette fois, j'aurai quelque chose pour me rappeler aussi.

Un souvenir. D'elle ? Ou bien était-il ému par Canterbury ?

Elle glissa le portrait de saint Thomas dans sa poche. Devant eux, la file de pèlerins s'étirait en grimpant lentement les marches de la cathédrale. À la porte, un moine répétait l'histoire du martyr à chaque personne qui passait le seuil.

À ce rythme-là, Anne n'atteindrait jamais l'autel avant la nuit.

Nicholas et elle marchèrent un moment en silence.

Anne lui jeta un petit coup d'œil discret. Il semblait chercher une autre porte pour entrer. Ou un moyen de fuir. Impatient. Prêt à passer à autre chose.

— Vous n'êtes pas obligé de rester avec moi, dit-elle.

De toute manière, elle ne s'attendait pas à ce qu'il veuille l'accompagner.

Il se tourna brusquement vers elle, et elle vit dans son regard gêné qu'elle ne s'était pas trompée : il avait songé à s'échapper de cette foule lente.

— Je ne vous laisserai pas seule. Pas maintenant que vous êtes arrivée aussi loin.

L'espace d'un instant, elle se sentit coupable. Elle n'était pas venue dans l'espoir d'une guérison mais pour obéir à sa maîtresse et accomplir un miracle à sa manière. Un miracle qui empêcherait Sir Nicholas de découvrir la vérité alors que le prince, le roi et le Pape l'avaient envoyé là justement dans ce but.

De quel côté se placerait Dieu dans cette affaire ?

— Je ne veux pas vous faire attendre, reprit-elle.

Cela, au moins, était vrai.

— C'est l'archevêque qui me fait attendre, pas vous. Nous n'avons qu'à nous raconter des histoires pour patienter.

Étrange suggestion... Et elle ne connaissait pas d'histoires.

— Sauf si vous préférez prier, ajouta-t-il vivement en voyant son air perplexe.

Pauvre homme, il ne cessait de se heurter à son infirmité, comme s'il s'en sentait responsable.

— Non, répondit-elle avec fermeté.

Plus de prières ou de supplications pour elle. Mieux

valait rêver à l'impossible plutôt que rappeler à Dieu tous ses péchés.

— Parlez-moi des endroits où vous avez voyagé. Parlez-moi de la France.

La France ? Nicholas fouilla sa mémoire en quête de souvenirs. Que pouvait-il lui dire sur la France ?

Il haussa les épaules.

— Tous les pays se ressemblent pour un guerrier. On ne remarque que les marais traîtres qui rendent la marche difficile et les collines qui offrent les meilleurs points de défense.

Elle le dévisagea comme s'il plaisantait.

— Vous avez bien dû voir des rivières, des châteaux, des cathédrales...

Ils venaient d'atteindre le bas des marches, et Nicholas l'aida à monter. Ils firent une pause devant le moine qui leur raconta d'une voix monotone l'histoire du saint – qu'ils connaissaient déjà. Finalement, ils entrèrent dans le transept, là où Becket avait été tué. Les yeux écarquillés, Anne semblait absorber chaque image, depuis les dalles jusqu'aux arches vertigineuses de la cathédrale.

— Regardez ! dit-elle en pointant les vitraux du doigt. On dirait que Dieu lui-même vit là-haut et, d'une main tendue, crée toute cette beauté.

Nicholas suivit son regard, surpris par tant d'excitation. Cette femme semblait s'émerveiller d'un rien. Et pourtant, cette cathédrale...

Durant toute sa vie, il avait évité de passer plus de temps que nécessaire dans les églises.

— Oui, j'ai vu des cathédrales en France, dit-il pour répondre à sa question précédente.

Et nulle part il n'avait ramassé ne serait-ce qu'un caillou pour s'en souvenir. Ici, il avait payé pour une miniature. L'homme qui n'avait jamais désiré s'encombrer de quoi que ce soit dans sa vie avait choisi une babiole en fer-blanc pour se souvenir… De quoi ? D'un saint ?

Ou bien d'Anne ?

— Quelles cathédrales ? demanda-t-elle vivement. Dites-moi ! Avez-vous vu Chartres ?

Chartres. Oui, il connaissait ce nom. Si sa mémoire ne lui jouait pas des tours, il avait vu Chartres juste après le terrible orage qui avait poussé le roi à accepter la signature d'un traité. Nicholas avait dû partir en quête de bancs et d'un scribe. Évidemment, c'était dans l'église qu'il les avait trouvés.

— Oui, j'y suis allé.

— Comment c'était ? La cathédrale est-elle aussi belle que celle-ci ?

Heureusement pour lui, Anne était perdue dans la contemplation des vitraux ; elle ne le vit pas chercher en vain l'image d'une église.

N'importe laquelle.

Hélas, tout ce dont il se souvenait, c'était le spectacle des morts et des chevaux épuisés. Un interminable cycle de nuits et de jours qui ne prenait jamais fin. Il avait voyagé dans toute la France, mais ne se souvenait que de la guerre qu'il avait emportée partout avec lui.

Anne se retourna finalement, pleine d'espoir.

— Et Notre-Dame ?

Le miroir de sa mémoire restait vide.

— Je n'étais pas là pour admirer les églises.

Sa compagne perdit immédiatement son sourire.

— Des châteaux, alors ? Des montagnes ? La mer ?

Il secoua tristement la tête, avec l'impression amère d'avoir failli. Mais elle ravala très vite sa déception.

— Dans ce cas, je vais vous parler de mes voyages. Quand j'étais en France avec Lady Joan, nous avons vécu dans un château de Normandie avec deux tours rondes et une tour carrée. Il y avait une abbaye, non loin, et au sommet d'une des colonnes de la nef, on pouvait voir un bas-relief de l'Homme Vert. Il avait une toison si volumineuse qu'on aurait presque pu croire qu'il avalait ses propres cheveux…

Elle éclata de rire à ce souvenir et décrivit par le menu les vitraux de l'abbaye, puis la vue qu'offraient les tours du château. Elle ajouta tant de détails à son récit que Nicholas aurait presque pu s'y croire. Il avait pourtant dû visiter ce château, mais il ne se souvenait pour sa part que des murs incurvés qui lui avaient paru solides, mais trop bas.

Oui, il avait été là-bas. Il avait connu tant d'autres lieux, cependant il ne s'était concentré que sur les besoins du moment. Il était alors plus préoccupé par la nécessité de bouger sans cesse que par les endroits qu'il traversait. De nouveaux lieux l'attendaient toujours quelque part.

De son côté, Anne, obligée d'avancer lentement, piégée dans chaque endroit qu'elle visitait, avait absorbé chaque vision, chaque décor comme des joyaux précieux. Des trésors qu'elle préservait avec soin pour les revoir dans son esprit, plus tard.

Le souffle court, il se rendit soudain compte qu'il avait vu tant de choses sans les voir, des choses qu'il ne pourrait retrouver. Combien de journées et de paysages avait-il irrémédiablement perdus dans sa vie ? Quand il pensait à son passé, les seules images qui lui revenaient étaient la guerre, la boue, le ciel balayé par les vents.

À présent, il se trouvait dans la cathédrale la plus célèbre d'Angleterre. Cette journée était l'occasion d'emporter plus qu'une miniature avec lui. Il pouvait se forger un souvenir, une vision à revoir quand il serait loin d'ici. Quelque chose, enfin, qui lui permettrait de se souvenir de sa propre vie.

Il jeta un coup d'œil autour de lui, mais ne vit que la marée de pèlerins. Tout ce qu'il entendit fut le bourdonnement de leurs prières et le récit du moine qui décrivait la décapitation du saint par des hommes diaboliques.

Et, devant lui, Anne souriait en silence, parce qu'elle s'était rendu compte qu'il n'écoutait plus sa description de l'abbaye.

— Comment faites-vous cela ? demanda-t-il.

— Quoi ?

— Comment arrivez-vous à voir aussi clairement les choses ? Et à vous en souvenir ?

Ils étaient arrivés à la hauteur de la chapelle de La Trinité, à présent. Devant eux attendait la sépulture du saint, entourée par un flot de pèlerins.

— Dites-moi ce que vous voyez, dit Anne avec douceur. Maintenant. En regardant le sol.

— De la pierre.

Un dallage sur lequel se tenir. Sur lequel marcher.

— Ce n'est pas que de la pierre. Regardez : cette portion est plus ancienne, plus usée. Et, ici, celle-là est neuve. Elle est encore polie.

Au pied des quelques marches, Anne s'appuya sur lui

pour grimper. Un pas, deux, trois, quatre. Ils n'étaient pas encore dans la chapelle, mais on apercevait déjà le sommet d'un autel doré par-dessus les têtes, droit devant. Au lieu d'étudier la tombe, Nicholas se surprit une fois de plus à examiner la foule, à chercher une échappatoire. Il y avait tellement de gens, si serrés les uns contre les autres, qu'il n'arrivait pas à deviner ce qui se cachait derrière. Et s'il avait besoin de fuir en vitesse ? Comment ferait-il ?

Arrivant derrière lui un peu essoufflée, Anne leva les yeux vers les fenêtres et les colonnes sculptées. On aurait presque pu croire qu'elle était venue visiter la cathédrale, et pas chercher un remède.

— Vous voyez ce vitrail ? Il montre le martyre de saint Thomas. Et les trois assassins. L'autre, là, montre le saint en train de soigner les filles boiteuses de Godhold de Boxley.

L'instant d'avant, Nicholas réfléchissait simplement au moyen d'avancer et à ce qu'il pourrait faire pour protéger Anne dans cet espace confiné. À présent, tandis qu'il voyait enfin le monde avec ses yeux, les fragments de verre coloré prenaient vie.

Il fut envahi par un sentiment d'admiration auquel il ne s'attendait pas. Pas pour le saint et ses miracles, mais pour les hommes qui avaient réussi à créer de telles œuvres d'art.

— Depuis combien de temps sont-ils là ? demanda-t-il. Les vitraux ?

— Je ne sais pas. Plusieurs centaines d'années, au moins.

Plusieurs centaines d'années. Nicholas, lui, était toujours si bêtement fier de ses propres réussites :

trouver des vivres qui seraient mangés en un jour, régler des problèmes oubliés avant même la fin de l'année… Tous ces artisans anonymes et morts depuis longtemps avaient su, eux, laisser un témoignage éternel.

Qu'aurait Nicholas, à la fin de sa vie ? Rien de plus que ce qu'il avait maintenant. Ni foyer, ni famille, ni même des souvenirs.

Rien d'autre qu'un enchaînement flou de journées et de routes. Un voyage perpétuel dans lequel il n'aurait pas vraiment vécu.

Soulagée, Anne atteignit enfin les dernières marches. Nicholas avait-il réellement écouté tout ce qu'elle lui avait dit ? Avait-il remarqué le moindre détail de ce qui les entourait ? Pour l'instant, cela n'avait aucune importance. Quelques marches encore, et elle arriverait dans la chapelle où dormaient les reliques de saint Thomas.

Encore des marches. Une, deux, trois… C'était une lutte sans fin. Et une bonne leçon : sa vie était une lutte, en dépit de quelques instants de joie. En dépit du bras solide qui la soutenait.

Elle lâcha Sir Nicholas.

— J'irai seule.

Il parut un peu inquiet.

— Vous en êtes certaine ?

Anne répondit par un signe de tête déterminé et lui tourna le dos.

Oui, elle en était certaine. Elle était devenue faible et fragile ces derniers jours. Certes, le voyage à cheval avait été pénible pour elle, mais elle avait pu s'abandonner au bras de cet homme et avait même rêvé qu'il sache voir au-delà de sa jambe infirme.

Quelle bêtise ! Non seulement Nicholas menaçait tout ce qu'elle avait protégé pendant sa vie mais, dans quelques semaines, il aurait disparu.

Elle aborda chaque marche avec précaution, sans se laisser distraire plus longtemps par les vitraux. Certains pèlerins, à ses côtés, avançaient avec autant de difficulté qu'elle. C'était de cela qu'elle devait se souvenir. Elle n'avait eu de la chance, dans sa vie, que pour une raison – et il était hors de question qu'elle se trahisse.

Encore une marche. Sept, huit, bientôt le sommet. L'escalier était aussi inégal qu'une série de vagues, trop usé par les pas des pèlerins qui étaient venus depuis des siècles. Tant de monde l'entourait, à présent. C'était un amas d'humanité brisée. Certaines plaies étaient visibles, d'autres non, et tout ce monde venait se repentir de péchés inconnus.

Lorsque ces malheureux arrivaient près de leur but, une agitation les traversait. La foule commençait à pousser et à se débattre. Quelqu'un heurta Anne. Sa béquille glissa sur la pierre trop lisse, et elle tomba sur un genou, si violemment que ses dents claquèrent et qu'elle se mordit la langue.

Ne pleure pas. Ne pleure pas.

Son bâton rebondit jusqu'au pied de l'escalier et disparut dans la foule, tout comme Nicholas l'instant d'avant.

Veux-tu vraiment ramper ?

Dieu semblait y tenir... Et lui donnait une leçon d'humilité. Une pénitence pour le mensonge qui l'avait conduite ici.

Elle essaya de se relever, mais son genou douloureux protesta. Quelqu'un rampa sur sa main. Ses doigts glissaient sur les dalles usées, aussi polies que de la glace, et Anne retomba sur la marche d'en dessous.

Où était Nicholas ?

Elle ne voyait plus qu'un mur de corps entre la tombe et elle. Au-dessus des têtes, l'autel brillait comme un soleil d'or orné de rubis scintillants - si proche que Dieu semblait vouloir le placer enfin à sa portée. Mais non. Elle allait rouler jusqu'au bas des marches et se faire piétiner par la prochaine vague de malheureux.

Elle ne méritait pas mieux…

Une fois de plus, elle tendit désespérément la main et, une fois de plus, ses doigts glissèrent sur la pierre sans trouver de prise.

Puis, soudain, elle fut soulevée de terre par deux bras puissants.

Les dernières marches, qu'elle avait eu tant de mal à gravir, disparurent sous ses pieds. En un instant, elle se trouva au sommet, debout, appuyée sur sa béquille.

Elle s'agrippa à la manche de Nicholas.

— Quand je vous ai demandé de me laisser, je ne pensais pas avoir autant besoin de vous, murmura-t-elle.

Bien qu'elle n'aimât pas dépendre de lui.

— Je ne vous laisserai pas.

— Je sais que vous ne vouliez pas…

Il haussa les épaules et serra un instant sa main dans la sienne avant de se placer derrière elle, en protecteur.

— Nous sommes tous les deux des pèlerins maintenant.

Ils n'eurent pas le temps d'admirer la chapelle pour emporter des souvenirs. La rangée de personnes devant eux tomba à genoux et Anne les imita. Ici aussi, la pierre gardait les traces d'années de ferveur. L'usure de la prière...

Le prêtre entama sa liturgie.

Elle arrivait à peine à l'écouter. Tout ce voyage avait été un mensonge, une tromperie, une stratégie élaborée pour qu'elle puisse rester proche de Nicholas comme le voulait sa maîtresse. Pourquoi Dieu aurait-il dû l'aider ? Elle n'était que malhonnêteté. Elle s'était servie de ce pèlerinage comme d'un prétexte, pas comme d'un acte pieux. Aucun miracle ne l'attendait au bout du chemin.

Dieu avait décidé de son sort depuis longtemps, déjà.

Et pourtant, alors que les paroles du prêtre flottaient au-dessus d'elle, quelque chose d'autre l'enveloppa. Un vertige. L'esprit du saint lui-même et sa dépouille mortelle étendue à quelques pas d'elle. Était-ce vraiment... possible ?

Soudain, tous les faux-semblants et tous les mensonges s'évaporèrent, ne laissant derrière eux que l'espoir.

Le prêtre s'arrêta devant Anne et étendit sa main à hauteur de son visage. Elle y déposa la pièce que Lady Joan lui avait donnée. L'homme lui présenta alors une petite fiole d'eau bénite par le saint.

Elle y trempa les lèvres mais en voulut plus. Effleurant la main du prêtre, elle tenta de boire une vraie gorgée.

Il lui arracha la fiole et appuya la paume contre sa tête pour qu'elle la maintienne baissée.

— Une goutte suffit, si le saint choisit de vous aider, dit-il.

Si le saint choisit...

Allait-il la guérir ?

Tout ce qu'elle avait à faire pour le savoir était se redresser et marcher.

11

Le murmure incessant des prières entourait Nicholas de toutes parts, mais il ne quittait pas Anne des yeux. Quelqu'un cria et il ne se tourna pas pour voir d'où cela venait, ni même si c'était un cri de joie ou de douleur.

Anne était toujours agenouillée, avec la main du prêtre posée sur sa tête. D'un seul coup, Nicholas pria pour que Dieu lui accorde un miracle.

Le prêtre passa au pèlerin d'après, et la jeune femme redressa la tête.

Puis, s'appuyant sur sa jambe valide et sa béquille bien calée sous son bras, elle se leva. L'espace d'un instant, elle tint en équilibre, puis vacilla un peu.

De là où il était, au premier rang de la foule, Nicholas retint son souffle. Elle souleva sa jambe infirme, pliant le genou, comme si elle s'apprêtait à marcher sur ce pauvre pied inutile.

Elle hésita pendant quelques secondes. Il retint son souffle, les yeux fixés sur elle, regrettant de ne pas pouvoir offrir sa propre force à ce pied pour qu'elle le rejoigne en sautillant.

Elle s'appuya sur sa jambe, comme si elle s'attendait à ce qu'elle la porte...

Et s'écroula sur les dalles.

Nicholas n'eut même pas le temps de s'élancer à son secours. En un instant, la marée de pèlerins s'écarta de la tombe et entreprit de redescendre l'escalier comme une vague puissante qui se retire. Nicholas dut jouer des coudes pour monter, repoussant un moine qui tentait de lui barrer la route.

Au pied de l'autel scintillant qui la dominait comme un cercueil doré, Anne était allongée, silencieuse et immobile. Il s'accroupit à ses côtés, passa un bras sous ses genoux et l'autre dans son dos puis, prudemment, se releva. Il la porta dans l'escalier traître, loin de ce saint sans cœur qui venait de briser tous ses espoirs.

Et, comme une vague montante, un nouveau groupe de pèlerins envahit les marches.

Quand Anne rouvrit enfin les yeux, l'étincelle si lumineuse qui avait flambé dans son regard quelques minutes plus tôt avait disparu, remplacée par une résignation morose et familière.

— Vous pouvez me poser, dit-elle d'une voix sans vie. C'est terminé.

L'instant d'avant, elle avait chancelé, hésitante. À présent, son dos restait droit et raide comme une épée d'acier. Elle était redevenue Anne, qui refusait toute pitié.

Il la déposa à contrecœur et, quand elle eut retrouvé son équilibre, traversa la nef à ses côtés. Cette fois, elle ne leva pas la tête vers les vitraux qui surplombaient la grande porte, mais garda obstinément les yeux rivés au sol, comme si chacun de ses pas risquait de la faire basculer.

Une fois dehors, Nicholas garda discrètement une main près de sa taille pour remonter les rues qui séparaient la cathédrale de l'auberge. Ils progressaient lentement et en silence. Anne boitait plus encore que d'habitude, maintenant que l'espoir qui l'avait aidée à garder la tête haute s'était envolé.

Et le maigre contrôle que Nicholas parvenait à garder sur ses émotions était aussi fragile que les jambes de la jeune femme. Tout son fier détachement avait disparu. Même son désir ne parvenait plus à se faire entendre – ce qui aurait de toute manière été mauvais.

Hélas, ce qu'il ressentait était bien pire que cela. Son cœur prenait les devants, et c'était plus dangereux que tout le reste.

Arrivée en vue de l'auberge, Anne se figea.

— Est-ce que nous pourrions aller ailleurs ?

— Oui, bien sûr.

Où pouvait-elle bien vouloir aller ? Que pouvait bien faire Nicholas pour l'aider à oublier la trahison du saint ?

— Il y a d'autres cathédrales, suggéra-t-il.

— J'ai eu bien assez de cathédrales et d'églises pour la journée...

Perplexe, Nicholas embrassa la rue du regard. Canterbury n'était qu'églises, pèlerins et rappels du miracle qui n'avait pas opéré pour elle. Qu'y avait-il d'autre ?

« J'ai sauté par-dessus le rempart de la ville », avait-elle dit. Peut-être était-elle incapable d'un tel exploit, mais Nicholas pouvait toujours trouver un moyen de la faire grimper au sommet des murs.

— Venez, dit-il.

D'un pas lent, mais sans poser de questions, Anne le suivit jusqu'au bout de la rue. Ils traversèrent le pont et atteignirent sans peine la porte ouest. Un grand nombre de pierres, érigées par les Romains, manquaient.

Nicholas s'approcha, prêt à négocier son passage avec la sentinelle ; mais, à présent que la guerre contre la France était terminée, les anciens de la ville avaient dû décider qu'une coûteuse sécurité n'était plus leur priorité. La porte était grande ouverte. L'escalier, vide.

Anne prit une profonde inspiration et commença son ascension.

— Anne, laissez-moi...

— Non, dit-elle en lui lançant un regard sévère et buté. Vous ne serez pas là pour m'aider la prochaine fois.

Il ravala ses protestations. Parce qu'elle avait raison, bien sûr. Il prit donc son mal en patience, agacé par la lenteur de son avancée. S'il avait été seul, il aurait sans doute pu atteindre le sommet et redescendre avant qu'elle parvienne au palier.

Mais, quand ils arrivèrent enfin sur le rempart et qu'il la vit inspirer une grande bouffée d'air frais, il se sentit étrangement fier. Dos à la ville, elle tourna ses regards vers l'ouest, où les nuages déjà cuivrés annonçaient la fin de journée.

— Est-ce que c'est la direction de Londres ?

Nicholas acquiesça.

— Et Windsor est là-bas aussi, un peu plus loin.

Elle se tourna ensuite sur sa gauche.

— Et là ? Qu'y a-t-il par-là ?

Il jeta un coup d'œil au soleil descendant pour s'orienter.

— Douvres. La Manche.

La France, l'Espagne et l'Italie.

Anne pointa ensuite une autre direction.

— Et là ? demanda-t-elle avec un petit sourire. Que pourrais-je trouver si je partais dans cette direction ?

C'était un jeu pour elle… Lister tous ces lieux qu'elle ne pourrait pourtant jamais visiter sans l'accord de sa maîtresse.

Nicholas fit de son mieux pour se souvenir en détail du terrain.

— Encore de l'eau, répondit-il.

La mer les entourait au nord, au sud et à l'est, à moins d'une journée de voyage. Elle était tellement proche que l'air salin si tentant parvenait presque à ses narines.

— On en trouve dans presque toutes les directions, excepté l'ouest.

Il s'appuya au rempart, à côté d'elle, et contempla la ville. La silhouette immense de la cathédrale dominait tout le reste.

— D'ici, on voit très bien les tours, remarqua-t-il.

Il testa ses dons d'observation, à la recherche d'un détail dont il aurait pu se souvenir. La pierre se parait de reflets dorés sous le soleil. Oui, il se rappellerait ça.

Anne, elle, regardait vers la campagne, refusant de se retourner.

Ils n'étaient qu'à quelques pieds au-dessus des toits, mais déjà la ville prenait un aspect bien différent. Les gens étaient plus petits, moins distincts, comme s'il n'y avait aucune différence entre toutes les silhouettes qui rentraient chez elle d'un pas pressé avant la nuit. Comment Dieu, depuis son trône céleste, pouvait-Il les distinguer ? Même les saints étaient trop éloignés de la Terre. Comment avaient-ils pu croire que saint Thomas baisserait les yeux et remarquerait Anne de Stamford à genoux, le suppliant de l'aider ?

De toute manière, quand Dieu et les saints tournaient leurs regards vers la Terre, ils ne semblaient apporter que mort et destruction. Comme ce fameux jour, en France...

— Je me souviens de quelque chose, murmura-t-il. À propos de la France.

Elle se retourna vivement, le souffle court. Ses cheveux, effleurés par la même lumière que l'église, brillaient comme une pièce d'or.

— Racontez-moi, dit-elle avec impatience.

Il ravala sa salive. D'un seul coup, il aurait tout donné pour oublier ses récits de guerre et prendre Anne dans ses bras. L'embrasser une nouvelle fois.

— Ce n'est pas un récit très agréable.

Il aurait mieux valu qu'il pense à autre chose. Une anecdote qui lui aurait rendu espoir ou qui l'aurait fait rire.

Néanmoins, ses lèvres entrouvertes se fendirent d'un doux sourire.

— Même les souvenirs les plus tristes peuvent nous réconforter.

Vraiment ? Quels seraient les souvenirs qu'elle garderait de lui après son départ ?

— Pas celui-ci.

— Racontez-le-moi quand même...

Parce qu'elle le lui avait demandé et parce qu'il n'en avait encore jamais parlé à personne, il s'exécuta.

— Nous avions lancé le siège de Paris et nous avions le dessus. Mais les Français refusaient de quitter la ville pour se battre, et ils n'avaient pas non plus accepté le traité que le roi leur proposait. Nos hommes avaient faim.

Ils avaient faim parce que Nicholas avait échoué. Le bon grain qu'il avait trouvé pour eux avait déjà été mangé. Il avait organisé de nouvelles lignes de ravitaillement, avait commandé des légumes et du poisson séché, du grain, du vin qui étaient censés arriver par bateau. Pour assurer l'arrivée des vivres, au cas où certains bateaux auraient été retardés, il avait même demandé aux soldats restés à Honfleur de fouiller les villages et les fermes pour envoyer à l'armée royale toute la nourriture qu'ils découvriraient.

Hélas, les bateaux avaient été attaqués. Les éclaireurs, eux, avaient à peine déniché de quoi nourrir le roi – et rien pour les chevaux.

— Que s'est-il passé ensuite ? demanda Anne à mi-voix, comme si elle sentait la brûlure que ces souvenirs trop vifs lui infligeaient.

— Nous avons dû battre en retraite. Le lundi de Pâques, nous avons fui comme des lâches. Et nous avons passé toute la journée suivante à marcher jusqu'à apercevoir les clochers de Chartres au loin à l'autre bout de la plaine.

Il s'en souvenait, même s'il n'en avait aucune envie. Ce bref instant, dans la chaleur d'avril, où il avait vu les tours pointues s'élever vers le ciel. Ils avaient réussi à fuir. Ils auraient le temps de reprendre des forces pour se battre de nouveau. Mais d'un seul coup…

— D'un seul coup, le ciel s'est assombri. Le tonnerre a claqué. Nous étions piégés sous la pluie, dans la boue. Le vent s'est levé, transformant le printemps en hiver mordant, mais nous avons poursuivi notre marche quand même. La pluie est peu à peu devenue de la neige fondue, puis de la grêle…

Des balles de glace s'étaient abattues sur eux, comme si Dieu lui-même les avait visés de ses projectiles.

— Avant le soir, le sol avait gelé.

Les charrettes s'étaient embourbées dans une terre boueuse qui se figeait autour des roues. Les tentes, les selles, les marmites furent abandonnées parce qu'il n'y avait plus ni char ni chevaux pour les porter. Quelques vivres finirent par arriver. Trop peu. Trop tard. Les hommes et les bêtes, affamés, n'eurent pas la force de lutter contre le froid.

Quand tout fut fini, la route était recouverte par les corps de ceux que Nicholas était chargé de nourrir.

Il se détourna de la cathédrale et de son propre passé pour soutenir le regard d'Anne.

— C'est tout ce dont je me souviens de Chartres, reprit-il. Deux clochers noyés dans une averse de neige, surplombant un champ de bataille de boue gelée. Nous aurions pu vaincre les Français mais, au final, Dieu a choisi le nom de leur futur souverain. À moins que cela ait été la décision du roi...

Anne fronçait les sourcils, clairement perplexe.

— Mais nous avons gagné, dit-elle. Nous retenons tant d'otages que les Français nous doivent des millions de marks.

Nicholas sourit par habitude. Qu'est-ce que le prince avait raconté à Lady Joan ? Et qu'avait-elle à son tour dit à sa suivante ?

— Oui, bien sûr. Nous avons gagné. Mais Edward n'est toujours pas roi de France.

— Et vous pensez qu'il le serait si ses hommes avaient été nourris ?

Le croyait-il ? S'accordait-il à la fois tout le blâme

et tant de responsabilités ? Ni le prince ni le roi ne lui avaient reproché quoi que ce soit, et pourtant…

Plus jamais il ne voulait se charger d'un tel poids.

— Je pense qu'il est temps que nous rentrions à l'auberge, répondit-il finalement en se redressant pour tendre sa béquille à Anne.

Anne l'avait accompagné en silence. De retour dans sa chambre, elle s'était allongée sur le lit, sous les couvertures, heureuse d'être enfin seule.

Sa tristesse et celle de Nicholas l'enveloppaient. Une vague de désespoir la submergeait, la clouant au matelas de paille. Sa jambe, affaiblie par la déception, lui faisait encore plus mal que d'habitude. À tel point qu'elle laissa ses larmes longtemps ravalées couler sur ses joues. Était-ce à cause de la douleur ? De ses espoirs brisés ? Elle n'aurait su le dire.

De toute évidence, ces deux émotions amères la suivraient jusqu'à la tombe.

Les nombreux médecins qui l'avaient vue avaient parlé d'humeurs et de saignée. Même de pavot, quand elle pleurait chaque nuit dans son lit… Mais cela aurait simplement dressé un impalpable brouillard entre le reste du monde et elle. Cela n'aurait pas empêché son pied déformé de tordre toute sa jambe.

Parfois, de longs massages pour détendre les nœuds musculaires l'aidaient.

Parfois.

Elle se redressa et enleva son bas et sa jarretière. Peut-être que ses mains fermes apaiseraient la douleur, ce soir.

Sa mère avait reproduit ces gestes presque tous les soirs, dans le temps, étirant tour à tour chaque orteil et pressant sa paume contre la plante de son pied de petite fille. Certains jours, cela aidait son pied à mieux fonctionner : elle parvenait à le bouger de droite à gauche ou à remuer les orteils. De si petites choses, que tous les enfants faisaient sans réfléchir.

Son père, lui, n'avait jamais touché sa jambe infirme. En fait, il n'avait jamais touché sa fille, tout court.

En perdant sa mère à l'âge de quinze ans, Anne avait aussi perdu ces mains fortes qui l'aidaient. Plus personne n'allait passer, étirer, toucher ou même regarder son pauvre pied.

De toute manière, elle ne voulait pas le montrer.

Donc, tard le soir, quand tout le monde dormait, elle avait pris l'habitude de plier minutieusement sa jambe gauche – un geste déjà douloureux en soi – et de masser son pied jusqu'à se faire des crampes dans la main. Après ce rituel, si elle avait de la chance, elle parvenait à trouver le sommeil.

Voilà ce qu'était sa vie. Repas, vêtements, abri, travail, soumission aux désirs de sa maîtresse. Et douleur muette. Tout cela, grâce au marché que sa mère avait conclu pour la sauver d'un destin bien plus sombre.

Elle plia prudemment sa cheville, en se mordant la lèvre pour étouffer un cri de douleur.

Soudain, on frappa à la porte.

— Anne ?

C'était Nicholas !

— Oui ?

— Je peux entrer ?

Elle tendit immédiatement ses jambes sur le matelas,

lissa sa jupe et remonta les couvertures. Il ne devait en aucun cas voir son pied ou sa jambe.

— Oui, entrez.

Heureusement pour Anne, il était plutôt facile de cacher des jambes de femme.

Celles des hommes non, par contre, songea-t-elle en voyant Nicholas passer la porte. Ses longues jambes en pantalon bleu sous une tunique courte auraient attiré l'attention d'Anne même si elle n'avait pas été jalouse de leur puissance.

— Je n'aurais pas dû parler de la France, dit-il sans préambule.

— Et je n'aurais pas dû vous pousser à raviver vos souvenirs.

Sa douleur était clairement visible, contrairement à celles des autres. Si elle voulait protéger ses secrets, elle devait respecter ceux de Nicholas.

Il fit quelques pas dans la chambre, sans but apparent.

— Est-ce que vous avez faim ? Avez-vous besoin de quoi que ce soit ?

Elle fit lentement non de la tête. Son pied n'était pas la seule partie d'elle qui devait rester cachée. Il y avait autre chose, de beaucoup plus enfoui.

Sa capacité à le regarder dans les yeux et à lui mentir...

Nicholas s'approcha du lit. Il s'en voulait encore de lui avoir raconté toutes ces choses qu'elle n'avait pas besoin de savoir, surtout après avoir essuyé bravement son échec à la cathédrale.

— Est-ce que vous... allez bien ?

Il n'arrivait pas encore à admettre lui-même qu'il avait aussi espéré assister à un miracle.

— Une fois de plus, vous vous montrez bon avec moi. Je ne parle pas seulement d'aujourd'hui, mais de…

Elle indiqua la chambre d'un geste explicite.

Nicholas avait dépensé une petite fortune pour s'assurer qu'elle ait un peu d'intimité, ce soir.

— Ce n'est pas grand-chose.

Et c'était sa manière d'excuser la cruauté du saint.

— Je vous remercie aussi de m'avoir aidée devant l'autel, reprit-elle le menton levé, comme si ces paroles lui coûtaient.

— Je suis navré, soupira-t-il après un court silence.

Navré pour toutes les épreuves qu'elle devait traverser et contre lesquelles il ne pouvait rien. Pourtant, il n'aimait pas dire ces mots. Il n'aurait jamais dû avoir à les prononcer, puisque son travail était justement de régler tous les problèmes.

Mais même lui ne pouvait pas lutter contre Dieu. Et il en avait plus d'une fois reçu la preuve.

— Je ne veux pas de votre pitié.

— Et vous ne l'aurez jamais.

Était-ce la colère bouillonnante qu'il sentait en elle qui lui donnait tant de force, jour après jour ?

— Ce n'est pas de la pitié que je ressens, Anne.

— Qu'est-ce donc, dans ce cas ?

Il n'en savait rien. Il ne voulait pas le savoir.

— Les émotions n'ont pas forcément besoin de nom.

Et nommer celle-ci serait bien trop dangereux. Nommer celle-ci le mettrait face à la faiblesse qu'il avait fuie toute sa vie.

Un lourd silence tomba entre eux.

Nicholas aurait dû bouger. Il aurait dû partir. Elle allait bien – aussi bien que possible, en tout cas. Il n'avait aucune raison de s'attarder ici.

Pourtant ses pieds restaient collés au sol.

Anne finit par pousser un soupir et, d'un geste, l'invita à s'asseoir. Il s'installa sur le bord du lit étroit et, sans réfléchir, baissa les yeux sur ses jambes cachées par le drap.

— Non, dit-elle soudain, sans plus sourire. Aucun changement. Tout est resté comme avant.

Il le savait déjà.

— Parfois, la guérison intervient plus tard.

En tout cas, c'était ce qu'on lui avait dit. Et c'était ce que voulaient croire les centaines de pèlerins qui étaient venus ici et n'en étaient jamais repartis, attendant, espérant que leur miracle s'accomplirait.

— Est-ce que vous êtes venu me réconforter ?

— J'ai pensé que... peut-être...

Qu'avait-il eu en tête ? À force de vouloir redonner espoir à Anne, il avait commencé à y croire aussi. Mais il n'était pas si naïf. Toute sa vie, il s'en était remis à lui-même et pas à Dieu.

— Oubliez ça, coupa-t-elle sans cacher son amertume. Là. Regardez. Il n'y a pas de miracle.

Et, tout en parlant, elle écarta le drap.

Sur le matelas, juste en dessous de l'ourlet de sa jupe, reposait son pied droit déformé.

À la vérité, ce n'était pas aussi impressionnant que Nicholas l'avait imaginé. Bien sûr, on voyait immédiatement son infirmité, mais elle n'avait rien de monstrueux. C'était presque comme un pied de bébé, avec les orteils repliés et la cheville tordue sur le côté qui empêchait la plante du pied de toucher le sol.

Il tendit les mains...

— Non !

Brusquement, Anne cacha de nouveau ses pieds sous le drap froissé et remonta la couverture.

— Voilà, êtes-vous satisfait ?

Sans écouter ses protestations, Nicholas toucha quand même ce pied, refermant en douceur la main sur la couverture qui le protégeait.

Anne lui caressa la joue du bout des doigts, le poussant à la regarder, à se détourner de son pied. Elle le dévisagea d'un air anxieux, dans l'attente de son verdict.

Que pouvait-il dire ? Minimiser la chose, lui dire que ce n'était qu'un pied tordu et pas une déformation monstrueuse risquait de rabaisser la souffrance qu'elle avait portée en elle toute sa vie.

— Il a été comme ça toute votre vie ? demanda-t-il en laissant sa main glisser sur la jupe d'Anne.

Elle poussa un petit soupir et redressa le menton.

— Oui.

— Et, malgré cela, vous travaillez. Vous servez votre maîtresse comme n'importe quelle autre femme ?

Elle eut une courte hésitation avant de répondre de nouveau :

— Oui.

Sa voix se fit presque interrogatrice, comme si elle cherchait à savoir où il voulait en venir.

— Dans ce cas, murmura-t-il sans la quitter des yeux, puisque ce pied fait partie de vous, je me dois de le chérir.

Elle étouffa un cri de surprise.

Sans lui laisser le temps de réagir, Nicholas prit son visage dans ses mains et l'embrassa.

Ses lèvres lui répondirent, douces et tendres – aussi tendres que leur baiser. Ce ne fut pas un acte de passion, mais un rêve éveillé. Une lente descente vers quelque chose d'inévitable et d'irrésistible. En bien ou en mal, c'était impossible de résister.

Il ne s'arrêta pas pour se demander pourquoi il faisait cela. Ou pourquoi elle le faisait. Si jamais il se laissait le temps de réfléchir, tous deux risquaient de se réveiller de ce rêve délicieux. Et, pour le moment, ce n'était pas ce qu'il voulait.

Il ne s'écarta que le temps de respirer avant de l'embrasser de nouveau.

Après cela, il ne pensa plus à rien. En tout cas, rien qu'il eût pu décrire par des mots.

12

La première pensée d'Anne fut de se débattre, et non de se laisser aller. Elle avait lutté contre sa chair toute sa vie, refusant de céder à sa faiblesse ou de devenir l'esclave de ses douleurs. Bien sûr, elle ne pouvait pas ignorer sa jambe infirme, mais elle pouvait souffrir comme un chevalier blessé souffre de ses cicatrices de bataille, en ayant conscience qu'il les doit à son courage.

Le plaisir était encore un ennemi inconnu pour elle mais elle aurait néanmoins pu sortir victorieuse de ce nouveau combat. C'était contre les désirs de son cœur qu'elle ne parvenait pas à lutter. Ces désirs que Nicholas ne devait pas voir, qu'elle avait enfouis si profondément qu'elle les avait oubliés avec le temps. À présent, ils s'éveillaient, flamboyants et sauvages comme une nuée de dragons, et Anne se retrouva sans défense. Elle se laissa simplement embrasser.

Puis, peu à peu, elle rendit à Nicholas son baiser.

Incapable d'étouffer le désir qui la prenait à la gorge, les larmes qui lui brûlaient les paupières, elle se rendit compte que quelqu'un voulait réellement d'elle. Sans la juger. Quelqu'un avait envie d'elle.

Au moins pour une fois.

L'un d'entre eux – Lui ? Elle ? – prit une profonde inspiration. Une pause qui mit un instant fin au baiser avant que Nicholas se penche de nouveau pour s'emparer de ses lèvres.

Mais, le temps de cette respiration, Anne redevint elle-même. Elle fut de nouveau la femme aux cheveux délavés et au pied déformé qui mentait à cet homme chaque jour.

Les dents serrées, elle le repoussa donc et ferma nerveusement les yeux pour qu'il ne voie pas le regret envahir son regard. Jamais elle n'aurait dû l'embrasser. Ni la première fois, ni la seconde, et encore moins maintenant !

Mieux valait qu'elle reste ignorée, invisible.

Nicholas se leva et s'écarta rapidement du lit. Hors de portée. Comme s'il était aussi pressé qu'elle de mettre de la distance entre eux. Quand il entrouvrit les lèvres pour parler, elle le coupa froidement :

— Non !

Toute sa force l'avait quittée, et les regrets de Nicholas ne feraient qu'aggraver les siens.

— Ne dites pas que vous êtes désolé.

— Désolé ?

Elle retint son souffle, attendant qu'il poursuive.

— Je ne suis pas désolé, finit-il par dire. Pas désolé du tout.

S'il s'était approché pour la toucher de nouveau, elle se serait sans doute enflammée sous ses mains – une flamme de oui, oui, et encore oui…

Mais il n'en fit rien. Il quitta la chambre et referma la porte derrière lui. Elle attendit que le bruit de ses pas ait disparu dans le couloir avant de reprendre son souffle.

Il ne l'avait pas embrassée par pitié et il ne regrettait pas son geste. Peut-être était-ce cela qui effrayait tant Anne.

Nicholas dormit peu cette nuit-là et, quand l'archevêque le fit appeler le lendemain matin, il n'eut pas besoin de beaucoup de temps pour se préparer à rejoindre le prieuré.

Dès qu'il arriva, le vieillard lui fourra un parchemin dans les mains sans plus de cérémonie.

— Voilà, dit-il.

Nicholas examina consciencieusement le texte. Il connaissait un peu de latin, ce qui n'était pas courant pour un homme de son rang, et déchiffra quelques mots, avec lenteur.

Un lourd silence tomba dans la pièce.

Finalement, l'archevêque soupira.

— Il est écrit que Thomas Holland et Joan ont échangé leurs vœux devant un témoin plusieurs mois avant le mariage de Lady Joan avec Salisbury. En conséquence, l'Église reconnaît cette première union valide et propose d'annuler le mariage de Joan et Salisbury, si le Pape agrée.

Ainsi, tout se déroulait bien comme Nicholas l'avait espéré.

— C'est donc confirmé, dit-il, surpris de son propre soulagement. Vous vous plierez à ce jugement, j'imagine.

Jusqu'à cet instant, Nicholas ne s'était pas rendu compte qu'il avait en réalité eu peur que le document ne soit jamais trouvé.

— Je vais rassembler les évêques et nous examinerons ce document pour...

— L'examiner ? Y a-t-il une irrégularité dans le texte ?

Islip fronça les sourcils, et sa grimace dessina de profonds sillons sur sa peau.

— Espérons que non, pour notre bien à tous.

Étrange commentaire… Néanmoins, Nicholas ignora son inquiétude. Rien ne pouvait mal tourner. Lady Joan avait été placée très jeune sous la protection du roi et de la reine. Le mariage avait forcément été annulé dans les règles ; trop de choses en dépendaient à l'époque.

Et encore plus de choses en dépendaient maintenant.

— S'il n'y a en effet aucune irrégularité, combien de temps pensez-vous que cet examen puisse prendre ? demanda-t-il poliment.

— Vous voulez dire, combien de temps avant qu'ils puissent officiellement se marier ?

Avant que je puisse quitter cette île pour de bon, surtout, songea Nicholas tout en acquiesçant.

— La lettre officielle d'Avignon est attendue peu de temps après la Saint-Michel, répondit simplement l'archevêque.

Moins de deux mois d'attente, donc.

— D'ici là, nous devrions avoir terminé et j'enverrai directement mon jugement au roi.

Soudain, le visage du vieil homme s'adoucit.

— J'ai hâte de célébrer le mariage du prince. La cérémonie aura-t-elle lieu à Windsor ?

Bien sûr, en tant que primat d'Angleterre, il lui reviendrait d'officier.

— Je pense, oui, répondit Nicholas avec un haussement d'épaules profondément désintéressé.

Peu lui importait où aurait lieu le mariage. Son travail était accompli. Il pouvait raccompagner Anne à la Cour et se libérer de toutes les complications, toutes les responsabilités qu'il avait dû endosser ces dernières semaines. Les sentiments déplacés qu'il avait pour elle s'effaceraient certainement dès qu'il poserait le pied à bord d'un bateau en partance pour le continent.

Il remercia donc l'archevêque dans un salut révérencieux et tourna les talons. Alors qu'il s'apprêtait à partir, un détail du résumé que le vieil homme lui avait fait du document lui revint en mémoire. Il n'y avait pas prêté attention, mais les mots résonnèrent à présent comme des cloches à ses oreilles.

Holland et Joan ont échangé leurs vœux devant un témoin...

Il fit brusquement volte-face et dévisagea l'archevêque.

— Le document parle d'un témoin au mariage secret ?

— Oui.

— Qui ? Quel est son nom ?

Islip parut surpris.

— Désirez-vous interroger cette personne ?

Nicholas n'y avait pas songé tant que l'affaire lui avait paru simple.

— Ce ne sera pas nécessaire, si ?

— Espérons que non. De toute manière, le nom n'est pas indiqué.

— N'est-ce pourtant pas habituel de nommer le témoin d'un mariage ?

Islip eut un geste d'humeur.

— Il n'est déjà pas habituel de voir un témoin assister à un mariage clandestin !

En effet, pas du tout. Pourtant, dans une ville étrangère en proie à la guerre, une jeune fille de douze ans et un homme de vingt-six ans avaient été suffisamment prudents pour trouver un témoin. Une personne qui était apparue au bon moment, comme par magie, et qui avait ensuite disparu... Qui ?

Et pourquoi ?

Anne passa la matinée assise dans la salle commune de l'auberge, occupée à broder un nouvel écusson pour les rideaux du lit du prince. Elle n'avait levé les yeux que deux ou trois fois pour voir le flot des pèlerins qui montaient jusqu'à la cathédrale, remplis d'espoir.

Agatha l'avait suppliée de s'y rendre avec Eustace pour acheter son propre souvenir de Canterbury, et Anne l'avait laissée sortir. Sa servante se préoccupait sans doute moins d'une miniature pieuse en fer-blanc que de l'écuyer de Nicholas, mais leur absence lui permettait au moins de profiter du silence.

Bientôt, Nicholas reviendrait de son entretien avec l'archevêque. Anne pouvait seulement prier pour qu'il ait trouvé ce dont ils avaient besoin et pour qu'ils puissent enfin rentrer à la Cour. Là, elle savait au moins ce que l'on attendait d'elle et elle pourrait enfin redevenir Anne, l'invisible.

Nicholas avait aperçu sa difformité, mais il ne l'avait pas humiliée. Il ne l'avait pas injuriée, ni regardée avec pitié. Il avait accepté et même respecté la réalité. Il avait su voir Anne, et non l'infirmité d'Anne. Quelqu'un avait-il déjà fait cela pour elle ?

Son père n'avait vu que son défaut, et il avait refusé d'avoir le moindre lien avec elle.

Même sa mère avait vu en sa fille une invalide avant tout et avait fait de son mieux pour organiser la vie d'Anne en fonction de son handicap – surtout après la mort de son époux qui les avait laissées sans le sou. Quand la jeune femme explorait les souvenirs qu'elle avait de sa mère, tout ce qu'elle voyait, c'était son inquiétude. Anne était-elle en sécurité ? Anne souffrait-elle ? Comment Anne allait-elle vivre ? Elle avait tissé une inextricable toile de secrets parce qu'elle était convaincue que sa fille ne pourrait jamais vivre par elle-même. Pas parce qu'elle était Anne…

Parce qu'elle boitait.

Elle avait sans doute de la chance de ne pas avoir été noyée à la naissance comme un chaton, ou que sa mère et elle n'aient pas été excommuniées à cause de cette punition divine – car certaines personnes pensaient encore que de tels maux étaient forcément dus au courroux de Dieu. Pourtant, la peste avait emporté sans distinction des évêques et des enfants, des bonnes gens et des pêcheurs.

Avant de rencontrer Nicholas, combien d'années Anne avait-elle passées sans qu'on la touche ? Depuis la mort de sa mère, elle avait été seule. Toujours seule. Et, pendant tout ce temps, Lady Joan avait été l'unique personne à oser l'approcher d'assez près pour effleurer ses vêtements ou sa peau. Anne avait revêtu une armure invisible, assez solide pour repousser n'importe qui. Assez solide pour la faire disparaître aux yeux du monde.

Tandis que Lady Joan, la plus belle femme du royaume, traversait sa vie en flottant sur une mer de regards admiratifs, personne ne remarquait Anne. Personne ne tournait la tête sur son passage ni ne la gratifiait d'un sourire. Aucun chevalier, aucun page, pas même l'homme chargé de vider son pot de chambre ne l'avait contemplée avec la moindre pointe d'intérêt.

Jusqu'à aujourd'hui.

Oui, les gens s'étaient toujours détournés d'elle, et elle les avait imités. Elle ne voulait pas voir, ni savoir.

Mais cet homme, en proie à ses propres douleurs enfouies, savait voir ce qu'elle cachait, osait toucher l'intouchable et reconnaître ce que le monde préférait ignorer.

C'était dangereux. Bien trop dangereux. Devenir si proche d'un homme qui voyait qui elle était réellement, au-delà de l'évidence, au-delà de son boitement. Il risquait de découvrir des choses qui devaient rester cachées. Des choses qu'elle devait protéger des regards comme son pied difforme.

Tout cela faisait de Nicholas le plus menaçant des hommes pour elle.

Tard dans l'après-midi, le soleil darda ses rayons obliques par la fenêtre. Elle jeta un coup d'œil autour d'elle pour s'assurer que la salle était vide puis retroussa sa jupe et contempla son pied, bien caché par un bas rouge.

Comme Nicholas l'avait dit, parfois les miracles mettent du temps à s'accomplir. Parfois, les gens attendaient au pied de l'autel guérisseur jusqu'à la disparition de leurs maux. Ou jusqu'à leur mort.

Peut-être que...

Soudain, la porte s'ouvrit, et elle laissa sa jupe retomber avant de reprendre son aiguille. Nicholas se tenait sur le seuil, l'air contrarié.

— Quelque chose ne va pas ? demanda-t-elle sans attendre inutilement un salut. L'archevêque n'a-t-il pas retrouvé le document ?

— Si.

— Et il y a un problème ?

Jamais elle n'aurait dû demander cela. Il ne pouvait y avoir aucun problème. Pas après toutes ces années.

— Non. Le document sera béni par une assemblée d'évêques, pour préserver les apparences.

— Tout va bien, donc.

Nicholas soupira.

— Pour eux, oui.

— Et pour vous ?

— Le mariage clandestin a été célébré devant un témoin.

Le cœur d'Anne se mit à tambouriner dans sa poitrine, comme si un fantôme venait de s'échapper du donjon qu'elle avait bâti pour lui, pour le contenir à jamais.

— Comment le savez-vous ? demanda-t-elle d'une voix aussi tremblante que sa pauvre jambe.

— C'est écrit. Dans l'acte d'annulation.

— Le nom du témoin est-il mentionné ?

— Non.

Il la dévisagea, comme s'il percevait pour la première fois un lien entre elle et toute cette histoire passée.

— Est-ce que vous savez qui c'était ?

— Comment le saurais-je ? répliqua-t-elle, regrettant amèrement de devoir lui mentir encore une fois. Je n'avais que quatre ans à l'époque.

— Mais vous ne trouvez pas cela étrange ? Qu'un mariage secret se fasse devant témoin ?

Elle secoua fermement la tête en se penchant de nouveau sur son ouvrage, un nouvel exemplaire – encore – du blason du prince. Des plumes blanches. La devise *Ich Dien*. Je sers.

Et c'était exactement ce qu'Anne allait continuer à faire.

— Ce n'est pas si surprenant, répondit-elle.

C'était risqué, mais elle devait le détourner du passé et lui rappeler le présent, par n'importe quel moyen.

— J'ai moi-même été témoin de son mariage avec le prince.

Nicholas la dévisagea d'un air abasourdi.

— Quoi ? Pourquoi ?

— Parce que Lady Joan me l'a demandé.

Très vite, la surprise fit place à une vague de colère.

— Et vous ne me l'avez jamais dit ?

Elle haussa les épaules, comme si cela lui était égal.

Maintenant, regarde-le dans les yeux et fais semblant de ne rien avoir à cacher.

— Est-ce si important ?

Leur baiser de la veille lui brûlait encore les lèvres. Mais elle devait se concentrer sur le récit détaillé de ce mariage.

Le moins problématique de tous.

— Cette nuit-là, Lady Joan est venue me réveiller et m'a demandé de la suivre sans me dire pourquoi, récita-t-elle donc. Quand nous sommes entrés dans la chapelle, j'ai vu le prince et alors...

Nouveau haussement d'épaules.

— ... ils ont prononcé leurs vœux.

— Vous saviez pourtant que ce mariage était interdit.

« Vous ne devez pas ! Vous ne pouvez pas ! Le roi... Vous êtes trop proches... »

— Bien sûr. Toute la Cour le sait.

— Dans ce cas, pourquoi ne vous êtes-vous pas interposée ?

Anne lâcha un éclat de rire nerveux.

— Vous vouliez que j'interdise au prince de Galles et à la comtesse de Kent de faire ce qu'ils voulaient ?

— Vous saviez pourtant ce qui allait se passer ! Vous saviez quel danger ils faisaient courir à leurs âmes… au royaume !

Il hurlait comme si c'était lui, et non le royaume, qui avait été insulté.

— Évidemment, répliqua-t-elle sèchement. Ce que je ne savais pas, en revanche, c'est à quel point Sir Nicholas Lovayne allait être réticent à faire son devoir et à résoudre ce problème.

— Ce n'est pas cela qui me dérange, dit-il vivement.

En colère.

Plus son humeur s'assombrissait, plus Anne devait se montrer posée.

— Dans ce cas, pourquoi tant de ressentiment ?

Il était presque inutile de poser la question : elle savait.

Campé devant elle, Nicholas fit des efforts pour se calmer, comme s'il s'enveloppait dans une cape protectrice.

— La prochaine fois que vous assisterez à leur mariage, ce sera avec la bénédiction de l'Église, reprit-il sans répondre à sa question. Nous repartons demain matin.

Elle se leva d'un bond, soudain pressée de retourner à sa chambre.

— Je serai prête.

Prête à quitter cet homme qui avait le don de la faire trop parler, à chaque fois.

À moins que ce soit sa propre faiblesse qui la poussait à dire des choses qu'elle aurait mieux fait de taire. Comment avait-elle réussi à garder le secret pendant toutes ces années ? se demanda-t-elle en gravissant l'escalier de l'auberge. Il avait suffi de quelques jours passés en compagnie de Nicholas et de quelques baisers échangés pour lui faire raconter des détails qu'elle aurait dû garder pour elle à jamais...

D'un autre côté, comment aurait-elle pu anticiper la liberté qu'elle avait découverte loin de Lady Joan ? Toute sa vie, elle avait été aux côtés de sa maîtresse et avait rarement prononcé d'autres mots que « oui, milady », « non, milady » ou « merci, milady », alors qu'elle avait brûlé d'en dire tellement plus.

Au moins, sa confession avait servi ses intérêts. Nicholas ne pensait plus qu'au présent mariage et avait oublié l'autre.

Celui auquel la mère d'Anne avait prétendu assister.

Nicholas passa le reste de la journée à s'occuper des détails qu'il pouvait maîtriser : s'assurer que les chevaux soient prêts à temps et empaqueter les vivres dont ils auraient besoin en cours de route. La Cour s'était de nouveau installée à Windsor, ce qui réduirait le voyage du retour à cinq jours.

Cinq jours de trop à passer en compagnie d'Anne de Stamford.

Pourquoi tant de ressentiment ?

Le lendemain matin, alors qu'il approchait de l'écurie où l'attendait son cheval, cette question le hantait toujours. L'auberge n'avait pas assez de place pour accueillir toutes leurs montures, et Nicholas avait saisi cette opportunité de passer moins de temps avec Anne, Eustace et les autres. Pour réfléchir.

Anne l'avait troublé en lui disant qu'il en voulait au prince de s'être marié sur un coup de tête pour le laisser démêler l'écheveau des conséquences. Il avait passé six semaines à voyager jusqu'à Avignon, puis plusieurs jours encore à négocier avec les clercs du Pape avant d'entamer le long chemin du retour. Puis, quand il avait cru être libre, on l'avait chargé d'une dernière mission... Oui, il était exaspéré. Et impatient.

Mais ce n'était pas la cause profonde de cette rage viscérale et nouvelle qui l'avait envahi quand il avait appris qu'Anne avait été témoin du mariage et ne lui en avait jamais parlé.

Dès le début, cette femme avait éveillé des émotions dont il se serait bien passé – possessivité, tendresse, désir, et maintenant colère. Des passions folles qu'il avait évitées fièrement toute sa vie ; celles qui avaient poussé son père ou le prince dans les bras de femmes capables de les emprisonner par leurs charmes.

Quand il avait senti pour la première fois une attirance pour Anne, il s'était néanmoins répété que son envie de passer du temps avec elle était logique, ou du moins innocente. Et il avait obstinément ignoré les sensations pressantes qui l'assaillaient, au fond de lui.

Dans le creux de ses reins.

Ou même dans son cœur.

Elle avait fait naître des sentiments qu'il ne reconnaissait même pas. Il avait espéré un miracle pour elle et avait prié. Il avait même été prêt à lui avouer ses plus honteux échecs et avait failli céder à son désir qui l'avait poussé à vouloir beaucoup plus qu'un baiser. Ce baiser, dont le souvenir s'était encore attardé sur ses lèvres quand elle avait dit que...

Il se figea brusquement, au milieu de la rue la plus animée de Canterbury et trouva la réponse à sa question – une vérité qu'il aurait dû voir depuis le début.

Il était en colère parce qu'elle lui avait menti.

Et elle avait réussi à le duper si facilement parce qu'il avait commencé à la croire différente des autres femmes. Ce n'était pas le cas. Elle avait simplement créé une illusion, un miroir dans lequel l'attirer tout en dissimulant ce qu'elle ne voulait pas qu'il sache.

Il lui avait fait confiance, aveugle qu'il était... Comme son père. Il avait cru qu'elle se fiait à lui mais, si tel avait été le cas, elle lui aurait tout dit depuis longtemps.

Que cachait-elle d'autre ?

Elle était très proche de Lady Joan, en effet. Beaucoup plus qu'il l'avait cru.

Elle lui avait aussi très clairement prouvé vers qui sa loyauté la poussait.

Tout cela était un bon rappel d'une leçon qu'il croyait pourtant avoir apprise depuis longtemps : ne jamais écouter ses émotions, surtout en ce qui concerne les femmes.

Lorsqu'il se mit en selle, sa bourse vint frapper sa cuisse avec un léger tintement. Tenant les rênes de la main gauche, il fouilla dans la pochette et se piqua le doigt sur la mitre de saint Thomas.

La miniature en fer-blanc.

Il avait trahi sa règle d'or. Il avait voulu conserver un souvenir, s'était alourdi en transportant une babiole pour se souvenir de son séjour.

Nicholas tourna son cheval en direction de l'auberge, prêt à jeter la miniature dans la rue boueuse.

Mais, au dernier moment, il baissa les yeux sur la gravure, et frotta son pouce sur les aspérités du métal repoussé. Il se souvint.

Ses lèvres pincées, obstinées, qui refusaient de céder à la douleur ou à la pitié. Son rire. Son refus de se laisser charmer par des flatteries et ses remerciements boudeurs quand il lui tendait la main pour l'aider.

Il se souvint de son corps pressé contre le sien. De la fièvre douce de sa bouche. De la manière dont elle l'obligeait à voir.

Il arriva au coin de la rue et aperçut tout leur petit groupe rassemblé près des chevaux. Attendant le départ. Anne était en train d'étudier l'église, en face de l'auberge, mémorisant sans doute jusqu'au nombre de pierres.

Non. Nicholas ne se créerait aucun souvenir de plus. Tous ceux qu'il avait déjà engrangés lui pesaient, comme autant de pierres, et l'empêchaient de bouger. Il était temps qu'il laisse cette femme s'éloigner de lui et qu'il se concentre sur la vie qu'il avait prévue.

Laissant tomber sa main le long de sa cuisse, il lâcha la miniature dans la boue, sans se soucier des bêtes qui allaient la piétiner.

Il ne garderait rien de ce voyage.

13

L'imposante porte du château de Windsor s'élevait devant lui, marquant avec une grâce divine la fin de ce voyage – qui lui avait paru plus long que tous ceux qu'il avait faits avant. Sauf pour s'assurer qu'Anne allait bien et ne souffrait pas, Nicholas avait fait tout son possible pour ne pas s'approcher d'elle. Il avait néanmoins été obligé d'intervenir quand les autres hommes s'étaient entêtés à emmêler les sangles qu'il avait installées pour maintenir la jeune femme fermement perchée sur sa selle.

Il savait que ces efforts d'évitement n'étaient que le miroir de son désir : de nouvelles faiblesses du cœur. Mais, alors que les milles s'étiraient derrière eux, il se raconta une autre histoire. Anne lui avait délibérément caché la vérité. Ce n'était ni un péché par omission ni un accident. Et cela n'avait rien à voir avec sa confiance en lui.

Elle lui avait caché le rôle qu'elle avait joué dans ce mariage pour une autre raison. Quelle qu'elle soit, cette raison suffisait à justifier les soupçons de Nicholas.

Mais il ne voulait plus s'atteler à de nouveaux mystères. L'archevêque et le Pape étaient satisfaits. Tout avait été fait pour permettre une seconde cérémonie de mariage afin que le prince et son épouse aient enfin le droit de partager le même lit. Nicholas, lui, partirait pour la France et Anne...

Peu lui importait.

Hélas, même aux portes de Windsor, un encombrement de chariots de tailleurs de pierre les séparait encore de la fin de leur voyage. Nicholas dut les contourner pour entrer dans l'enceinte.

Il reconnut à peine le château quand il le vit. La nouvelle entrée, flanquée de tourelles massives, avait été achevée pendant le printemps – avant que Nicholas quitte la France – ainsi qu'un ensemble de logements où il trouverait sans peine un lit, en face de la chapelle. Durant les mois de son absence, les rançons payées par les Français avaient clairement été transformées en hommes et en pierre.

Des ouvriers envahissaient chaque recoin de la cour. Des blocs de roche blanche, brune et verte ainsi que des piles de planches étaient déposés en plein milieu. L'odeur des forges envahissait l'air. De hauts murs, qui faisaient ressembler le bâtiment à une église plutôt qu'à une forteresse s'élevaient du côté nord de la haute cour.

Nicholas se laissa aller à un instant de compassion pour l'homme chargé d'organiser tout cela, puis mit pied à terre, tendant ses rênes à Eustace. Il en avait enfin fini, se rappela-t-il, en aidant une dernière fois Anne à descendre de cheval.

— Merci, dit-elle avant de caresser du bout des doigts les sangles de cuir qui lui avaient permis de survivre à un aussi long voyage. Puis-je garder ceci ?

Nicholas acquiesça vaguement. À quoi aurait bien

pu lui servir un harnais de cuir qu'il avait imaginé pour elle ?

— Est-ce que je vous reverrai ? demanda-t-elle encore tandis qu'Agatha hélait un serviteur pour l'aider à décharger leurs affaires.

— Je ne crois pas.

Si Dieu s'était montré généreux, la rançon de son otage l'attendait déjà. Cet argent lui suffirait amplement pour acheter le second cheval de guerre dont il avait besoin, des armes pour Eustace et prendre place sur un bateau en partance pour le continent. Arrivé en France, il trouverait la Grande Compagnie et se noierait dans les combats.

— Je compte partir dès que possible.

— Dans ce cas, que Dieu vous protège pendant votre voyage.

Elle prit une profonde inspiration et la relâcha, comme si c'était de lui qu'elle s'arrachait en se retournant pour demander à Agatha de trouver leurs chambres.

Le roi et la reine n'étaient pas encore arrivés à Windsor, mais Edward et Joan avaient envoyé leurs gens en avance pour préparer le mariage tant attendu. Tant que le nouveau château ne serait pas terminé, la famille royale logeait dans la tour ronde, perchée sur une colline, au milieu du domaine de Windsor.

Ce fut là que Nicholas se dirigea, mais le prince n'avait clairement pas attendu qu'on lui annonce l'arrivée de son messager et il apparut soudain devant lui, essoufflé comme s'il venait de courir.

L'espoir et l'angoisse se mêlaient dans son regard.

— Alors ?

— Oui, répondit Nicholas, envahi par un soudain

besoin de passer son bras autour des épaules d'Edward pour le rassurer. Tout va bien.

Le prince poussa un cri de victoire et envoya des domestiques chercher Lady Joan et porter du vin dans ses appartements avant de s'engager avec Nicholas dans l'escalier de la tour.

Une ascension aisée pour deux guerriers habitués à l'effort, songea celui-ci en laissant la grande salle derrière lui, mais si difficile pour Anne qui serait obligée de lutter avec sa béquille à chaque marche…

Il jeta un coup d'œil derrière lui, priant pour qu'elle ne soit pas de nouveau à terre, mais Edward ne lui permit pas de s'arrêter tant qu'ils n'eurent pas atteint ses appartements où les attendaient des gobelets d'argent remplis de vin rouge.

— À Sir Nicholas Lovayne, déclara le prince en levant son verre. L'homme qui m'aura permis d'atteindre le paradis terrestre.

L'orgueil de Nicholas, d'habitude solidement gardé, fleurit en un sourire. Il n'avait peut-être pas remarqué les couleurs des vitraux de la cathédrale de Canterbury, mais il avait servi le roi et le prince aussi bien que n'importe quel homme – voire mieux.

— Quand ? demanda Edward. Quand pourrons-nous nous marier de nouveau ?

— Quelques semaines. Pas plus.

Le sourire d'Edward vacilla.

— Tant que ça ? J'ai tellement hâte de retrouver ma femme dans mon lit !

C'était une remarque plutôt déplacée concernant la future reine, songea Nicholas, mais sans doute partageait-elle l'impatience de son époux. Quels idiots, tous les deux, aveuglés par leur désir… Et quelle faiblesse de sa part d'avoir failli y céder aussi.

Comment Anne avait-elle appelé ça ?

De la béatitude. Seulement quel homme, même prince, pouvait prétendre avoir droit au paradis terrestre ?

— Pas plus de deux mois, précisa-t-il.

Et c'était bien suffisant. D'ici là, si Nicholas avait de la chance, il serait de l'autre côté de la Manche et aurait rejoint une compagnie de mercenaires, comme il l'avait prévu depuis le départ.

— Est-ce que ma rançon est arrivée ?

— Non, répondit Edward en essuyant d'un revers de manche sa moustache tachée de vin. Ce qui veut dire, mon ami, que vous ne pouvez pas encore me quitter. Vous devez à tout prix assister au mariage que vous avez rendu possible… Mais ne vous en faites pas : j'ai bien l'intention de vous récompenser. C'est le moins que je puisse faire, puisque vous avez contribué à mon bonheur.

La somme qu'il proposa était très généreuse. Elle suffirait amplement à nourrir l'otage de Nicholas et son geôlier en attendant le paiement des Français.

— En attendant mon mariage, restez ici, mon ami. Profitez de la chasse, du jeu et laissez-vous même distraire par les femmes si vous le voulez…

Une seule femme vint à l'esprit de Nicholas. Celle qu'il voulait justement oublier.

Le prince fit soudain appeler son chasseur, oubliant déjà les préparatifs de son mariage et toutes les épreuves que Nicholas avait dû surmonter pour rendre la chose possible.

C'était fait. Terminé. Sa mission était un succès.

Alors pourquoi se posait-il encore tant de questions ?

— Edward, y avait-il quelqu'un d'autre, cette nuit-là ?

Le prince n'écoutait que d'une oreille.

— Quelle nuit ?

— Lors de votre mariage avec Lady Joan.

Un regard intrigué se tourna vers lui. Il avait de nouveau retenu l'attention du prince.

— Pourquoi ?

Nicholas haussa les épaules.

— Anne dit qu'elle a été témoin.

— Du mariage ? Quelle importance ?

Comme un rapace, cette question flotta entre eux, menaçante.

— Aucune.

Cela ne changeait absolument rien, pour personne. Sauf Nicholas.

— J'ai été... surpris, c'est tout.

— Si ce n'est pas essentiel, n'y pensez plus, reprit l'autre en retrouvant son sourire. Elle était sans doute là, en effet, mais je n'avais d'yeux que pour Joan.

— Pourquoi Lady Joan tenait-elle à sa présence ?

— Elle a dit que nous devions avoir un témoin. Que c'était important...

Cela avait été important pour l'un des mariages de Joan, en effet, mais pas pour celui-ci. Pas pour épouser le prince.

— Ce n'est pas nécessaire, répondit Nicholas en buvant une gorgée de vin dans sa coupe d'argent froid. Ce n'est même pas une chose habituelle.

— Qui sait ce qu'une femme peut avoir en tête ? C'était sans doute une de ses fantaisies... Les femmes aiment bavarder entre elles, et elle est très proche de cette fille.

Proche, oui, mais pas sur un pied d'égalité. Joan ne risquait pas de prendre Anne comme confidente. À moins que... ?

Lui avait-elle parlé de tout ?

Ou bien lui-même réagissait-il comme un enfant avec qui l'on ne veut pas jouer ?

Nicholas reposa sa coupe et laissa courir ses doigts sur le rebord sans regarder le prince, pour lui faire croire que sa prochaine question n'avait pas plus d'importance que la première.

— Il y a aussi eu un témoin au premier mariage secret de Joan. Celui de Holland...

Il leva alors les yeux et poursuivit :

— Vous le saviez ?

— Non, et je m'en moque, répliqua Edward en perdant subitement sa bonne humeur. Le seul mariage de Joan qui m'intéresse est celui qui la liera à moi.

— Lady Joan s'en souviendra, elle. J'irai le lui demander.

— Hors de question.

Le prince acheva sa coupe d'un trait et la reposa brutalement sur la table.

— Je veux qu'elle pense à *notre* mariage, pas à un autre ! Ne faites pas enfler l'affaire inutilement, Nicholas.

Faisait-il cela ? Et quelle différence, maintenant ? Ce n'était qu'un détail insignifiant, rien de plus. Et Nicholas s'y était raccroché comme un chien à son os. Il avait même contrarié le prince...

Il sourit donc.

— Vous avez raison. J'ai simplement l'habitude de maîtriser n'importe quelle situation.

Y compris ses sentiments. Mais, cette fois, il avait boudé comme un enfant privé de friandises. Anne avait dû le croire fou.

— Une bonne chasse vous changera les idées, suggéra le prince. Je vous parie que la première proie sera pour moi.

Nicholas avait besoin de beaucoup plus que ça. Il avait besoin de se prouver qu'il pouvait parler à Anne de Stamford sans laisser ses émotions absurdes prendre le dessus. Et il y arriverait. Tôt ou tard.

Anne et le prince avaient tous les deux rassuré Lady Joan en lui répétant que tout irait bien. Ainsi, après avoir montré une brève déception concernant le miracle que saint Thomas n'avait pas su accomplir, la future mariée se replongea dans ses préparatifs. Dès le lendemain, en effet, elle ne se préoccupa plus que de la musique.

— Je préférerais que les ménestrels de la reine jouent pendant le banquet, lança-t-elle.

— Pas ceux d'Edward ? Ou du roi ?

Le prince, le roi et la reine avaient en effet chacun une troupe de ménestrels attitrée. Anne, pour sa part, aimait ceux du roi, des trompettistes et percussionnistes qui savaient lui donner une impression de puissance.

— Ils sont bons, évidemment...

Des excuses, comme si ses goûts risquaient d'insulter l'un des Edward – qui n'étaient pourtant pas présents.

— J'aime beaucoup le harpiste du roi, mais la musique des autres est plus...

Elle soupira.

— On dirait qu'ils jouent pour encourager des guerriers au combat, acheva-t-elle.

Anne évita de lui rappeler que c'était, en effet, leur mission principale. Nicholas avait-il dû s'occuper des trompettes abîmées, au front ?

Et pourquoi pensait-elle encore à lui ?

Bêtement, elle avait commencé à rêver de lui, faute d'espérer. Il avait été gentil avec elle, plus gentil que tous ceux qu'elle avait connus – surtout quand il l'avait embrassée...

Je ne suis pas désolé.

Non. Jamais un homme ne s'excusait pour un baiser. Ces choses n'ont aucune importance.

Encore un mensonge ! Ce baiser avait eu plus de signification pour eux qu'ils ne l'auraient admis. Et elle l'avait senti quand son aveu avait mis Nicholas hors de lui. Tout cela avait été si fort qu'il avait même passé les jours suivants à l'éviter et, étrangement, elle lui en était reconnaissante. Elle en avait déjà beaucoup trop dit. Un autre baiser, une autre caresse, eux deux seuls dans une chambre...

Elle n'aurait jamais eu la force de résister.

Heureusement, cette histoire était derrière elle maintenant. Nicholas était parti, et sa vie allait reprendre son cours normal.

Tout ce qui devait être serait.

On frappa soudain à la porte. Le tailleur de la Cour et un marchand d'étoffe entrèrent, saluèrent Joan et commencèrent à étaler des coupons de tissu dans toute la pièce.

— Cette soie italienne ferait une ravissante robe

de mariée, lança le marchand en déroulant une pièce longue comme le bras. Elle mettrait vos yeux en valeur.

Anne posa son ouvrage pour contempler la soie. Elle était bleue, plus foncée que les iris de Joan. Plus foncée que le ciel. Elle rappelait presque les vitraux de la cathédrale... Cependant, le bleu était symbole de pureté – pas le choix le plus approprié, étant donné le passé conjugal de Lady Joan.

Elle croisa le regard interrogateur de sa maîtresse et secoua fermement la tête.

Le marchand n'hésita pas un instant :

— Voyez celle-ci, marbrée.

Lady Joan refusa tout net, les sourcils froncés.

— Nous avons porté quelque chose de similaire à Noël.

L'homme reposa l'étoffe multicolore à l'écart. La reine serait déçue : elle l'aurait bien aimée.

— Et ceci ?

Le marchand déplia un tissu brillant qui aveugla presque Anne tant il scintillait. C'était comme regarder l'éclat du soleil sur un collier d'or.

— Oui ! s'écria Joan. Ce tissu d'or. En aurez-vous assez pour ma robe et ma mante ?

L'homme ferma les yeux et compta sur ses doigts, puis sourit.

— Quarante coudées, déclara-t-il. Oui, je pense que cela suffira.

— Et les surcots des ménestrels ?

L'homme écarquilla les yeux et ravala sa salive.

— Combien de ménestrels aurez-vous, milady ?

Au même instant, Agatha se faufila dans l'appartement

et rapporta ses ciseaux à Anne, un geste qui lui rappela soudain qui elle était – et quelle était sa place.

— N'étaient-ils pas où je le croyais ? demanda-t-elle à mi-voix pendant que le tailleur et le marchand discutaient.

Elle avait envoyé la jeune fille en quête de ses ciseaux depuis près d'une heure.

Agatha baissa les yeux et ses joues rosirent.

— Si.

Anne connaissait bien ce regard.

— Est-ce que quelque chose d'autre t'a ralentie ?

— Je me suis juste arrêtée un instant. Je croyais qu'il allait partir...

Oh ! moi aussi, songea Anne. *Moi aussi.*

— Tu parles d'Eustace ?

Agatha acquiesça, incapable de ravaler son sourire.

— Mais il est encore là. Il va rester jusqu'au mariage !

Anne voulut la mettre en garde, lui dire de ne pas attendre de choses impossibles. Son petit écuyer allait devenir un chevalier, un jour, un rang bien supérieur à celui de servante. Au final, que resterait-il à Agatha, à part un cœur brisé et une miniature en fer-blanc ?

Tout comme Anne aujourd'hui.

Elle se pencha de nouveau sur sa broderie, refusant de donner à une autre des leçons qu'elle n'avait pas encore apprises. Son cœur aussi avait bondi de joie en apprenant que Nicholas resterait encore un jour, une semaine, peut-être même un mois ou plus. Elle n'avait plus qu'à espérer ne pas le croiser pendant ce temps.

Ou le fuir délibérément...

Nicholas eut la chance de ne pas revoir Anne pendant plusieurs jours. Il avait besoin de temps pour penser à ce qu'il allait lui dire, pour préparer des excuses après son comportement bien peu chevaleresque.

Il avait aussi besoin de temps pour se convaincre que sa brutalité n'avait été causée que par sa fatigue, ou par les phases de la lune.

Même ses entretiens avec le roi n'étaient pas préparés avec autant de soin. Bien sûr, il avait déjà présenté des excuses à Anne ; mais c'était parce qu'il regrettait ce que Dieu, la vie ou le monde lui avaient fait subir – pas ses propres actes.

Puis, quand il aurait trouvé les bons mots, il lui resterait à créer l'opportunité idéale. Un endroit et un moment où personne ne risquait de les surprendre. Où son mea culpa pourrait être reçu par la seule personne qui méritait de l'entendre.

Au final, il lui fallut plusieurs jours pour trouver non seulement ses mots mais aussi le calme dont il avait besoin pour les prononcer. Une fois qu'il y parvint, qu'il fut prêt, comme Anne ne réapparaissait pas dans son monde, l'agacement s'éveilla de nouveau en lui. Elle l'évitait, c'était certain. Non, cette idée était ridicule et provoqua une nouvelle série de débats intérieurs.

Quand il la vit enfin, ce ne fut pas du tout comme il l'avait prévu.

Il était soûl comme cochon.

Le prince s'était lancé dans d'interminables célébrations et Nicholas s'y était plié, buvant joyeusement jour après jour. Un soir, tard, il perdit son chemin en tentant de traverser le bâtiment de bois qu'Edward avait fait ériger dans les ruines de pierre de la tour ronde. Une bougie à la main, Nicholas cherchait désespérément son lit et les commodités.

Pas dans cet ordre, évidemment.

Quand une femme armée d'une béquille jaillit soudain de l'obscurité devant lui, il crut d'abord rêver.

— Anne ?

Est-ce qu'une vision pouvait lui répondre ?

— Nicholas ?

Peut-être ne rêvait-il pas, en fin de compte. Il avança d'un pas et trébucha, s'étalant de tout son long par terre.

Un éclat de rire résonna à ses oreilles – jamais il n'aurait rêvé de ça… C'était bien Anne.

Il récupéra sa bougie qui, en roulant loin de lui, s'était éteinte. Puis, précautionneusement, il fit bouger ses jambes. Sa hanche et son genou étaient aussi douloureux que son orgueil blessé.

Dans le noir, il entendit Anne retenir sa respiration, sans doute pour étouffer son hilarité.

— Je ne pense pas pouvoir vous aider à vous lever, commença-t-elle, mais je peux vous prêter ma béquille.

Cette fois, Nicholas fut obligé de rire aussi. Dans cette situation, il ne pouvait plus prétendre être un homme digne, rationnel ou logique. Il ne pouvait pas s'excuser gravement ou expliquer ses quelques accès de colère. L'homme qui arrangeait tout, qui réglait les problèmes et qui effaçait n'importe quelle complication n'était même plus capable de se relever sans aide !

Il soupira, rendu un peu plus bavard par le vin qu'il avait bu.

— Ah, Anne, dit-il. J'avais prévu de m'excuser pour mon impolitesse sur le chemin du retour de Canterbury, mais vous venez de me voir au plus bas. Acceptez mon humiliation comme gage de mes regrets sincères...

Heureusement, elle ne rit pas à cela. Au contraire, elle s'agenouilla près de lui, lui évitant de devoir lutter encore pour se lever.

Assis près d'elle, dans le noir, il avait presque l'impression d'être dans l'intimité d'un confessionnal.

— J'accepte, murmura Anne. Mais vous allez devoir faire pénitence.

— Est-ce que la migraine qui m'attendra forcément demain matin pourrait suffire ?

Elle dut secouer la tête.

— Je vous ai avoué des choses à mon sujet et vous m'avez rejetée à cause de ça. Votre punition sera de répondre à mes questions.

Pour que vous puissiez me mépriser ? Il lui avait déjà parlé de son pire échec et elle n'avait rien dit ; mais elle était une femme, incapable de comprendre les nécessités de la guerre.

— Je vous écoute, dit-il.

— Tout d'abord, d'où venez-vous ?

D'où venez-vous ?

Pourquoi cette question lui serrait-elle la gorge ?

Il parvint à peine à visualiser l'image de la campagne où il avait grandi. Un marais. Une prairie. Toutes ces choses qu'il avait abandonnées et oubliées.

— Du Lincolnshire. Je suis né dans le Lincolnshire.

Il se redressa péniblement. S'il devait vraiment faire cela, autant garder la tête haute.

— Votre famille y vit-elle toujours ?

Famille. Avait-il vraiment une famille ? Sa mère était

morte quand il était tout petit. Plus rien ne l'attendait dans le Lincolnshire. Ni à l'époque ni maintenant.

— Ma mère n'est plus de ce monde. Mon père, lui, n'est jamais parti de sa maison. Il est mort à deux milles de là où il est né.

Ni en Écosse ni en France. Et pas en servant le roi dans le fier corps des archers anglais comme il l'avait voulu. Au lieu de cela, il était mort tanneur, imprégné par la puanteur des peaux. Poussé par son désir d'épouser une femme qui s'était présentée comme une demoiselle chaste et non une fille expérimentée, déjà mère.

On ne peut pas se fier au désir, avait alors décidé Nicholas. Et il n'avait jamais écouté le sien.

— Vous n'avez donc plus personne ? demanda Anne d'un air à la fois surpris et un peu triste.

— Non.

Personne dont il voulait se souvenir, en tout cas.

Sa belle-mère lui avait préféré son propre fils et Nicholas avait laissé sa colère le dominer. Il se débattait, criait, disparaissait pendant des heures. Très vite, il ne voulut plus aucun lien avec sa maison, et sa famille ne voulut plus de lui.

Il n'était pas lettré, mais son père l'envoya néanmoins chez les moines qui, à force de corrections, lui inculquèrent assez de latin pour lui permettre de rendre visite au Pape. Mais, à l'époque, il n'avait envisagé qu'une chose : sombrer aussi bas que son père, dans une mare d'urine, de sang, de crottin et de bière éventée.

— Mais vous êtes parti, interrompit Anne.

— Je me suis enfui.

Enfin. Garçon stupide qu'il était.

— Vous ? Quel était votre plan ?

— Je n'en avais pas. J'ai juste… fui.

Et c'était la dernière chose impulsive qu'il ait faite. Vu le chemin qu'il avait emprunté, il aurait dû finir mort dans un fossé londonien. Mais il avait été récupéré au bord de la route par un chevalier aussi assoiffé d'aventure que lui, qui avait su apprécier les talents d'un garçon aussi doué à l'épée que malin.

Sa décision impétueuse lui avait finalement offert la vie qu'il voulait.

— Et voilà que vous êtes allé jusqu'à Avignon.

Sa voix était rêveuse, comme quand il quittait sa maison, enfant, pour aller s'asseoir au bord de la route et se demander où elle menait.

— Avignon, Calais, Amiens, Toulouse, Bordeaux…

Et plus. Il avait visité des lieux dont il avait même oublié le nom.

— Je vous envie, soupira Anne en le tirant de ses souvenirs. Je n'ai jamais quitté la maisonnée de Lady Joan. Jusqu'à notre voyage à Canterbury.

Jamais elle ne s'était éloignée de sa maîtresse. Jamais elle n'avait vu de choses sans que Joan aussi ait envie de les voir.

— Et vous vouliez partir. Autant que moi.

Peu à peu, ses idées s'éclaircissaient.

— Vous ne pouvez pas imaginer à quel point c'était important pour moi d'être… libre. Quelques jours à peine.

Oh si, il comprenait. Parce que c'était la sensation qu'il avait cherchée toute sa vie – et qui était enfin à sa portée.

— N'en voulez-vous pas plus ?

— Plus ? Je suis nourrie, vêtue, logée. Et, avec un peu

de chance, j'aurai ma place au paradis. Que pourrais-je vouloir d'autre ?

— Vous marier ?

C'était une question un peu trop abrupte…

— N'en avez-vous pas envie ?

Il lui avait déjà demandé cela quelques semaines plus tôt, mais il ne savait plus quelle réponse il espérait réellement entendre, cette fois.

Dans la pénombre, elle le dévisagea avec un demi-sourire, comme pour lui rappeler qu'il était plus futé que ça.

— N'en ai-je pas envie ? Avez-vous déjà demandé à un lapin qui regarde la lune s'il a envie de bondir aussi haut ?

— Mais…

Nicholas avait passé sa vie à faire preuve de diplomatie et à surveiller son langage. À présent, pour la première fois, il ne savait plus quoi dire. Il ne connaissait pas la famille d'Anne, mais elle était fille de chevalier. Même avec une dot modeste, elle aurait pu trouver un époux. Mais elle semblait croire que son boitement suffisait à…

Peut-être bien, après tout. Qui serait prêt à épouser une femme incapable de monter et descendre un escalier rapidement ou de courir après ses enfants ? Certes, on peut toujours espérer ce « plus » si furtif… Mais chacun doit surtout être reconnaissant d'être en vie tout simplement.

Anne avait raison. Nourriture, vêtements, maison… Seulement, même le fils d'un tanneur du Lincolnshire avait eu envie d'autre chose que ça.

— Le roi lui-même nous pousse à nous dépasser, à atteindre l'idéal de la chevalerie.

— Et à vous abandonner à l'amour courtois ? Tel qu'une lady devrait savoir inspirer, répondit-elle. Une lady comme ma maîtresse.

Sa maîtresse. Sa maîtresse…

— J'ai déjà entendu tout ce qu'il y a à entendre au sujet de Lady Joan. À présent, si j'ai suffisamment fait pénitence, permettez-moi de retrouver mon lit.

Sans la moindre hésitation, elle cala sa béquille dans la main de Nicholas, comme s'il avait besoin d'elle pour se lever, lui aussi.

Et c'était le cas…

Une fois debout, il lui tendit la main, la tira vers lui et lui demanda de lui indiquer la bonne direction.

— Qu'êtes-vous venue faire ici ? demanda-t-il finalement, quand les brumes de l'alcool se dissipèrent. Pourquoi arpentez-vous les couloirs seule, en pleine nuit ?

Elle se pencha à son oreille, appuyée à son bras, et murmura :

— Le prince et ma maîtresse voulaient un peu de temps… Seuls.

Ils avaient donc chassé la pauvre Anne, la laissant errer dans le noir ? La colère qui aurait dû l'étouffer, elle, envahit Nicholas.

— C'est immoral, lâcha-t-il.

— Promettez-moi de ne pas en parler à l'archevêque !

Il n'avait même pas pensé à Simon Islip. La seule personne à laquelle il songeait était Anne, si courageuse, si obstinée et si altruiste à la fois.

Il soupira.

— Pouvez-vous retourner vous coucher, à présent ?

— Je pense, oui. L'aube va bientôt se lever.

Elle tourna les talons et, avant de disparaître dans le couloir, lança à mi-voix :

— Dormez bien.

Nicholas entendit peu à peu faiblir son pas inégal et le claquement de sa béquille sur le sol. Il descendit ensuite un interminable escalier aux marches réticentes et sortit dans la fraîcheur de cette nuit de septembre pour traverser la basse-cour et rejoindre les autres chevaliers dans leurs modestes quartiers.

Mais il ne put fermer l'œil. Il pensait à Anne.

Jour après jour, cette femme accomplie supportait vaillamment ses douleurs constantes sans se plaindre. Elle serrait les dents à tel point que sa peau se marquait d'imperceptibles rides au coin des lèvres et des yeux.

Pourquoi avait-il parlé de mariage à une telle personne ?

Sans doute à cause des événements qui les entouraient. Depuis des semaines, il était noyé dans une marée matrimoniale. Qu'est-ce qui rendait une union officielle aux yeux de l'Église ? Quand pouvait-on considérer un couple définitivement marié ? Quand Edward et Joan pourraient-ils se rendre à l'autel ? Il n'avait pensé qu'à cela, jour et nuit. S'il avait rencontré Anne pendant la guerre, en France, il lui aurait parlé de navires, de fourrage pour les bêtes et du prix du hareng saur.

Il roula sur le dos et regarda le ciel s'éclaircir peu à peu. Ses pensées indisciplinées refusaient de céder à son contrôle.

Jamais il ne se marierait – et encore moins à une

femme comme Anne de Stamford. Pourtant, toutes les raisons qu'il se répétait – son infirmité, le fardeau qu'elle serait – lui paraissaient non seulement cruelles mais aussi fausses et sans importance.

Non, la vérité qu'il devait accepter était beaucoup plus sombre.

La vérité, c'était qu'il n'avait rien d'autre à offrir à Anne ou à une autre femme que la force de son bras et l'agilité de son esprit. Tout ce qu'il avait amassé en trente et un ans de vie était son cheval et son armure.

Quand il mourrait, il ne resterait plus rien de lui.

14

Quand le roi et la reine revinrent à Windsor fêter la Saint-Michel, Edward insista pour que la Cour tout entière inspecte avec lui les travaux des nouveaux bâtiments.

L'été était terminé, et la saison tournait lentement à l'hiver. Mais, en dépit de la bruine et des ornières de la haute cour, Anne apprécia cette promenade. C'était une distraction bienvenue, au milieu des débats sur la longueur des plumes d'autruche et des têtes de léopards qui orneraient le lit conjugal tendu de velours rouge.

Toute la Cour était de bonne humeur. Henry, le violoniste, accompagna la foule pour divertir ceux que les explications du chef des travaux concernant l'angle du toit des cuisines intéressaient moins.

Les ouvriers interrompus dans leur travail s'écartèrent pour laisser le roi se vanter joyeusement de ses plans. Anne, après avoir obtenu d'un tailleur de pierre couvert de poussière blanche un signe d'assentiment, se percha sur le bloc de roche polie pour admirer l'ouvrage accompli.

Le nouveau château et la chapelle, financés par les rançons françaises, s'élevaient près du mur nord de la haute cour, immenses comme des cathédrales et flanqués de deux corps de garde. Les chambres allaient être luxueuses, comparées aux quartiers limités de la tour ronde. Et les travaux seraient bientôt achevés. Dans des années, quand Lady Joan deviendrait la reine Joan, ce château serait sa maison.

Et celle d'Anne.

Payée au prix fort. Oui, elle serait en sécurité ici, protégée par de hauts murs royaux, dans un château où même le passage jusqu'aux cuisines serait protégé par une tour de pierre.

Elle sentit soudain Nicholas approcher, avant même de le voir. Quand elle leva les yeux sur lui, il s'empressa de regarder par terre. Et il souriait, timide comme un jeune page qui ne sait pas quoi dire.

Elle lui rendit son sourire, tout aussi troublée que lui.

— Comment avancent les préparatifs ?

— Comme on pouvait l'espérer, dit-elle, consciente des multiples oreilles à portée. Il y a beaucoup à faire. Le prince et milady veulent que tout soit prêt quand l'autorisation du Pape arrivera. Ils ne veulent pas perdre un seul instant pour se marier.

— Oui, Edward me demande au moins dix fois par jour si un messager est arrivé. Comme si j'étais la cause de ce retard, soupira Nicholas. Et, au milieu de toute cette urgence, vous ne travaillez pas à votre ouvrage, aujourd'hui ?

Elle baissa les yeux sur ses mains, presque surprise de les découvrir vides.

— J'ai fait ma part. C'est au tailleur de la Cour de travailler, maintenant.

Ils se turent et contemplèrent ensemble le château.

Robert le Fou traversa en courant la haute cour, fit semblant de trébucher sur un bloc de pierre et tomba à plat dos aux pieds de Lady Joan. Quand elle se pencha pour l'aider, entourée par ses enfants, l'acrobate bondit sur ses pieds en frappant dans les mains et gloussa de fierté.

— Lady Joan aime-t-elle sa nouvelle maison ? demanda enfin Nicholas.

— Elle n'y pense pas beaucoup pour le moment. D'abord, le mariage. Ensuite...

— Ensuite, l'Aquitaine.

— Où les ponts doivent être rebâtis.

Il haussa les sourcils d'un air étonné.

— Oui, murmura-t-elle avec un petit sourire plus serein. Je m'en souviens.

Elle se sentait enfin à l'aise en sa compagnie.

Ils laissèrent de nouveau le silence s'installer entre eux tandis que le chef des ouvriers dénombrait les cheminées prévues dans les cuisines. Nicholas tira de sa bourse une de ses balles en tissu et joua avec pensivement. Puis, sans prévenir, il la lança à Anne.

Surprise, elle la rata et éclata de rire quand la balle roula le long de sa jupe pour tomber dans l'herbe humide. Elle se pencha, ramassa la balle et la lui renvoya, amusée quand il la manqua aussi.

— Les garçons, finit par demander Nicholas, ils vous accompagneront en France ?

Anne suivit son regard. Lady Joan était entourée par ses quatre enfants et le prince était en train d'expliquer aux deux garçons la chasse au cerf.

— Bien sûr. Où pourraient-ils aller, sinon avec leur mère ?

Nicholas ne répondit pas immédiatement et, soudain, elle douta de sa certitude. Quel âge avaient John et Thomas ? Huit ans ? Dix ans ? Ils étaient bien assez grands pour qu'on les envoie dans une autre maison noble pour leur apprentissage.

— Un jour, un autre fils se présentera, murmura Nicholas sans quitter les garçons des yeux.

— Oui, si Dieu le veut.

Rien ne permettait d'être certain qu'un enfant serait conçu – et encore moins un roi – mais au moins ni le prince ni Lady Joan n'était infécond. De cela, on en avait la preuve.

— Au moins, ils vivront avec leur mère.

Anne comprit qu'il parlait des fils de Joan. Que leur arriverait-il s'il y avait un autre enfant ? Comment supporteraient-ils de faire partie de la maison du roi sans être de sang royal ?

Souffriraient-ils autant que Nicholas dans sa jeunesse ?

Elle effleura sa manche du bout des doigts.

— Les garçons ne manqueront de rien. J'en suis certaine.

Le prince avait été leur parrain ; maintenant, il allait devenir leur beau-père. Il prendrait ses responsabilités au sérieux.

Mais qu'en serait-il des filles ? La petite Joan avait presque l'âge de sa mère quand celle-ci avait épousé Thomas Holland, et Maud n'avait pas encore quitté les jupes de sa nourrice. Que leur arriverait-il ?

Au fil des ans, Anne avait pu découvrir que sa maîtresse était attirée par les hommes, quel que soit leur âge. Ses filles n'étaient jamais négligées, bien sûr : leur mère était trop bonne pour ça. Mais elles n'étaient pas non plus chéries comme l'étaient leurs frères.

Peut-être parce que Joan avait perdu l'un de ses fils.

Le roi, achevant son examen, se remit en route, et Anne se leva pour suivre la foule. Nicholas lui emboîta le pas, écartant du pied les éclats de pierre ou de bois qui jonchaient sa route.

Ne t'habitue pas à ça, se rappela-t-elle. *Le message du Pape arrivera bientôt. Le mariage sera célébré...*

Et Nicholas repartirait.

Quelques jours plus tard, Nicholas vit avec soulagement arriver l'archevêque de Canterbury à Windsor, avec la missive du Pape en main. Le prélat s'entretint en privé avec le prince et Lady Joan, recueillant très certainement leurs promesses solennelles de se plier aux exigences de l'Église en échange de sa bienveillance.

Durant les nuits qui suivirent, des torches illuminèrent tout le château. Le tailleur travaillait sans relâche tandis que les ménestrels et le chœur de la chapelle répétaient.

Le quatrième jour, Lady Joan annonça à la Cour que tout était prêt. Nicholas se retrouva donc dans la chapelle St George de Windsor, par un beau jour d'octobre, tandis qu'Edward et Joan se rendaient une seconde fois devant l'autel. Un mariage royal. Le seul que Nicholas verrait, sans doute. Retenant les leçons d'Anne, il garda les yeux bien ouverts pour mémoriser chaque détail de la cérémonie.

Il n'était pas homme à remarquer le luxe des toilettes royales, mais l'étoffe dorée de la robe de Joan l'aveugla. Les deux époux paraissaient radieux, échangeant des sourires intimes qui auraient davantage eu leur place dans la chambre à coucher. Debout devant eux, l'archevêque Islip avait l'air un peu amer mais parlait d'une voix forte. Il était entouré d'au moins quatre autres prêtres, comme si tous s'arrachaient une miette de l'honneur qui lui était fait : marier le prochain roi.

Le reste de la famille royale était là aussi, bien sûr.

Nicholas remarqua que le souverain et la reine Philippa faisaient de leur mieux pour sourire. Et échouaient.

Le roi regrettait peut-être ses anciens espoirs d'alliance avec les puissants royaumes du continent. Ou bien était-il triste de ne pas avoir su agir à temps ? N'avait-il pas eu cette opportunité pendant des années ? Il n'avait jamais réussi à conclure de mariage avantageux pour son fils aîné. Quelles options lui restait-il après cela ?

Quant à la reine… Nicholas savait bien peu de chose des femmes. Mais ses lèvres étaient pincées, comme si c'était le seul moyen pour elle d'avoir l'air vaguement heureuse. Joan avait fait partie de sa maison, élevée avec ses propres enfants, dont le prince Edward. Et, au lieu de devenir l'épouse et mère modèle qu'était la reine, elle avait insulté, non pas une fois mais deux, l'Église et la couronne – en entraînant le prince à sa suite, la seconde fois !

Puis, il y avait Isabelle, fille aînée du roi, et sa préférée. Sans doute la prochaine à se marier. Elle avait presque l'âge de Joan, qui était tant critiquée à cause de cela. Mais Joan, au moins, avait déjà eu des époux. Isabelle, à près de trente ans, était toujours fille, et jamais son père n'avait paru pressé de lui choisir un prétendant. Nicholas avait entendu dire qu'elle était plutôt obstinée.

D'autres parents, tantes, chevaliers, ainsi que les

enfants de Joan avaient été discrètement installés sur les côtés. Cependant, au milieu de cette pompe et des toilettes luxueuses de la famille royale, c'était Anne que cherchait réellement Nicholas.

Anne, la seule personne qui avait déjà assisté au mariage de ces deux amants.

Il la découvrit enfin au fond, près d'une des suivantes d'Isabelle. Sans doute Cecily, celle avec laquelle elle pouvait rire.

Anne parvint à rester debout pendant toute la cérémonie, comme le voulait la coutume. Nicholas scruta son visage à la recherche du moindre signe de douleur, mais ses traits étaient curieusement détendus. Si elle souffrait, physiquement ou émotionnellement, elle le cachait bien.

Cachait-elle d'autres choses sous son masque placide ?

Anne regarda l'heureux couple prononcer ses vœux de nouveau, et elle eut l'impression de rêver éveillée. Elle entendit l'écho d'une autre chapelle, de nuit. *Moi, Edward, je t'accepte, Joan...*

Même après ce jour-là et en dépit des promesses de Nicholas, elle avait pensé que le mariage ne serait pas célébré. Que Dieu ou le Pape refuseraient de l'autoriser. Après tout n'y avait-il pas de puissantes raisons pour empêcher ce mariage ? Des raisons qui n'avaient rien à voir avec le passé de Joan ni avec ce qu'Anne savait. Le prince était le parrain de ses enfants – ceux qui observaient la cérémonie de tous leurs yeux, à présent. Joan et lui avaient aussi le même grand-père ; ils étaient trop proches pour se marier. Et ces deux choses auraient dû suffire.

N'importe quel autre messager, plus maladroit et moins doué que Nicholas, n'aurait jamais réussi à convaincre le Pape de faire une exception. Du moins, il n'aurait pas pu persuader l'archevêque d'obéir à la volonté du roi.

Si les choses s'étaient passées ainsi, Anne aurait pu se libérer du poids de la culpabilité qui pesait sur elle comme un fardeau.

Mais Joan et Edward étaient là, comme un affront aux lois divines.

Et Anne ne les en avait pas empêchés.

Nul, dans la chapelle, ne se doutait qu'en prononçant une fois de plus ses vœux, et suivant les règles de l'Église, Joan se retrouvait mariée à deux hommes en même temps.

Anne de Stamford était la seule personne vivante à connaître ce secret.

15

Le festin de mariage s'éternisa le reste de la journée, mais Nicholas ne se sentait pas d'humeur festive. Pour la première fois, et avec ce qui ressemblait fort à une pointe de regret, il songeait qu'il allait quitter cette fête seul.

Sans rien emporter que le souvenir d'un baiser.

Il contempla Anne, de l'autre côté de la salle. Songeur.

Désespérait-elle de trouver un époux ? Elle lui jeta un rapide coup d'œil dans la lumière incertaine de la cheminée, et il fut choqué par le désir qu'il lut dans son regard. Pour lui.

Incapable d'y résister, il s'approcha vivement d'elle.

— Anne...

Elle leva des yeux méfiants sur lui.

— Venez. Apprenez-moi à regarder les étoiles pour me souvenir de cette nuit.

L'inquiétude fut remplacée par un sourire, et elle clopina à ses côtés jusqu'à la porte de la grande salle, puis dans la cour. Ils ne s'éloignèrent pas trop des bâtiments pour profiter de la faible lumière qui passait par les fenêtres et entendre les échos lointains de la musique. Entourés comme ils l'étaient par les bâtiments de bois qui flanquaient la tour ronde, ils n'eurent qu'un aperçu limité de la lune qui s'élevait dans le ciel.

Nicholas hésita, sans savoir ce qu'il devait dire.

— Je vais bientôt partir.

Bientôt. Il ne pouvait pas être plus précis.

— La rançon a-t-elle été payée ?

Il secoua la tête.

— Non, mais je n'ai plus besoin de l'attendre.

La récompense du prince était suffisante pour lui permettre de traverser la Manche, et ses autres dépenses pourraient attendre le paiement des Français. Pourtant, lui qui était si pressé de quitter la Cour ne cessait de repousser les préparatifs de son départ.

— Vous allez traverser la Manche en hiver ?

Même Anne savait que c'était dangereux...

— Rien ne me retient ici.

— Bien sûr... Vous devez avoir hâte de vous en aller, répondit-elle vivement.

Pensait-elle à autre chose ? Ne lui disait-elle pas tout ? Nicholas s'inquiétait pour elle, malgré lui. Comme un idiot, il voulait s'assurer qu'elle était en sécurité avant de partir.

— Qu'allez-vous devenir, ici ?

Elle le dévisagea d'un air surpris.

— Ma vie continuera comme avant, rien ne va changer.

Percevait-il un doute au fond de ses yeux ? Si c'était le cas, elle le chassa très vite en redressant son menton obstiné.

— Il n'y a aucune raison que ça se passe autrement !

Elle était à présent demoiselle de compagnie de la future reine. Aucune femme ne pouvait espérer meilleure vie. Et pourtant...

— Si jamais quelque chose devait arriver, si vous avez besoin de...

Son éclat de rire l'interrompit brusquement. Un rire qu'il connaissait, dénué de joie. Un rire qui faisait partie de son armure.

— Et que devrais-je faire ? Envoyer un faucon par-dessus la Manche pour vous découvrir au milieu d'un champ de bataille français, italien, ou dans les steppes d'Asie ? Je pourrais aussi payer un homme pour qu'il entreprenne un voyage de six mois et vous retrouve par miracle... Croyez-vous vraiment que mes « besoins » n'auront pas changé en un an, à compter que vous receviez mon message et reveniez à la maison ?

La maison. C'était un mot si doux. Nicholas avait fui sa maison d'enfance et n'en avait jamais trouvé d'autre – en tout cas, pas en Angleterre. Combien de temps avait-il passé sur sa terre natale depuis son adoubement sur un champ de bataille, en France ? Six mois ? Douze, tout au plus, en dix ans.

Malgré cela, laisser Anne seule lui paraissait étrangement mal. Comme si son départ lui faisait abandonner une obligation tacite. Un poids dont il ne voulait pas et qu'il...

Ce n'était pas de l'amour ! Absolument pas. Pourtant, quelque chose le retenait, lourd comme une pierre sur ses épaules. Les charmes d'une femme. Le piège qu'il avait tant fui toute sa vie durant se rapprochait dangereusement.

Et il ne savait pas comment s'en sortir.

Si vous avez besoin...

Anne entendait encore l'écho de ses paroles. Des promesses vides. Néanmoins, personne ne lui avait encore dit ce genre de choses. Personne, sauf sa maîtresse, ne lui avait tendu une main secourable.

Et elle savait pourquoi. Même si elle ne demandait rien, ses besoins – ceux d'une infirme – étaient bien trop lourds pour la plupart des gens. Aucun homme n'était prêt à se sacrifier ainsi.

Et celui-ci ? Que lui offrait-il, à part des mots ? Rien de concret. Rien qui resterait.

Pourtant, son baiser…

Elle en voulait plus. Elle voulait ce baiser et encore davantage avec plus de fièvre que jamais. Pas parce que personne ne s'était jamais occupé d'elle mais parce qu'on s'était contenté de la nourrir et de la soigner toute sa vie comme un cheval, sans la moindre affection.

Sans passion.

Et, quand Nicholas avait prononcé le mot « besoin », elle avait entendu de la passion dans sa voix. Sans doute plus que ce dont il se doutait, plus que ce qu'il acceptait.

Non, elle ne pouvait pas – ne voulait pas – lui demander de rester. Mais entendre cette passion, au moins une fois dans sa vie ! Entendre le timbre de sa voix quand il parlait d'elle… Juste une fois, elle pouvait s'y abandonner. Elle pouvait saisir cet instant qui ne reviendrait pas, avant de laisser Nicholas partir, pour ne pas voir le regret dans ses yeux.

Ce soir, sa maîtresse et le prince partageraient le même lit. Et elle dormirait seule. Encore et pour toujours, à moins que…

À moins que…

Quel mal pouvait-il y avoir ? Juste une fois. Avant

qu'elle ne reprenne le cours de sa vie sans plus rien connaître que sa maîtresse.

Elle leva de nouveau les yeux sur Sir Nicholas, cédant à sa fièvre. Une fièvre qu'elle avait cru ne jamais apaiser – fièvre de liberté, de voyages lointains, d'amour. Ce soir, elle sentait la même énergie émaner de lui.

Du moins, elle en eut l'impression avant qu'un nuage vienne soudain obscurcir la lune.

— Il y a une chose que vous pouvez faire pour moi. Maintenant, dit-elle.

Nicholas parut surpris par cette demande. Comment allait-il réagir quand il aurait entendu la suite ?

— Vous avez proposé de m'aider, et je voudrais mémoriser autre chose, encore, poursuivit-elle en lui caressant la joue du bout des doigts. Vous...

Nicholas ne perdit pas son temps à lui demander pourquoi elle en avait envie, ni pourquoi lui le voulait aussi. Il ne voulut pas savoir ce qui arriverait ensuite ou comment il allait réussir à la quitter après cela. Il savait simplement qu'il ne pouvait pas partir sans... ça. Sans emporter un peu d'Anne avec lui.

Sans un mot, il l'embrassa.

Il était assez proche d'elle pour sentir le parfum de sa peau, poivré, fleuri et citronné. Si semblable à Anne elle-même, à la fois rude et amère en surface mais cachant une douceur qu'on ne découvrait qu'ensuite.

Ses lèvres s'écartèrent de celles d'Anne et il déposa une série de baisers le long de sa gorge offerte, savourant sa peau à la fois douce et chaude. Elle avait le souffle court et il le sentait sous sa chair palpitante.

Sa poitrine se soulevait et retombait, pressée contre son torse. L'espace d'un instant, il n'y eut rien de plus. C'était tout ce dont Nicholas avait besoin. Serrer Anne dans ses bras. Comme s'ils étaient seuls au monde. Libérés du temps, de la réalité, de tout...

Vaguement, il sentit quelque chose monter en lui, au creux de ses reins. Non, ce n'était pas suffisant. Il avait encore tant besoin d'autre chose. D'elle...

Son corps se détendit vaguement, et son esprit s'embruma. Pour la première fois de sa vie, il comprit ce qu'Edward et Joan devaient ressentir.

Enveloppée dans les bras de Nicholas, ses lèvres pressées contre les siennes, Anne se sentait entière. Comme n'importe quelle autre femme, elle était capable d'offrir et d'être acceptée, pas par pitié mais par désir, pur et intense.

Elle l'embrassa de nouveau pour effacer toute pensée de son esprit, tout souvenir, toute inquiétude. Pour s'abandonner tout entière à ses sensations. À la chaleur du souffle de Nicholas sur sa joue. À la douceur de ses lèvres. À la rudesse de ses doigts. Passant la main dans ses cheveux, elle le caressa, descendant jusqu'au creux où son cou rencontrait son épaule.

Un simple baiser. Peut-être même un peu plus. Quel mal y avait-il à ça ? songea-t-elle.

Puis elle ne pensa plus à rien.

Elle s'abandonna à l'instant. À ceci. Ce cadeau qu'elle devait chérir. Aux saveurs, aux sensations qu'elle conserverait en elle pour les longues journées qui viendraient bientôt.

Quand elle se retrouverait seule. De nouveau.

Elle avait souvent contemplé les ouvrages de pierre, les vitraux, les broderies ; mais quand elle tenta de rassembler sa logique pour analyser, nommer, mémoriser l'odeur de Nicholas, la texture de ses muscles sous sa tunique et sa peau, elle n'y arriva pas.

Elle. Lui. Ici. Maintenant. Elle percevait presque le goût des contrées qu'il avait traversées sur sa langue. Elle s'enivrait du parfum intense de sa peau. Le simple fait d'être dans ses bras était un voyage. Dès qu'il l'enlaçait, elle se sentait pousser des ailes. Comme si toutes les terres lointaines qu'elle avait voulu voir étaient en lui, dans cette étreinte semblable à une cathédrale élancée dont les arches auraient été ses mains jointes vers le ciel.

Il se pencha sur elle et pressa ses lèvres contre sa gorge vulnérable. Elle reprit son souffle. Encore une fois. Puis une autre, et une autre, et une autre, et elle s'écarterait de lui. Ce n'est pas bon de chercher à atteindre ce qu'on ne peut avoir. Dieu ne lui accorderait que cet instant de bonheur – et elle devrait le payer plus tard.

Comme elle avait déjà tant payé au fil de sa vie.

Nicholas recula-t-il ? Avait-elle trébuché ? Elle n'en sut rien mais, soudain, ils étaient de nouveau deux personnes distinctes, séparées par un filet d'air qui s'étendrait sur des centaines de milles quand Nicholas serait parti. Bientôt, ce serait comme s'ils étaient dans deux mondes différents...

Regarde-le. Sois courageuse et regarde-le, maintenant.

Il commença à parler.

— Tu voulais...

Elle le fit taire en plaquant le bout de ses doigts sur ses lèvres. Pas de mots. Pas de regrets.

Mais, au lieu de se taire, il lui prit la main et déposa un baiser fiévreux sur sa paume. Ce simple geste, si tendre, la blessa encore plus que la crainte de leur séparation prochaine.

— Non.

Simple mot qu'elle parvint à peine à prononcer.

Il se figea, puis lâcha sa main.

— J'ai envie de toi.

Anne faillit s'écrouler, non pas à cause de ses jambes faibles, mais à cause de la vague de désir qui déferla et lui arracha toute force. Quelqu'un l'avait-il déjà désirée, avant ? Avait-on déjà posé sur elle un regard aussi brûlant, aussi passionné ?

Ce regard fut suffisant. Il allait la réchauffer pour le restant de ses jours. Être avec un homme qui la désirait. Une fois, dans toute sa vie.

Elle se laissa doucement couler vers lui.

— Lady Anne ? appela soudain l'un des pages. Lady Joan a besoin de vous.

Nicholas serra les dents et fit de son mieux pour reprendre le contrôle de ses émotions, sans penser à ce qui se serait passé si on ne les avait pas interrompus. Il ne savait qu'une chose : il n'avait pas voulu lâcher Anne. Il n'avait pas voulu laisser le monde s'insinuer entre eux tant qu'il ne connaîtrait pas son corps aussi bien que tous ses anciens champs de bataille.

Ce soir, il avait failli se montrer aussi stupide que son père.

Avait-il écouté son désir ou son cœur ? Il avait du

mal à les différencier face à Anne. Et cela rendait la situation pire encore.

Anne replongea dans la grande salle et dans la fête du mariage. Le bruit et la chaleur de la foule la suffoquèrent. Des danseurs maladroits menaçaient de percuter son épaule ou sa béquille à tout instant. On s'embrassait, on trinquait – avec plus ou moins de sincérité.

Essoufflée, Anne s'arrêta un instant près de Lady Cecily qui lui tendit un verre. Elle avait encore la moitié de la salle à traverser pour rejoindre Lady Joan – ou plutôt, la princesse de Galles, comme on devait à présent l'appeler – assise sur l'estrade avec son époux.

— La princesse est ravissante, lui glissa Cecily à l'oreille.

— Laquelle ? répondit Anne en faisant de son mieux pour réprimer un sourire.

— Les deux.

Cecily eut un petit regard en direction de la princesse Isabelle, qui s'était assise aussi loin de sa nouvelle belle-sœur que la table royale le permettait.

— Votre maîtresse sera peut-être la prochaine à se marier…

Isabelle avait presque atteint ses trente ans, et elle était toujours célibataire. Une conduite presque aussi scandaleuse que celle de son frère.

— Ma maîtresse ne se mariera que si elle le désire, répondit Cecily avec une pointe d'amertume. Un privilège que ni vous ni moi ne connaîtrons.

Commentaire étrange, mais sans doute vrai. Peu d'hommes et encore moins de femmes se mariaient par amour. Cependant, Lady Cecily était belle et valide, elle venait d'une bonne famille. Pourquoi ne s'était-elle pas mariée ?

Et qui pouvait connaître les douleurs que cachait peut-être sa bonne santé ?

Le page tira discrètement sur sa manche, et Anne se remit en route. Edward et Joan étaient sans doute prêts à monter se coucher, maintenant que l'Église les autorisait à partager le même lit.

Arrivée sur l'estrade, Anne attendit que sa maîtresse se lève de table.

— Je monte, lui dit-elle.

Anne s'y attendait, mais elle ne put réprimer une amère pointe de déception.

— Je suis prête à m'occuper de vous, évidemment.

Il allait falloir la coiffer, brosser les fourrures, ranger les robes. Ce soir, on ne pouvait autoriser la moindre erreur aux servantes.

— Non, répondit Joan en tapotant le bras de sa suivante. Reste et profite de la fête. Quelqu'un d'autre s'occupera de moi. Tu as beaucoup travaillé, Anne.

— Merci, milady.

Autrefois, ce compliment l'aurait fait sourire. Ce soir, elle l'entendit à peine.

— À partir de maintenant, les choses vont devenir plus compliquées, puisque je suis la future reine, et je... Je sais que ce travail sera bien plus lourd que ce que tu as fait jusqu'à présent.

Anne ne s'était jamais plainte et elle ne risquait pas de commencer aujourd'hui.

— Je comprends, milady, et je m'y suis préparée.

Les quartiers royaux, aux murs protecteurs et solides, seraient le foyer dont elle avait toujours rêvé.

— Mais puisque saint Thomas n'a pas daigné…

Joan s'interrompit brusquement.

— Oui, milady ?

C'était étrange de l'entendre hésiter ainsi. Peut-être était-elle simplement fatiguée, après toutes ses nuits de préparatifs.

— À cause de tout cela, j'ai pris des dispositions pour que tu puisses aller te reposer quelque part.

Quelque part ? Anne connaissait ces mots, bien sûr, mais tout cela n'avait aucun sens. Sans doute le baiser de Nicholas l'avait-il plus perturbée qu'elle le croyait.

— Loin de vous ?

— Ne t'inquiète pas, je paierai tout. N'as-tu pas envie d'un long moment de repos ? Je sais que tes devoirs auprès de moi t'ont épuisée, toutes ces années. J'ai donc décidé de t'envoyer au couvent de Holystone.

— Un couvent ?

Elle n'avait jamais espéré se marier un jour, mais se laisser enfermer dans un couvent ? Non ! C'était hors de question !

— C'est un endroit modeste, mais je vais leur faire une donation importante pour que l'on s'occupe bien de toi. Maintenant que la guerre contre l'Écosse est terminée, je suis certaine que tu ne risqueras rien, même de l'autre côté de la frontière.

Les intentions de sa maîtresse étaient claires, impitoyables. Le secret qu'Anne avait gardé pendant toutes ces années ne la protégerait plus. Elle était la dernière à connaître la vérité, à part Joan elle-même. À présent que le mariage était officiel, la princesse devait éloigner sa suivante le plus possible de la Cour.

Hors de vue.

Hors de portée.

Emprisonnée comme une folle.

Et réduite au silence.

16

Sous le choc, Anne recula d'un pas, prise d'un vertige incontrôlable.

Comment était-elle censée survivre, arrachée ainsi à tout ce qui l'avait entourée, protégée, depuis son enfance ?

La réponse était simple et brutale. Elle ne pourrait pas.

Bien sûr, ce n'était pas une menace directe. Lady Joan ne lui ferait jamais de mal elle-même. C'était simplement qu'Anne ne lui était plus utile. Pire encore, elle était devenue… gênante. Elle était la seule personne qui savait que la future reine d'Angleterre – et, plus important encore, mère du futur roi – n'était pas officiellement mariée au prince. En tout cas, pas aux yeux de l'Église.

Parce qu'elle avait déjà un époux.

Et maintenant, seule Anne l'infirme le savait. Une fois qu'elle serait enfermée dans un couvent lointain, par contre, sans jamais revoir le monde extérieur, personne ne l'entendrait.

Elle quitta l'estrade et s'adossa au mur, incapable de marcher droit. La liesse des danseurs remplissait la grande salle. Jamais Anne n'avait espéré pouvoir danser un jour, mais être cloîtrée, sans jamais plus voir quelqu'un danser et n'entendre que de la musique pieuse pour le restant de ses jours...

Ce n'était pas vraiment la mort. Elle respirerait encore et verrait chaque matin la lumière percer par-dessus le mur du couvent. Mais elle serait incarcérée, piégée dans une prison bien plus austère que celle de son infirmité.

Comme dans un cercueil.

— Tu n'as pas l'air heureuse...

Nicholas venait d'apparaître à côté d'elle sans qu'elle l'entende arriver.

— Que voulait Lady Joan ?

Sourire. Ne pas lui montrer sa douleur.

— Seulement me remercier. Tu te trompes : je suis très heureuse. Pour elle.

— Et pour toi ?

Elle se détourna.

— Je n'ai pas à me plaindre...

Et pourtant, elle aurait voulu hurler, pleurer la perte de son monde. Un monde dans lequel un homme, au moins, l'avait embrassée.

— Mais il y a certaines choses que je dois te dire, reprit-elle.

Dans quelques jours, il aurait définitivement disparu de sa vie. Lui, le seul homme à l'avoir vraiment vue. Elle avait voulu profiter de cette soirée pour se créer de précieux souvenirs, mais peut-être ferait-elle mieux de rembourser une de ses dettes.

Nicholas longea le mur en guidant Anne hors de la grande salle. De nombreux invités sortaient dans la cour pour respirer un peu d'air frais, et cet endroit si calme l'instant d'avant était à présent hanté par d'autres couples.

Nicholas trouva finalement un refuge désert dans l'escalier où l'on avait allumé de nombreuses torches pour que les convives ne trébuchent pas dans le noir et ne tombent pas à la renverse.

Ils s'assirent sur une marche. Nicholas chassa une mèche de cheveux égarée sur le front d'Anne. Il voulait l'embrasser de nouveau, mais elle n'était plus d'humeur. Leur instant de grâce était passé.

Elle prit une profonde inspiration.

— Ce soir est un adieu.

Elle paraissait calme – bien plus que Nicholas. C'était lui, maintenant, qui sentait ses jambes faiblir et qui n'osait plus se lever. Et mieux valait qu'il ne cherche pas à savoir pourquoi.

— Je ne pars pas encore.

— Mais moi, si.

Surpris, il ne répondit pas immédiatement. Où comptait-elle aller ?

— Je croyais que le prince et la princesse voulaient rester à Windsor.

— C'est le cas. Je pars seule.

— Seule ?

Jamais elle n'avait voyagé seule !

— Où vas-tu ?

Elle pinça les lèvres sans se détourner des escaliers qu'elle fixait obstinément.

— Au couvent de Holystone.

Nicholas n'en avait jamais entendu parler.

— Où est-ce ?

— Dans le Northumberland, répondit-elle avec un imperceptible frisson. Près de la frontière.

Que racontait-elle ? Tout ça n'avait aucun sens...

— Est-ce une mission pour ta maîtresse ?

Anne prit une profonde inspiration et se décida enfin à le regarder.

— Ma maîtresse pense que j'ai besoin de repos.

— Et toi ? lâcha-t-il, plus sèchement qu'il l'aurait voulu.

Elle haussa les épaules.

Quelque chose n'allait pas. Pourquoi partait-elle seule s'isoler dans une terre désolée, nue et dangereuse ? Elle avait voulu voyager sans sa maîtresse, certes, mais Nicholas ne percevait plus la moindre excitation dans sa voix.

— Est-ce vraiment ce que tu veux ?

— Il... Il vaut mieux que j'y aille.

De nouveau, elle se retourna vers cet escalier qui l'emporterait bientôt. Dans la lumière dansante des torches, les marches avaient presque l'air de bouger.

— J'ai passé beaucoup de temps aux côtés de ma maîtresse. Ma présence lui rappelle trop de souvenirs.

L'instinct de Nicholas se hérissa.

— Quelles choses ?

À l'entendre, on aurait pu croire qu'il avait le droit de savoir...

Anne le regarda de nouveau, longtemps et en silence, comme si elle prenait une dure décision.

— Je lui rappelle le passé. Tu m'as demandé une fois si je savais qui était le témoin de son mariage avec Holland. Et je le sais. C'était ma mère... Ma mère a assisté à leur union.

Si Nicholas avait été debout, le choc l'aurait sans doute fait s'écrouler.

Il tenta désespérément de réorganiser les pièces de cette affaire, d'agencer tout ce qu'il avait appris, confirmé et ce qu'il ne savait pas encore.

Un mariage clandestin avec un témoin. Toute son enquête n'avait donc servi à rien. La chose lui avait paru étrange, à l'époque, mais Anne avait insisté en prétendant ne rien savoir.

Il la prit par les épaules et la secoua violemment.

— Je t'ai posé la question, et tu m'as menti !

Sa rage l'aveuglait tant il était entouré par le mensonge de toutes parts. Il n'aurait pas dû être surpris, et pourtant...

— Pourquoi ne me l'as-tu pas dit ?

Elle baissa les yeux.

— Je n'en ai jamais parlé à personne, murmura-t-elle, comme si elle répugnait à lui avouer la vérité.

Soudain, quand Nicholas sentit son parfum flotter jusqu'à lui, conscient qu'il ne la reverrait plus, il sentit sa colère s'apaiser.

Il laissa ses mains glisser de ses épaules et prit ses doigts froids dans les siens.

— Dis-moi tout.

Ses mains serrées entre les paumes de Nicholas, Anne se sentit à la fois en sécurité et prise au piège. Elle était allée loin, troquant une nuit de passion contre une nuit de vérité, ou de vérité partielle en tout cas, sans savoir si elle cherchait la rédemption, le pardon, ou un simple témoin de ce qu'elle avait à dire.

Nicholas se pencha, appuyant doucement son front contre le sien. Tous deux baissèrent instinctivement les yeux sur leurs mains jointes.

— Où étaient-ils quand ils se sont mariés ? murmura-t-il.

Ses paroles résonnèrent un instant dans la cage d'escalier silencieuse, puis s'étouffèrent.

Cette partie du récit serait facile. Anne l'avait déjà répétée de nombreuses fois.

— En Flandres.

— Que faisaient-ils en Flandres ?

— Thomas Holland faisait partie de la suite du comte de Salisbury. Il a accompagné les nobles et les évêques envoyés en France pour transmettre les condoléances du roi à Philippe de Valois.

Nicholas acquiesça.

— Et Joan ?

Ses questions étaient simples, froides. Il n'arriverait sans doute jamais à pardonner ce mensonge de plus, mais cela n'aurait aucune importance, à l'avenir.

— Elle est arrivée là l'été suivant. Elle n'avait pas encore dix ans et était toujours sous la tutelle de la reine. Quand celle-ci est venue en Flandres rejoindre son époux, Joan et quelques-uns des enfants royaux l'ont accompagnée.

— Et ta mère ? Que faisait-elle là ?

— Elle était au service de la reine.

Devinant sa question suivante, elle s'empressa d'ajouter :

— Et elle m'a emmenée aussi.

— Tu devais à peine avoir...

— J'étais un bébé. Ma mère aurait pu me laisser

aux bons soins d'une nourrice, mais comme la reine a emmené certains de ses enfants, et Joan, elle ne pouvait pas obliger Mère à me laisser à la maison. Tout le monde savait déjà que j'allais devenir...

C'était encore si difficile à dire.

— ... différente des autres enfants, conclut-elle avec un faible sourire. Nous sommes restés trois ans là, voyageant avec la Cour.

— Au milieu d'une guerre, soupira-t-il, comme s'il devinait très bien ce qu'elle avait vécu. Moi, au moins, on ne m'a jamais demandé de trouver à manger et un toit pour la reine en plus de l'armée...

Anne acquiesça gravement.

— C'était une période difficile. Nous dormions dans une abbaye un jour, et chez un paysan le lendemain. Certains soirs, nous ne savions même pas où nous allions coucher. Mère était censée veiller sur Joan, mais c'était dur. Certaines nuits...

Certaines nuits, personne ne savait vraiment où Joan dormait. Et Anne vit peu à peu la compréhension passer dans le regard de Nicholas.

— Et Holland était là ?

— Il est arrivé à la fin de l'été de la troisième année, je crois. Mère me l'a raconté, mais j'ai du mal à me souvenir de tout.

— Tu étais toute petite.

— J'avais presque quatre ans, à l'époque. Mais une chose était claire...

Elle baissa les yeux sur sa jambe.

— Mère avait beaucoup à faire avec moi. La reine, elle, devait s'occuper de ses trois enfants. Personne n'avait beaucoup de temps à consacrer à Lady Joan.

— Si elle avait douze ans, c'était une jeune fille capable de prendre soin d'elle, dit-il, non sans une pointe de cynisme. Mais Holland, lui, était un guerrier expérimenté et mûr.

Anne acquiesça de nouveau.

— Il avait vingt-six ans, et je suis sûre qu'il était déjà las de se battre. L'armée venait d'emporter une victoire en mer et d'essuyer une défaite sur terre. Le roi et ses hommes étaient à Gand, frustrés, sans argent et pris au piège. Le roi, obligé de se cacher, nous avait tous laissés derrière comme otages. Nous ne savions pas quand nous pourrions rentrer à la maison.

Anne ne se souvenait pas très bien de toute cette affaire. Tout ce qui restait gravé dans sa mémoire, c'était la peur.

— C'est à ce moment-là que… ?

— Oui.

— En temps de guerre, les hommes… perdent le contrôle, remarqua-t-il, avec l'air de quelqu'un qui sait de quoi il parle. Est-ce qu'il a seulement pris la peine de la séduire ?

— Je ne sais pas. Mais il était beau, il avait été lieutenant du roi en Bretagne. Sans doute était-ce suffisant pour attirer l'attention d'une jeune fille.

De toute manière, la plupart des hommes attiraient l'attention de Joan. Elle avait certainement toujours eu cette faiblesse.

— Et elle lui plut aussi ?

— Mère m'a raconté qu'un soir elle est passée par un coin sombre de l'abbaye où nous dormions et les a vus ensemble. Ils étaient…

La chose avait été évidente, lui avait confié sa mère

plus tard. On ne pouvait expliquer autrement ce qu'ils étaient en train de faire. L'homme était calé entre les cuisses de Joan. La peau de la jeune fille avait un aspect laiteux contre le pantalon de laine sombre qu'il n'avait pas pris la peine d'ôter. Joan avait levé les yeux, horrifiée. Elle avait essayé de se dégager et avait supplié la mère d'Anne de la pardonner.

Thomas, étant un homme, avait mis plus de temps à reprendre ses esprits.

Anne essaya d'expliquer.

— Ils ne l'avaient pas vraiment fait. Thomas n'était pas complètement...

Comment décrire une chose qu'elle n'avait jamais vécue elle-même ?

Nicholas toussa et s'éclaircit la voix d'un air gêné.

— Et après ?

Pendant des années, Anne s'était posé la même question. La Joan qu'elle connaissait cherchait toujours à satisfaire le monde. Sans doute avait-elle d'abord voulu satisfaire la mère d'Anne, puis Thomas Holland.

— Elle s'est excusée. Elle a promis que cela n'arriverait plus jamais. Mais Mère m'a dit que Holland a pris la main de Joan, a juré qu'ils étaient mariés, rapidement imité par Joan elle-même. *Attends-moi*, a-t-il dit. Il a promis qu'il reviendrait pour elle et qu'ils vivraient enfin ensemble.

Nicholas eut un petit rire dédaigneux.

— Un homme excité qui n'a pas pu se soulager ? Il aurait promis n'importe quoi !

Anne sentit ses joues s'empourprer.

— Ma mère s'est dit la même chose.

— Et elle n'en a parlé à personne ?

— Joan l'a suppliée de ne rien dire, et Mère a tenu sa langue. Qu'aurait-elle pu faire ? Si elle avait dit la vérité, plusieurs vies auraient été détruites.

Elle osa de nouveau regarder Nicholas en face pour poursuivre :

— Ainsi, quand Holland est revenu et quand on a demandé à ma mère s'ils étaient mariés, Joan l'a autorisée à tout dire.

— Pourquoi ne pas m'en avoir parlé plus tôt ?

Il avait l'air... blessé. Comme si cet aveu lui était dû.

— Tu savais, et...

— Savais quoi ? Je ne sais que ce que ma mère m'a raconté. Je n'ai pas été témoin de ce mariage. Mais je les savais mariés, et que tout s'était passé comme ils l'ont raconté.

— Tu me l'aurais dit si ça n'avait pas été le cas ?

Jamais elle n'aurait dû lui en raconter autant, déjà. Elle venait de réveiller des soupçons enfin apaisés ; mais, face à lui, elle avait toujours du mal à mentir.

Elle allait pourtant le faire. Même maintenant. Tout ce qui devait être serait.

— En doutes-tu ? Tu as accompli ta mission. Tu es libre de partir. De retourner en France satisfait.

Seulement, il n'avait pas l'air satisfait...

— D'un seul coup, après une vie de loyaux services, Joan veut te chasser pour tout oublier ?

— Il faut la comprendre. Joan va devenir reine, et aucune souveraine n'a jamais eu un tel passé. C'est encore un... problème.

— Un problème ! s'écria-t-il d'un air abasourdi. J'ai voyagé jusqu'à Avignon et Canterbury pour ce mariage. Je sais que c'est un problème !

Il fallait qu'elle détourne le sujet.

— Ce que je veux dire, c'est que les gens… Ils n'oublient pas…

Est-ce que sa voix trahissait le sanglot qui l'étouffait ? Nicholas lui tendrait-il la main ? Dans un geste de pardon ?

Elle avait appris trop de choses en servant Lady Joan.

— Tu ne veux pas y aller, Anne.

Ce n'était pas une question.

Tu es trop perspicace, Nicholas Lovayne. Elle baissa les yeux, mais trop tard : il y avait déjà lu la vérité.

— Non, je ne veux pas.

Et elle avait bien l'intention de glaner le plus de souvenirs possible avant de se retrouver enfermée dans un cloître.

Soudain, depuis le bas des escaliers leur parvint un rire de femme. Le bruit d'un baiser.

Nicholas toussa fort et le rire s'étouffa, disparaissant dans la cour et la nuit.

— Tu n'es pas obligée d'y aller, dit-il. Tu pourrais…

— Je pourrais, quoi ?

Elle jeta un rapide coup d'œil à sa jambe, cachée dans les plis de sa jupe. C'était le choix auquel sa mère avait dû se confronter. Que pouvait faire une enfant comme elle ? Que lui arriverait-il quand sa famille aurait disparu et quand plus personne ne pourrait prendre soin d'elle ? Sa mère avait fait de son mieux et, jusqu'à présent, ses choix l'avaient protégée.

Elle redressa la tête et soutint le regard de Nicholas.

— Promets-moi une chose. Fais-le pour moi. Quand tu partiras, quand tu exploreras la France, l'Italie et le reste du monde, observe tout deux fois plus. Pour toi, d'abord, et pour moi. Regarde chaque feuille, chaque pierre, chaque vitrail et chaque vague. Et souviens-toi que je penserai à toi. Que je serai là, en train d'imaginer toutes les merveilles que le monde a à offrir.

En priant pour que Dieu lui pardonne son ingratitude face à la pitié dont il faisait preuve à son égard. Son ingratitude, quand elle désirait toutes ces choses qu'elle ne pouvait avoir.

Nicholas lui prit la main, tendrement.

— Envoie un page me trouver quand tu seras prête, dit-il. Je t'emmènerai jusqu'au couvent pour que tu y arrives saine et sauve.

17

Anne s'écarta brutalement.

— Non ! Tu es gentil, mais je ne veux pas te retarder, répondit-elle avec un vague geste de la main vers l'horizon. La France, l'Italie, l'Espagne t'attendent.

— Et, toi, tu es condamnée à vivre dans un petit couvent de pierres balayé par les vents, à la frontière du royaume. Laisse-moi t'y emmener. En chemin, nous pourrons voir… ce que tu veux admirer avant de…

Avant de ne plus rien voir du tout.

Mais Nicholas n'avait pas la cruauté de le dire.

— Que veux-tu visiter ? demanda-t-il d'une voix presque excitée. Où puis-je t'emmener ?

Elle aurait voulu lui répondre « rien ». Ou « tout ». Elle aurait voulu lui dire que ses aveux étaient un cadeau d'adieu, même si elle lui avait menti.

Elle avait passé sa vie à mentir et en traînait le poids comme elle traînait sa jambe inutile derrière elle. Même si elle avait eu la sottise de lui dire la vérité et s'il avait eu la sottise de lui pardonner, cela n'aurait pas soulagé le fardeau de ces années de mensonges.

Plus il en faisait pour elle, plus il se montrait bon, plus ce boulet qu'elle tirait devenait lourd.

Elle secoua donc la tête.

— Tu as déjà retardé ton départ. Je sais à quel point tu es pressé de t'embarquer.

— Personne ne m'attend, là-bas. Quelques semaines de plus ne changeront pas grand-chose.

Quelques semaines. Elle avait à peine osé espérer avoir ce soir, mais quelques semaines avec lui… Incapable de résister, elle succomba à la tentation. Quelques semaines de plus et d'autres souvenirs de Nicholas.

— Choisis, dit-il en voyant qu'elle ne répondait pas.

Elle ferma les yeux, imaginant le royaume tout entier. Que choisir ? Elle ne savait même pas ce qui se trouvait sur la route de Holystone. Justement, le plaisir résidait dans la découverte.

— Une cathédrale, dit-elle finalement.

— Mais tu en as déjà vu une. À Canterbury.

Elle sourit. Nicholas n'avait pas encore appris à bien admirer une cathédrale.

— Elles sont toutes différentes. Elles sont toutes miraculeuses. De la pierre qui s'élève vers les cieux… Des vitraux si beaux qu'on ne peut les imaginer. De vrais joyaux. Et toutes ont été bâties par l'homme comme des présents de la terre pour le Dieu qui l'a créée.

Il la contempla un long moment. Parvenait-il à lire en elle ?

— Très bien. Une cathédrale, donc. Y en a-t-il une que tu préfères ?

Oh ! si elle avait tout son temps devant elle, elle les visiterait toutes !

— La première que nous trouverons.

Quelques semaines de plus, et puis…

Mieux valait ne pas trop penser à l'avenir.
Ou aux adieux.

Le lendemain matin, en y réfléchissant, Nicholas ne comprenait pas pourquoi il avait accepté d'accompagner Anne à Holystone. Il avait accompli son travail. Elle lui avait fourni la réponse à la dernière question qui le hantait : le mystère du témoin du mariage secret entre Lady Joan et Holland. Tout s'était enfin mis en place.

Et les quelques baisers qu'ils avaient échangés avaient été librement offerts. Anne lui avait donné la permission de partir.

Mais il avait refusé. Quelque chose le retenait – une chose qu'il ne comprenait pas et qu'il n'appréciait pas vraiment.

Pendant toute sa vie, il avait su garder ses émotions sous contrôle, se laissant guider par des objectifs clairs. À présent, il se retrouvait en plein milieu d'un champ de bataille où son corps, son cœur et son esprit se livraient une bataille sans merci.

Anne avait su percer son armure, et il était sans cesse sur le point de se ridiculiser pour cette femme, comme son père et le prince l'avaient fait. Retarder son départ d'autant était une erreur, et il ne le faisait que parce qu'il n'avait confiance en personne d'autre pour la protéger pendant son voyage.

Il fit de brefs adieux au prince et à Lady Joan. Tous deux venaient de sortir de leur chambre, enfin, heureux et incapables de songer à qui que ce soit d'autre qu'eux-mêmes.

— Vous nous reviendrez donc avant Noël ? demanda

le prince quand Nicholas lui expliqua ce qu'il comptait faire.

Celui-ci acquiesça.

— Bien avant, oui.

Il lui faudrait un mois pour atteindre Holystone et en revenir, peut-être davantage si l'hiver arrivait tôt et rendait les routes plus dangereuses.

— Dans ce cas, vous pourrez passer les fêtes avec nous à Berkhamsted, suggéra Edward avec le sourire tranquille d'un homme prêt à se mettre en ménage.

Joan s'avança, posant doucement la main sur la manche de Nicholas. Ce petit geste intime lui parut étrangement calculé.

Depuis quand doutait-il tant de cette femme que tout le monde croyait aussi bonne que belle ? Sans doute depuis qu'il cédait à ses sentiments pour Anne...

— Merci, dit-elle à mi-voix. Merci de tant vous inquiéter pour ma suivante. Je pense... qu'après toutes ces années... elle est simplement fatiguée. Elle a besoin de se reposer.

Ces paroles auraient sans doute eu plus de sens s'il n'avait pas aussi bien connu Anne. Elle ne se reposait jamais. Ses doigts travaillaient sans cesse, même si ses jambes ne pouvaient la porter. Quand elle se reposait, ses regards étaient occupés à mémoriser tout ce qui l'entourait pour se souvenir de chaque détail ensuite.

Avait-il donc sous-estimé Lady Joan ? Au départ, il l'avait crue un peu étourdie, futile. Charmante, peut-être, mais incapable de comprendre et de gérer des problèmes complexes. À présent, il n'en était plus si sûr.

Il la salua néanmoins poliment.

— Je suis certain qu'elle vous manquera beaucoup, milady.

— Bien sûr. Nous avons été si proches, pendant toutes ces années.

— C'est ce que j'ai cru comprendre. Quand reviendra-t-elle à la Cour ?

— Oh ! pas tant qu'elle n'en aura pas envie. Je ne veux pas la presser.

Aucun trouble dans sa réponse – ou dans son sourire. Pourtant, Nicholas connaissait un moyen de tester sa sincérité. Il courait le risque d'aggraver sa colère envers Anne, certes, mais s'il avait raison...

— Elle vous sert depuis votre séjour en Flandres, c'est bien ça ?

Le regard de Joan se fit assassin.

— En Flandres ?

— Elle n'était qu'un bébé, à l'époque. Vous avez dû vous occuper d'elle quand sa mère prenait soin des enfants de la reine. Sa mère était proche de vous, elle aussi, n'est-ce pas ?

Un soupçon de panique traversa ses yeux clairs.

— Anne vous a raconté cela ?

Nicholas sentit le danger approcher et préféra protéger Anne de son mieux.

— Je ne sais plus. Peut-être est-ce la reine qui l'a mentionné quand je me préparais à partir voir le Pape.

— Peu importe. Tout cela est derrière nous, maintenant.

Elle chassa un grain de poussière invisible de la manche de Nicholas, aussi facilement qu'elle avait chassé Anne de sa vie.

Puis, d'un air tranquille, elle se retourna vers son époux.

— Si Nicholas part au nord, vous n'aurez pas besoin d'envoyer des hommes avec lui, non ?

Le prince jeta un rapide coup d'œil à Nicholas, qui sourit.

— Je suis certain que mon écuyer et la servante d'Anne suffiront à nous escorter, répondit-il.

Une fois de plus, il fut heureux de savoir que la jeune femme voyagerait au moins en compagnie de quelqu'un qui se souciait vraiment d'elle.

Ainsi, dans la lumière d'une fraîche journée d'octobre ensoleillée, Anne, bien attachée à sa douce jument, prit la route du nord en compagnie de Nicholas, d'Eustace et d'Agatha.

Elle fit de son mieux pour graver cette journée dans sa mémoire afin de toujours s'en souvenir. Le ciel d'un bleu pur. Les feuillages rouges, dorés et bruns. L'air qui caressait ses joues. Le corps chaud et robuste du cheval qui la portait. Plus jamais elle ne vivrait tout cela.

— Tout va bien ? demanda Nicholas. Tu es à l'aise ?

Elle acquiesça. Chevaucher ne serait jamais facile pour elle. Mais leur voyage à Canterbury avait consolidé ses muscles et affiné ses gestes. De toute manière, c'était la dernière fois qu'elle verrait le monde. Et cela valait toutes les souffrances.

Cela, et les quelques jours de plus qu'elle allait passer en sa compagnie.

Le roi les avait autorisés à dormir dans ses châteaux sur la route. Ainsi, la fin de leur première journée de voyage ne fut pas bien différente de ce qu'elle avait connu à la Cour, mais elle n'eut pas à s'occuper de Lady Joan en arrivant.

Libre de son temps, elle remarqua alors que l'écuyer de Nicholas et Agatha passaient énormément de temps ensemble. Et, alors qu'elle s'apprêtait à se coucher, la jeune servante apparut avec les cheveux décoiffés, le souffle court et le regard hanté par une étincelle qu'Anne avait appris à reconnaître.

— Agatha, dit-elle doucement, tu sais qu'Eustace sera bientôt adoubé...

La jeune femme acquiesça.

— Avant la fin de l'année, c'est ce qu'il espère. Dès que Nicholas et lui rejoindront la Grande Compagnie et qu'il pourra prouver sa valeur...

Sa voix faiblit et elle se mordit la lèvre, sans doute consciente qu'elle en avait trop dit.

C'est ma faute, songea amèrement Anne. Elle éloignait Nicholas et son écuyer de leur moment de gloire. Et, en faisant cela, elle mettait en danger le cœur d'une simple et honnête fille.

— Tu sais aussi qu'un chevalier n'épousera jamais une servante, reprit-elle.

— Épouser ?

Agatha parut surprise.

— Je n'ai jamais pensé à ça !

Cette fois, ce fut Anne qui se sentit naïve. Comment avait-elle cru que le baiser d'un homme pouvait signifier plus qu'un instant de plaisir ? Cette fille avait retenu une leçon qu'Anne découvrait à peine.

— Ne t'attends pas à...

Agatha ne lui laissa pas finir sa phrase.

— Je ne veux pas laisser les peines de demain gâcher la joie d'aujourd'hui.

Anne n'avait-elle pas justement fait cela ? Elle avait appris à Nicholas à mieux voir, à créer des souvenirs durables, mais elle avait laissé ses propres peurs assombrir les quelques jours qui leur restaient.

Plus maintenant.

Le lendemain, face à la route qui s'étendait devant eux, elle demanda donc à Nicholas quelle cathédrale ils allaient visiter. Elle avait voyagé avec la Cour de nombreuses fois, mais n'avait pas une vision claire du royaume et de ses villes. Elle savait juste qu'Holystone était très, très loin de tout.

— Laquelle ?

Nicholas sourit.

— Ely, Lincoln, York, Durham... Toutes !

Un éclat de rire lui échappa, fulgurant comme un orage de printemps.

— Toutes ?

— Pourquoi pas ?

— Mais cela nous prendrait jusqu'à Noël !

Non pas que cela aurait dérangé Anne. Elle aurait adoré voyager avec lui pour toujours, mais préféra laisser cet espoir fou s'éteindre de lui-même.

— Tu as déjà suffisamment mis ta nouvelle vie de côté pour moi. Une seule cathédrale... Nous n'en choisirons qu'une seule.

Nicholas ne protesta pas, mais elle n'était pas certaine qu'il soit d'accord.

— Ely est la première sur notre route. Nous n'avons qu'à nous rendre là-bas.

Anne emporterait au moins un souvenir de plus de ce voyage.

Quand ils approchèrent de la ville d'Ely, quelques jours plus tard, Nicholas songea qu'ils n'auraient de toute manière pas pu ignorer la cathédrale.

Son clocher brillait déjà au loin une bonne demi-journée avant leur arrivée. La campagne était plutôt plate dans cette région et la tour, plus haute que les arbres, s'élevait comme un mât au-dessus des marais et des fougères.

Ils progressaient lentement. Nicholas s'était assuré qu'ils aient un logement décent tous les soirs pour ne pas obliger Anne à passer la nuit dehors. Elle ne s'était plainte de rien. Au contraire, elle avait insisté sur le fait qu'elle pouvait dormir n'importe où, mais Nicholas avait d'autres raisons pour agir ainsi – et il n'osait pas les lui avouer.

S'il voulait dormir à l'intérieur, c'était aussi pour éloigner un peu Anne de lui.

Les baisers étaient une chose, mais il commençait à avoir envie de plus. Et il ne devait pas céder.

Comme il n'y avait pas de château à proximité d'Ely, il retint des chambres dans une auberge, s'assurant qu'Anne ait une pièce pour elle. Il laissa ensuite Agatha et Eustace décharger leurs bagages pendant qu'il accompagnait Anne dans la cathédrale, entre deux services religieux.

Ils passèrent l'imposante porte et s'immobilisèrent sur le seuil, face à l'immensité de la nef.

— Est-ce très différent de Chartres ? chuchota Anne, comme si elle craignait de déranger Dieu en parlant plus fort.

Nicholas haussa les épaules.

— Je ne sais pas.

— Mais tu y es allé. Tu me l'as dit quand nous étions à Canterbury.

— Oui, j'y étais. Mais je ne l'ai pas vue.

Et c'était la vérité. Il s'était tenu sur le parvis, il avait traversé la nef, il avait même assisté le roi quand le traité y fut rédigé et signé, mais il n'arrivait pas plus à s'en souvenir qu'à visualiser tous les bâtiments qu'il avait explorés en France.

— Montre-moi Ely, Anne. Montre-la-moi pour que je m'en souvienne plus tard.

— Il suffit de regarder, répondit-elle comme un précepteur impatient face à un enfant récalcitrant. Combien de clochers vois-tu ?

— Un.

— Oui. Un seul. La plupart des cathédrales en ont deux.

Il acquiesça. Encore une chose qu'il avait souvent vue sans vraiment voir.

— Maintenant, regarde en haut, reprit-elle en lui montrant les arches qui fermaient la nef. Tu vois les gravures, là-haut ?

Non. Pas avant qu'elle les lui montre.

— Ce sont des portraits de sainte Etheldreda.

Il plissa les yeux pour apercevoir l'endroit où les colonnes rejoignaient le bas des arches. Avait-il déjà remarqué autre chose que le nombre d'hommes que pouvait accueillir une grande salle de château, ou les différences entre la liste qu'il avait rédigée et la nourriture livrée pour les troupes ?

Il y avait tant de choses qu'il n'avait pas su voir. Excitée par la nouveauté, Anne n'attendit pas qu'il la suive.

— Et les vitraux, tu les vois ? Ce sont des anges qui jouent de la musique.

Il essaya d'isoler l'image dans sa tête. À présent qu'il ouvrait les yeux, qu'il essayait de voir, trop de détails s'accumulaient devant lui.

Et, déjà, Anne lui montrait autre chose.

— Maintenant, lève les yeux. Est-ce que tu as vu cela ailleurs ?

Au-dessus de sa tête s'élevaient huit arches qui soutenaient une seconde structure flottant dans les airs. Sans doute était-ce la sorte de dôme qu'ils avaient vu avant même d'atteindre la ville. Elle avait l'air céleste, dominant de si haut le monde qu'on l'aurait crue façonnée par Dieu et placée dans les cieux. Se tenir juste dessous lui donnait le vertige.

Oui, à présent, il se souviendrait de la cathédrale d'Ely.

À quoi donc pourrait ressembler le reste du monde, vu à travers les yeux d'Anne ? Sans doute à un trésor que l'on savoure et non à une épreuve que l'on endure. Un lieu où s'attarder et pas seulement à traverser. Chaque endroit qu'il visiterait serait différent si elle était là, s'il voyageait assez lentement pour tout regarder...

À la fin de la journée, en rentrant à l'auberge, Nicholas pensait toujours à tout cela et regretta un instant la miniature qu'il avait jetée.

Pendant le souper, Anne raconta à Eustace et Agatha

tout ce qu'ils avaient vu, jusqu'à ce que les deux jeunes gens s'éclipsent. Se retrouvant seule avec Nicholas, une fois les délices de la journée relatés, elle se tut et le regarda jongler avec une de ses balles. Finalement, sur un accord tacite, ils se levèrent, et Nicholas éclaira son chemin dans l'escalier – une marche à la fois.

Arrivée devant sa porte, elle s'arrêta.

— Etheldreda venait du Northumberland, tu sais.

Surpris Nicholas secoua la tête.

— Je l'ignorais.

— Je me demande si sa terre natale lui manquait.

Anne chuchotait à présent, presque pour elle.

Il ne savait que répondre. D'après ce qu'il savait, le Northumberland était une terre nue, froide et balayée par les vents, seulement propre à servir de théâtre aux conflits frontaliers.

En Italie, au moins, il ferait chaud.

Soudain, Anne leva les yeux sur lui. Un regard intense dans lequel planait l'ombre de son avenir.

— Elle est aussi morte vierge.

Nicholas jeta un rapide regard autour de lui, soulagé de voir le couloir désert.

— Vraiment ? demanda-t-il, gêné.

— Elle avait deux époux et elle est morte vierge. Moi, je n'en aurai pas, mais je ne veux pas...

Ses yeux ne le quittaient pas.

— Accepterais-tu... ?

De toutes les questions qu'elle lui avait posées, celle-ci était la plus facile à satisfaire. Il avait eu plus d'une fois envie de la serrer dans ses bras depuis le mariage royal.

Sans le vouloir, il baissa un instant les yeux sur tout ce que sa jupe cachait.

Elle eut un petit sourire amer.

— Ce n'est que mon pied. Je suis une femme normale, à part ça.

Nicholas dut admettre avec honte qu'elle avait compris ce qui l'avait troublé.

— Mais tu n'as jamais... ? Je veux dire...

— Non ! Jamais... Je n'ai jamais attiré les hommes. Mais j'aimerais, pour une fois...

Cela, au moins, il pouvait le lui donner.

Trop tard pour reculer. Ici. Cela devait se faire ici. Maintenant. Si jamais ils attendaient le moment idéal, ils risquaient de changer d'avis, de retrouver leur bon sens. Et, pour une fois, Nicholas n'en avait pas envie.

Il ouvrit la porte de la chambre d'Anne et lui tendit la main.

18

Je dois me souvenir de tout, songea Anne tandis que la porte se refermait derrière elle. *Je veux pouvoir revivre chaque instant plus tard.*

Jusqu'à sa rencontre avec Nicholas, elle ne savait rien de l'amour ou des baisers, bien qu'elle eût passé sa vie auprès d'une femme qui aimait les hommes. Lady Joan avait donné cinq enfants à Thomas. Certains soirs, Anne les avait entendus à travers le mur. Les gémissements, les soupirs, les cris. Et avec le prince, c'était pareil.

Mais pour elle, au-delà des baisers échangés avec Nicholas, il ne restait plus que le mystère du désir.

Il déposa la bougie sur la table de chevet et elle regarda un instant le lit, hésitante. *Maintenant. Il faut le faire maintenant.*

Soudain, il la prit dans ses bras et la porta sur le matelas. En un éclair, ses craintes se dissipèrent.

Ce soir, elle allait être la Anne qui se cachait en elle.

Nicholas s'assit près d'elle et la contempla de la tête aux pieds, sans dire un mot. Le silence s'étira et, les joues en feu, Anne se détourna. Elle avait l'habitude d'être invisible ; jamais on ne la regardait comme ça.

Il ramena ses longs cheveux derrière son épaule pour dégager son visage.

Elle respirait trop vite...

— Que fais-tu ?

Il se contenta de sourire, comme s'il n'était pas pressé, pour une fois.

— Je regarde tes cheveux. Ils font partie des choses que je préfère chez toi.

Un compliment futile.

— Les gens n'aiment pas les cheveux roux.

Il fronça les sourcils d'un air faussement songeur.

— Dans ce cas, ne les appelons pas « roux ». Devrais-je dire « sanguins » ? Ou « flamme » ? Que préfères-tu ?

— Ne dis rien. Ne les regarde pas.

— Tu m'as appris à voir, Anne...

Il jouait toujours avec sa chevelure – un geste aussi intime que s'il la caressait.

— Et pourtant, tu ne veux pas être vue ?

Non. Elle n'en avait aucune envie. Elle voulait fermer les yeux et disparaître en lui, consumée par cette chose mystérieuse qui existait entre les hommes et les femmes.

— Tu as toujours vu le monde plus clairement que les autres.

Sois courageuse. Regarde-le. Mais elle ne pouvait pas.

— C'est ce que je veux faire aussi. Je veux passer la nuit à te contempler, de la tête aux...

— Non ! Promets-le-moi.

Elle plia vivement les jambes pour cacher son pied en bas rouge sous sa jupe.

— Ne regarde pas...

Mais, bien sûr, il n'obéit pas.

— Je l'ai déjà vu, tu sais. Inutile de le cacher.

Oh si ! Elle avait tant de choses à cacher.

— Ne pose pas les yeux sur moi du tout.

Cédant à sa peur, elle souffla la bougie.

Dehors, le soleil s'était couché. Quelques lueurs mourantes envahissaient encore la chambre, mais Anne se sentait plus en sécurité. Plus cachée. Moins *elle*.

Nicholas prit une profonde inspiration. Allait-il protester ? Non, ses lèvres se plaquèrent sans un mot sur les siennes.

Il ne s'écarta que pour se débarrasser de sa tunique et de son pantalon. Dans la faible lumière, Anne trouva le courage d'enlever ses vêtements avec son aide, ne gardant que sa chemise.

Elle sentit ses grandes mains caresser ses bras, explorer son cou. Le souffle court, elle s'abandonna à sa joie.

Un contact humain. Elle n'avait jamais imaginé que sa peau puisse y être si sensible. L'air, les velours, le lin, la soie, le soleil l'avaient tous caressée sans qu'elle s'en rende compte.

Mais un homme l'avait-il déjà touchée avec tendresse, avec passion ?

Ou bien touchée, tout court ?

À présent, les mains et les lèvres de Nicholas étaient partout, l'embrasant sur leur passage. Elle se laissa faire, heureuse qu'on lui procure tant de bien. Mais, quand il referma la main sur sa hanche et caressa sa cuisse, elle se crispa.

Pas plus bas. Il ne devait pas descendre plus bas !

— Chut... Je te promets.

Et, parce qu'elle le crut, elle laissa son désir exploser.

Pouvait-on réellement se sentir aussi vivant ? Sa peau, son souffle, et quelque chose d'autre en elle tremblaient, luttant pour se libérer, échapper à son contrôle comme un cheval au galop ou un faucon en plein vol. S'élevant toujours plus haut. Pour ne jamais toucher le sol à nouveau.

Ici, maintenant, elle n'était enfin plus lente ni maladroite. Elle ne trébuchait pas, ne boitait pas. Plus rien ne retenait ses baisers et ses doigts.

Bien qu'elle n'eût encore jamais aimé d'homme, tout lui parut facile et naturel. Comme si elle n'était pas la Anne que tout le monde voyait mais celle qu'elle avait toujours voulu être.

Libre.

Nicholas savait qu'il se souviendrait de ceci.

Ne pose pas les yeux sur moi, avait-elle supplié. Pourtant, dans cette dernière lumière du crépuscule, il s'emplit de son visage, de ses lèvres entrouvertes, de ses yeux mi-clos enfin offerts au plaisir sans la moindre douleur, la moindre angoisse.

Il explora sa peau du bout des doigts et la vit s'étirer, s'offrant plus complètement à lui dans un soupir. Quand ses lèvres se refermèrent sur son téton, elle lâcha un petit gémissement de plaisir. Traçant un chemin de baisers de l'un de ses seins à l'autre, identiques et pourtant différents, il sut qu'il les reconnaîtrait n'importe où, même dans le noir.

Il descendit ensuite jusqu'à la courbe de ses hanches et déposa un baiser sur l'os, un peu saillant sous sa peau fine et diaphane. Une peau que nul homme n'avait encore vue.

Puis ce fut son ventre, et un autre baiser dans le creux

du nombril, le centre de la sensualité d'une femme. Elle ne se tortilla pas comme il l'avait pensé, mais rit avec une légèreté sincère. Une joie non dissimulée. Nicholas ne put réprimer un éclat de rire à son tour, ravi de savoir la rendre heureuse et passionnée en même temps.

Car la passion allait venir.

Il passa à ses jambes, offertes, mais plus il descendait, plus Anne se crispait. Il s'arrêta donc la laissant faire comme si elle pouvait bouger avec la même liberté que les autres femmes.

Ici, c'était le cas.

Ses cuisses étaient fermes sous ses paumes, musclées par les longues journées qu'elle avait passées à cheval. Mais entre elles - ah, entre ses cuisses - se nichait le cœur de son désir.

Il l'embrassa ici aussi. Dans cet écrin soyeux. Et elle n'hésita plus. Elle ne résista pas. Elle s'ouvrit à lui et le parfum de sa peau lui prouva qu'elle était prête.

Mais pas lui. Il voulait savourer encore ce moment et s'abîmer dans la jouissance d'Anne au lieu de la sienne. Il voulait voir son visage quand elle sentirait pour la première fois le monde basculer, quand elle passerait pour la première fois de l'autre côté.

Alors, au lieu de la prendre, il la guida. D'abord du bout de la langue et des lèvres, goûtant sa chair et se laissant bercer par sa respiration de plus en plus rapide. Puis, comme il ne voulait rien manquer, il remonta sur elle tout en l'embrassant, pour voir son visage.

Ses yeux, toujours clos jusque-là, s'entrouvrirent. Elle sourit.

— Oui, murmura-t-elle. Maintenant.

Il ne se détourna pas d'elle en la pénétrant.

Anne croyait savoir ce qu'était l'amour physique. Mais, tandis que Nicholas l'emplissait tout entière, elle comprit qu'elle n'avait jusqu'alors aucune idée de la réalité.

Les hommes et les femmes ne se complétaient pas comme deux personnes qui se serrent la main tout en restant deux êtres distincts. Ils ne faisaient plus qu'un, sans que rien les sépare. Nicholas inspirait, elle soupirait. Leurs cœurs battaient à l'unisson. Elle sentait les pulsations de vie de Nicholas en elle et y répondait, encore et encore. De plus en plus haut, de plus en plus vite, de plus en plus fort...

Soudain, toute cette puissance explosa en une pluie de faiblesse dans son cœur. En ça aussi, elle comprit qu'ils ne faisaient qu'un.

Nicholas se réveilla avec l'impression que son monde était sens dessus dessous.

Anne dormait toujours à côté de lui mais, trop agité, il se leva et se mit à faire les cent pas. Cette pièce fut bientôt trop petite pour lui.

Il s'arrêta le plus loin possible du lit et regarda Anne, repliée sur elle-même. Ses cheveux d'un blond roux pâle s'étalaient sur le matelas. Son pied était bien caché sous la couverture, mais le bas de laine rouge qui l'avait recouvert était emmêlé dans les plis du drap.

Nicholas repensa alors à la veille.

Il avait été fier de beaucoup de choses, dans sa vie. Mais savoir que ses lèvres, ses mains avaient su rendre Anne si heureuse...

Pour la première fois, il se sentait vraiment homme.

Il avait déjà eu des amantes, avant. Mais il avait fait l'amour comme il avait traversé les pays, sans prendre le temps de s'arrêter pour les voir. Ces femmes étaient-elles brunes ou blondes ? Pulpeuses ou minces ? Cela n'avait eu aucune importance. Elles n'avaient été que des moyens d'obtenir ce qu'il voulait.

Mais Anne...

Peu lui importait que la chambre soit plongée dans la pénombre. Il serait capable de reconnaître Anne n'importe où, maintenant. Son parfum. La courbe de ses hanches, asymétriques, façonnées par sa marche irrégulière. Il connaissait le tracé de ses sourcils clairs, les ayant mémorisés du bout des doigts. Il avait appris la forme de sa mâchoire en l'embrassant et avait laissé son corps déposer son empreinte sur le sien comme sur de la terre meuble.

Aucune femme ne s'était encore offerte aussi librement à lui, sans rien attendre en retour. Il avait cru devoir la guider. Prendre son temps pour l'approcher, peu à peu. Une caresse sur la main, puis sur la joue. Un baiser doux pour commencer. Il avait cru que la passion attendrait qu'il l'ait rassurée.

Au lieu de cela, le moindre contact, le premier baiser avaient fait disparaître toute hésitation. Elle avait cédé, s'offrant à lui comme s'il était son amant de retour de la guerre.

Quand, dans sa vie, s'était-il déjà offert aussi complètement ? Quand avait-il si bien connu une femme ?

Si jamais il devait ne plus la revoir, il emporterait le souvenir de cette nuit partout.

Si...

Il n'y avait pas de « si ». Il n'y avait qu'une certitude :

Nicholas devait l'emmener comme promis jusqu'à ce petit couvent froid au bout du monde et la laisser là, loin de tout ce qu'elle voulait tant découvrir.

Non, il ne pourrait pas l'abandonner.

Ne pourrait pas ? Ou ne voulait pas ?

Il avait déjà rempli ses devoirs vis-à-vis du prince. Ce voyage n'était pas une mission. Ce n'était que...

Mieux valait ne pas chercher de mot. Cette femme n'était rien pour lui. Elle l'enchaînerait encore plus qu'une autre.

Et il se retrouvait pris au piège dans cette situation, sans rien pouvoir faire d'autre que la regarder et attendre qu'elle se réveille. Qu'allait-il faire quand elle ouvrirait les yeux ?

Anne sentit le sommeil se dissiper, mais elle ferma les yeux plus fort, ne voulant pas affronter l'aube. Elle s'était offerte, la veille, et elle n'avait aucun regret. Cela avait été encore plus merveilleux que monter à cheval ou chasser au faucon. Pendant quelques minutes, elle avait eu l'impression que son pauvre corps s'était envolé lui-même.

Sans doute avait-elle été plus maladroite que les autres femmes, surtout en obligeant Nicholas à ne pas regarder ou toucher son pied. Mais, au final, elle avait senti son esprit à la fois s'ancrer dans son corps et se mêler à celui de son amant dans les airs. Pour la première fois, elle ne s'était pas sentie enfermée.

C'était bien le souvenir qu'elle avait voulu. C'était cela qu'elle chérirait pendant les longues et sombres journées à venir.

Le lit était vide, à côté d'elle, mais elle entendait la respiration de Nicholas près de la cheminée.

La vie. La vie devait reprendre son cours.

Étendue sur le ventre, elle se redressa et s'appuya sur les coudes pour regarder Nicholas. Et elle en eut le souffle coupé. Pendant la nuit, elle avait eu tout le temps d'explorer son corps sous les draps mais, dans l'obscurité, elle ne l'avait pas vu.

Pas comme ça.

À présent, elle pouvait contempler ses jambes, aussi longues et droites qu'elle les avait imaginées. Et ses cuisses... Eh bien, maintenant, elle saurait quelle force était vraiment nécessaire pour tenir de longues heures à cheval.

Elle découvrit les courbes de ses épaules et de ses bras qu'elle avait caressées, aussi douces que les escaliers usés de Canterbury. Elle vit pour la première fois le tracé bleuté délicat de ses veines qui couraient sous sa peau comme des torrents.

Elle se souviendrait de tout cela en détail. Plus tard.

— Merci, dit-elle.

Il parut sur le point de répondre, mais resta silencieux - pour une fois.

Soudain, Anne prit conscience de son pied nu sous le drap et se redressa vivement, à la recherche de son bas.

— Ne regarde pas ! lança-t-elle.

Nicholas soupira, mais se détourna néanmoins pour lui laisser le temps d'enfiler le bas.

Une fois sa jambe couverte, elle essaya de la basculer sur le rebord du lit. Elle redevenait gauche, perdant en un éclair toute la liberté et la grâce de la veille. Nicholas la rejoignit en quelques pas et lui tendit la main le temps qu'elle retrouve son équilibre. Il avait le don de l'aider sans lui donner l'impression d'être dépendante.

Il y avait tellement de tendresse dans ce simple geste – autant que de passion dans leurs caresses de la nuit.

S'asseyant à côté d'elle sur le matelas, il prit son visage dans ses mains pour la regarder.

— Anne...

Elle s'écarta vivement.

— Ne parle pas. Que sont les mots, comparés à ce qui s'est passé ? Rien.

De petites choses faibles, sans valeur.

— Mais tout a changé.

— Non, tu te trompes.

C'était fini. Toute la joie du souvenir avait disparu. Anne ne la retrouverait que plus tard, quand elle serait bien loin de lui.

— Ce qui doit être sera.

Nicholas se leva et se mit à arpenter la chambre de long en large. Comme elle lui enviait ces simples pas !

— Ce qui doit être ? Ou ce que Lady Joan désire ?

Anne s'agrippa au montant du lit pour tenir sur ses jambes.

— Lady Joan, ou le prince, ou le roi, ou le Pape...

— Et que désire Anne ?

Elle ne put étouffer le sourire triste qui lui vint.

— Je sais ce que veut Nicholas. Il veut être libre. Il veut explorer la France, l'Italie, la Castille ou peut-être même Chypre. Nicholas veut voyager sans entraves.

Elle se mordit la lèvre avant de trop en dire.

Elle aussi voulait tout cela.

— Donc, reprit-elle, Nicholas fera ce qu'il a promis

et m'emmènera à Holystone où je me reposerai. Après ça, il sera libre.

Quelle amertume sur sa langue…

Elle ne pouvait pas déchiffrer clairement le regard de Nicholas, mais elle vit son débat intérieur. Il y avait clairement lutte entre ce qu'il voulait et ce qu'il… désirait.

— Je ne suis pas homme à tomber amoureux.

— Je sais.

Il était temps de mettre en pratique la leçon d'Agatha.

— Je ne suis pas femme à attendre l'amour non plus.

Elle en avait envie - oh oui… Mais elle avait toujours su qu'elle ne se marierait jamais et qu'elle pourrait encore moins espérer de passion dans sa vie.

— Ce n'était qu'une nuit. Un cadeau.

Un souvenir à emporter et à revivre quand les murs froids de sa cellule de religieuse se refermeraient sur elle comme une glaciale nuit d'hiver.

Soudain, le regard de Nicholas s'embrasa.

— Non, pas une seule nuit. D'autres viendront encore.

19

Ils se remirent donc en route vers le nord, sans se presser, en faisant semblant de ne pas voir approcher la fin de leur voyage.

S'ils faisaient de petits détours pour admirer une cathédrale ou visiter un marché, où était le mal ? Anne, pour sa part, refusait de trop y penser. Elle ne voulait pas se projeter au-delà de chaque journée. Et de chaque nuit.

Et si elle avait un enfant ? Cela non plus, elle ne voulait pas y penser. Si cela devait arriver, elle serait en sécurité dans le couvent, son bébé vivrait confortablement et personne, en dehors du cloître, n'aurait à le savoir.

À présent qu'elle ne pouvait plus broder pour qui que ce soit, ses mains lui semblaient bien vides. Le soir, Nicholas lui apprenait donc à jongler. Du moins, il essayait. Elle sut rapidement manipuler deux balles, et les convives de l'une des auberges où ils dormirent l'applaudirent le soir où elle parvint à lancer les trois.

Après cela, Nicholas et elle montèrent ensemble l'escalier, laissant tout le monde croire qu'ils étaient mariés.

Eustace et Agatha gardèrent leur secret.

— Nous serons à Lincoln demain, annonça Nicholas un soir, une semaine plus tard.

La nuit était déjà bien avancée, et ils étaient allongés ensemble, heureux et au chaud.

Anne se pelotonna un peu plus contre lui.

— Et nous ne sentirons plus cette tannerie, j'espère.

Elle ne l'avait pas vue, mais la puanteur les avait entourés pendant presque toute la journée.

— Oui, nous serons bien au-delà, confirma Nicholas.

Elle acquiesça et se laissa bercer par sa fatigue.

Soudain, une chose qu'il lui avait dite longtemps auparavant lui revint en mémoire.

— Est-ce que ta maison est par ici ? Tu m'y emmènerais ?

Comme il n'avait plus de famille, il n'aurait pas à fournir d'explications gênantes...

Elle roula sur le dos et lui tapota le nez du bout du doigt.

— J'aimerais bien t'imaginer là-bas, petit, gloussa-t-elle. En train d'apprendre à jongler. Montre-moi où tu as jonglé pour la première fois.

Mais Nicholas se redressa brusquement et s'assit au bord du lit, dos à elle.

— Pourquoi voudrais-tu voir ça ?

— Parce que je tiens à toi.

Elle laissa courir ses doigts le long de son dos nu.

Il se leva alors et s'écarta, hors de sa portée.

— Parce que tu essaies de me piéger.

— Te piéger ?

Que voulait-il dire ? Était-elle trop fatiguée pour comprendre ?

— Quoi ? Comment... ? Pourquoi... ?

Nicholas s'agitait à présent comme un lion en cage.

— Oui, me piéger. Me pousser au mariage.

Un frisson glacé parcourut Anne.

— Comment peux-tu penser à ça ?

— N'est-ce pas ce que tu veux ? Tu serais sauvée du couvent, et je me retrouverais enchaîné à une femme pour toujours !

Un poignard plongea dans le cœur d'Anne, l'empêchant de répondre.

Enchaîné. Sans pouvoir bouger.

S'il lui était arrivé parfois, avant de s'endormir, de penser à des lendemains avec Nicholas, elle avait toujours su que ce serait impossible. Pour elle, mais surtout pour lui. Comment pouvait-il l'accuser d'une telle chose, alors qu'elle avait fait de son mieux ?

Exaspérée, elle n'essaya même pas de raisonner et s'écria :

— C'est toi qui as insisté pour m'accompagner !

Un soupçon atroce l'assaillit soudain.

— Est-ce que tu ne l'as fait que pour obtenir de moi ce que tu voulais ? Parce que personne n'en saurait rien ou ne se soucierait de mon avenir ?

D'un seul coup, tout ce qu'elle avait tant chéri devint cendres et amertume.

Nicholas vit l'air choqué d'Anne plus nettement que jamais, et cette vision le ramena à lui. Que venait-il de se passer ? Quelques instants plus tôt, il serrait Anne dans ses bras, heureux de voir qu'ils n'avaient pas encore passé la moitié de leur périple, rêvant qu'il ne la quitterait jamais. Et maintenant…

Maintenant, il avait l'impression de redevenir le petit garçon qui avait voulu fuir un foyer peu accueillant et le père qui avait laissé une femme le duper.

Piégé. C'était à sa belle-mère qu'il avait pensé. Pendant toutes ces années, il avait tout fait pour éviter le destin de son père et venait à peine de le comprendre.

Mortifié, il s'agenouilla au pied du lit et tenta de caresser la joue d'Anne.

— Je suis désolé. Je ne voulais pas...

Elle le repoussa d'un geste brusque.

— Épargne-moi tes excuses !

Loin de se laisser chasser, il attrapa sa main dans les siennes.

— Je t'en prie, laisse-moi t'expliquer.

Elle le dévisagea en silence, tentant de cacher sa douleur sous une moue de défi. Finalement, elle répondit, avec une froideur calculée :

— Je... m'en... moque.

Non. Il ne la laisserait pas partir. Il voyait bien ce qui lui pesait, mais il avait aussi un fardeau à traîner. Un fardeau invisible.

Il commença alors à parler, comme si elle n'avait rien dit, gardant ses mains entre les siennes pour qu'elle ne puisse pas se boucher les oreilles.

— Mon père était tanneur...

Elle ne put cacher sa surprise.

— Et tu es chevalier ?

Il en avait fait, du chemin. Il était presque allé assez loin pour oublier la puanteur des fosses où l'on séparait la peau des chairs. Il lui avait fallu des années pour se libérer de l'odeur tenace.

Mais il avait autre chose à dire.

— Ma mère est morte quand j'étais bébé. Je me souviens à peine d'elle.

Un soupçon d'empathie adoucit le visage d'Anne. Sa mère avait dû tant compter pour elle… Il lui enviait ces souvenirs.

Puis, d'un seul coup, la tendresse disparut.

— Tu m'as déjà parlé de ça. Étais-tu trop soûl pour t'en souvenir ?

— Je t'en ai parlé, mais je ne t'ai pas tout dit.

Une ombre qu'il ne put déchiffrer traversa le regard d'Anne mais elle ne dit rien, attendant qu'il continue.

— Après ça, mon père, au lieu d'être raisonnable et d'épouser une femme avec une dot, est tombé amoureux d'une demoiselle deux fois plus jeune que lui. Elle l'a trompé…

Cette vérité était encore si dure à admettre.

— … en prétendant être une vierge chaste et modeste. Et il s'est laissé dominer. Il a insisté pour que ses parents acceptent qu'elle l'épouse vite et, cinq mois après leur mariage, j'ai eu un petit frère.

À cet instant, le rêve de son père avait volé en éclats. Plus jamais il n'aurait le temps de s'entraîner à l'arc pour échapper aux fosses de tannerie et connaître la gloire au combat…

— Que t'est-il arrivé ? demanda Anne à mi-voix.

— Les moines d'un prieuré m'ont appris des rudiments de latin, mais je ne voulais pas prendre la robe. Je voulais voir le monde. Hélas, je n'avais pas d'échappatoire, et j'ai…

Maintenant encore, il avait honte de lui.

— J'ai crié, je me suis révolté, je me suis rendu si

insupportable qu'ils ont dû être soulagés de me voir m'enfuir.

Il s'interrompit un instant, surpris comme toujours de voir le chemin parcouru. D'un petit garçon élevé dans une tannerie, il était devenu un jeune soldat adoubé par le prince lui-même sur le champ de bataille. Oui, il était capable de faire ce qu'il voulait de sa vie, tant qu'il en aurait la force.

Et sinon…

— Ainsi, tu ne seras jamais piégé à ton tour.

Elle avait une telle manière de se montrer compréhensive… Nicholas voulut acquiescer, mais sa tête ne lui obéit pas, comme s'il était déjà pris.

— En tout cas, pas par moi, ajouta-t-elle. Je voulais juste… pouvoir me souvenir. Rien n'a changé. Nous n'avons que ce voyage et, après, tu seras aussi libre qu'avant de me connaître.

Cette fois, il parvint à acquiescer, même s'il n'était pas certain qu'elle ait raison. De son côté, Anne ne demanda plus à voir sa maison, et il ne l'y emmena pas.

Ainsi, les journées défilèrent, et Anne commença à les compter. Rapidement, il y en eut plus derrière elle que devant. Quand ils atteignirent Durham, elle osa à peine regarder la cathédrale en sachant que ce serait la dernière.

Il ne restait plus que trois jours et trois nuits avant leur arrivée à Holystone. Dieu la frapperait-elle de sa colère quand elle en passerait le seuil ? Quelle était la punition pour tous les mensonges qu'elle avait proférés dans sa vie ? Lady Joan n'avait jamais dû payer pour ses erreurs, donc le châtiment retomberait peut-être entièrement sur Anne.

Était-ce un péché plus grave que partager le lit de Nicholas ?

Peu lui importait. Si la mort devait venir, elle pourrait au moins l'affronter satisfaite. Elle regrettait seulement de ne pas avoir vu Compostelle. Ou Chartres. Ou Rome.

De toute évidence, Dieu n'avait jamais eu l'intention de la laisser voir tout cela.

Les nuits étaient devenues plus importantes pour elle que les journées mais, à Durham, Nicholas et elle ne firent pas l'amour. Ils passèrent toute la nuit éveillés, enlacés, comme si renoncer au sommeil pouvait repousser le lever du jour.

Elle lui demanda de lui raconter sa vie, comment un garçon en fuite avait pu devenir l'un des hommes de confiance du prince.

— Et toi ? répondit-il. Tu m'écoutes parler depuis des jours, mais je ne sais rien de ta vie.

— Ma vie est celle de Lady Joan.

Elle ne lui appartenait pas. Jamais.

Nicholas se redressa sur un coude et la dévisagea.

— Lady Joan a mené une vie... surprenante.

Et c'était justement ce dont Anne ne voulait pas parler.

S'il découvrait la vérité, il saurait qu'elle n'avait jamais été la confidente de sa maîtresse, mais une menteuse perverse et brisée que l'on avait nourrie et logée uniquement pour l'empêcher de causer un scandale.

Non. Elle ne pouvait pas lui laisser voir cette autre face. S'il savait qui elle était vraiment, ce sur quoi elle avait menti, le fragile lien entre eux serait rompu. Et, bien qu'elle n'osât pas espérer que ce lien survive à ce court voyage heureux, voir cet homme la contempler – vraiment – l'embrasser et la caresser comme s'il avait d'autres sentiments pour elle… Ah, ce plaisir méritait tous ses efforts. Il méritait d'entretenir le mensonge.

Elle haussa donc les épaules.

— Il n'y a rien à dire.

— Raconte-moi comment tu as appris la broderie.

Soulagée et soudain mélancolique, elle s'exécuta :

— La broderie est au moins une chose que je peux faire seule.

En dépit de son infirmité. Son aiguille lui avait manqué, pendant leur voyage. Peut-être pourrait-elle confectionner des robes pour les sœurs, au couvent.

— C'est la mère de Salisbury qui m'a appris.

— Sa mère ?

Elle acquiesça.

— Ça s'est passé peu de temps après son mariage avec Joan. Nous vivions tous ensemble, à l'époque. Son père est mort, et je pense que me donner des leçons était une manière pour sa mère de ne pas être désœuvrée.

Elle n'avait plus pensé à tout cela depuis des années. La mère de Lady Joan avait insisté pour qu'elle se marie, en dépit de ses protestations. La situation était tendue. Salisbury, âgé de seize ans et pas encore adoubé, venait d'hériter du comté. Il avait du mal à prouver qu'il pouvait à la fois tenir son rang et être un bon époux. Pendant ce temps, sa mère avait porté le deuil et montré à Anne comment manier une aiguille avec finesse.

— Salisbury a dû s'occuper seul de ses terres à seize ans ?

— Oh non ! Thomas Holland l'a aidé.

Dès qu'elle eut prononcé ce nom, le monde se figea autour d'elle. Quelques mots. Quelques secondes. Et tout pouvait changer. La vie pouvait prendre fin aussi vite que ça.

— Qu'est-ce que tu veux dire ? demanda Nicholas.

Elle ne pouvait plus retirer ses paroles, seulement faire comme si cela n'avait aucune importance.

— Il était l'intendant du comte.

Un détail facile à découvrir, et pourtant personne ne s'était jamais interrogé là-dessus. En tout cas, pas Nicholas. Jusqu'à présent.

Anne s'empressa de poursuivre.

— Holland n'a pas toujours été comte lui-même. C'est grâce à Joan qu'il a été titré.

Avait-elle l'air trop enjouée ? Trop insouciante ?

— Il a d'abord été l'un des écuyers du premier comte. C'est pour ça qu'il était en Flandres quand il a épousé Joan.

— Mais tu ne parlais pas de l'ancien comte, à l'instant, si ?

Elle dut faire non de la tête.

— Quand donc Holland a-t-il travaillé pour l'époux de sa femme ?

Une question brute, sans détour.

— Je devais avoir huit ans.

Nicholas paraissait stupéfait.

— Pourquoi aurait-il travaillé pour l'homme qui lui avait volé son épouse ? Une épouse qu'il essayait de récupérer.

Anne pouvait-elle mentir encore ? Pouvait-elle lui dire qu'elle ne s'en souvenait pas ? Non. Il ne la croirait jamais.

Elle haussa les épaules.

— Les enfants ne remarquent pas ces choses-là.

Même en disant cela, elle mentait. Les enfants remarquent justement ces choses. Son âge ne l'avait pas empêchée de comprendre que les caresses furtives échangées par Joan et Holland étaient censées être réservées aux couples mariés.

Et elle savait pourquoi.

Assis sur le lit, Nicholas essaya de tirer les choses au clair. Il avait certainement mal compris. Il n'avait jamais eu l'intention de se marier, mais il aurait tout de même été incapable de faire ce que ces deux hommes avaient fait.

— Si un homme me volait ma femme, je le provoquerais pour obtenir réparation ; je ne l'engagerais pas comme intendant. Pourquoi Salisbury a-t-il accepté les services de l'homme qui prétendait avoir des droits sur son épouse ?

— Il ne le savait pas, à l'époque.

Cela dit, elle pinça les lèvres et n'ajouta rien.

Nicholas avait cru mémoriser chaque détail de la complexe histoire matrimoniale de Lady Joan, mais il semblait encore y avoir un trou. Avait-il raté quelque chose ? Ou oublié ?

— Ils se sont donc mariés en Flandres quand Joan avait douze ans. Holland part à la guerre pendant trois ans, puis revient en Angleterre et loue ses services à

Salisbury. Là, il attend encore trois ans avant d'envoyer une lettre au Pape pour qu'on lui rende Joan ?

— Il n'avait pas assez d'argent pour envoyer sa pétition plus tôt, répondit vivement Anne. Pas avant de voyager en France et de capturer un otage relâché contre rançon.

Elle devait avoir commis une erreur. Elle n'était qu'une enfant.

Mais ses paroles réveillèrent des doutes qui l'avaient déjà effleuré. Pourquoi un homme attendrait-il sept ans pour chercher à récupérer sa femme ? Pourquoi Joan avait-elle accepté d'épouser Salisbury si elle se savait déjà mariée ?

Pire : pourquoi Holland aurait-il vécu sous le toit de Salisbury et même travaillé pour lui, jour après jour, le voyant partager le lit de sa femme chaque soir ?

C'était inimaginable ! Aucun homme de sa connaissance ne pourrait tolérer une telle chose. À moins que...

À moins qu'ils n'aient jamais été mariés. À moins qu'ils n'aient commencé à coucher ensemble qu'une fois Holland au service de Salisbury. À moins qu'ils n'aient inventé ce mariage clandestin pour mettre fin à une union officielle et pouvoir vivre ensemble.

Maintenant que l'idée était venue à Nicholas, elle lui paraissait évidente. L'histoire d'un mariage secret en Flandres passait encore. Mais qu'un homme amoureux et dans son bon droit, avec Dieu de son côté, rentre chez lui pour voir sa femme mariée à un autre attende des années pour faire valoir ses intérêts ?

Et quel époux prendrait à son service un homme prétendant avoir des droits sur sa femme ?

Anne baissait obstinément les yeux sur ses mains

vides, regrettant sans doute de ne pas avoir d'ouvrage à terminer. Le savait-elle ? Le savait-elle depuis le premier jour ?

Il voulut se convaincre du contraire, se répéter qu'elle était trop jeune pour cela.

Ma mère était témoin.

Et Anne avait été au service de Lady Joan depuis.

Il voulut penser à une autre interprétation des faits, mais ce qui lui avait paru être un signe de bonté jusqu'à présent commençait fort à ressembler à du chantage.

Le seul moyen de faire fonctionner ce chantage était de tout expliquer à Anne. Elle savait, tout comme sa mère. Et Lady Joan avait dû acheter leur silence en protégeant la jeune infirme.

Oui, la mère d'Anne avait eu une bonne raison de mentir devant Dieu et les hommes : protéger une enfant condamnée à n'avoir aucune place dans ce monde.

Seulement, cette enfant était devenue un poids parce que le secret qu'elle gardait avait le pouvoir de renverser le trône d'Angleterre.

Maintenant, Nicholas aussi connaissait la vérité.

— Anne.

Sa voix autoritaire la poussa à lever les yeux sur lui. Il y vit immédiatement ce qu'il aurait dû soupçonner depuis le début.

— Il n'y avait pas de mariage clandestin, n'est-ce pas ?

20

Anne sentit ses lèvres se figer. Elle ne pouvait pas le lui dire. Impossible.

— Bien sûr que si ! Ma mère l'a juré sur les textes saints devant le Pape lui-même. Bien sûr que c'est vrai !

Et elle avait tant voulu y croire. Toute sa vie, elle s'était raccrochée à cela, même quand sa mère avait fini par lui dire la vérité.

— Comment a-t-elle pu ? Comment a-t-elle été capable de vivre avec Salisbury en sachant que son vrai mari dormait sous le même toit ?

— Je ne sais pas ! Elle l'a fait, c'est tout.

— Et tu n'as jamais douté ? Pas une fois ?

— Pourquoi aurais-je douté ?

Elle n'avait jamais voulu et, jusque-là, jusqu'à sa rencontre avec Nicholas, elle n'avait pas vraiment saisi l'énormité de cette vérité. Si Joan avait réellement ressenti pour Thomas Holland ce qu'Anne ressentait elle-même pour Nicholas, si son désir avait été assez fort pour la pousser à l'épouser, alors ni Dieu ni les hommes n'auraient pu la convaincre de « s'unir » à quelqu'un d'autre.

— Non, bien sûr, reprit Nicholas. Tu n'aurais rien gagné à douter d'elle.

Et tout à perdre.

À présent, c'était pire encore, car avouer la vérité à Nicholas la priverait du maigre réconfort que son affection lui avait apporté pendant ces derniers mois. Tous ces précieux souvenirs seraient ternis par sa fureur.

Étonnamment, ce fut justement cela qui lui donna le courage de tout lui dire. De toute manière, il croyait déjà qu'elle lui avait menti et la détestait pour ça. Admettre les faits ne changerait rien, mais c'était la seule chose qui lui permettrait de se regarder en face sans honte.

Elle redressa donc la tête et osa affronter son regard, déjà teinté de dégoût.

— Je n'ai plus rien à espérer, maintenant.

Lui devait-elle la vérité ? Ou bien devait-elle se confesser pour son propre bien ?

— Mais oui, tu as raison, Nicholas.

— Quand l'as-tu su ? Quand est-ce que ta mère te l'a dit ?

— Oh ! des années plus tard. Elle voulait que je croie la même chose que les autres.

Cela était plus sûr, à l'époque.

— Et elle a marchandé cette vérité pour assurer ta sécurité.

Anne acquiesça. Tout, tout ce que sa mère avait fait et tous ces mensonges qu'elle avait proférés, c'était pour sa fille.

— Je pense qu'elle ne m'a dit la vérité que parce qu'elle avait peur qu'il arrive quelque chose. Joan aurait pu changer d'avis...

Nicholas étouffa un petit rire amer.

— Oui, elle est bien connue pour ça !

Anne sentit d'un seul coup la colère bouillonner en elle. Jusqu'à présent, Joan avait toujours été bonne pour elle.

— Ma maîtresse essaie de faire plaisir aux autres.

Surtout aux hommes.

Mais, parfois, il était impossible de satisfaire une personne sans en contrarier une autre. Elle n'avait pas pu satisfaire sa mère, le roi et la reine, qui voulaient lui faire épouser Salisbury, tout en protégeant son propre bonheur et celui de Thomas Holland.

— Et pourtant, elle ne s'est jamais privée pour bouleverser la vie des gens, encore et encore, railla Nicholas.

— Elle a pris soin de moi !

— Parce que ta mère l'y a obligée ! Parce que tu avais le pouvoir de la détruire d'un mot !

Lady Joan l'avait justement envoyée au nord par peur de ce qu'elle savait. Le secret qu'elle avait si bien gardé, qu'elle avait protégé comme un chiot adoré, était devenu une vipère. Maintenant qu'il était éventé, Joan ne serait pas la seule à en souffrir.

Anne voyait au regard de Nicholas qu'il commençait à peine à envisager toutes les conséquences.

— Ça veut dire, commença-t-il avec son imparable logique qu'Anne aimait tant, qu'elle est toujours mariée à Salisbury, depuis le début. Elle n'a jamais été unie à Holland. Leurs enfants sont des bâtards. Et...

Une horreur croissante se dessinait sur son visage.

Anne acquiesça gravement.

— Et son mariage avec Edward n'est pas valide non plus parce que Salisbury, son véritable époux, est encore en vie.

L'hébétement arriva en premier. Même si Nicholas avait prononcé ces mots à voix haute. Même si son esprit avait compris les faits irréfutables exposés devant lui. La surprise continuait à jeter son voile sur la réalité et à l'empêcher de tout percevoir à la fois.

Le pire n'était pas que le prince se soit marié à la femme d'un autre, ou qu'un bâtard finirait peut-être par ceindre la couronne d'Angleterre. Le pire n'était pas non plus que Nicholas, en dépit de ses bonnes intentions, avait aidé à piétiner les lois divines et poussé un Pape et un archevêque à faire de même.

Le pire, le plus terrible, c'était qu'il avait fini par reproduire l'erreur fatale de son père. Il s'était laissé abuser, pensant qu'une pauvre infirme méritait son empathie. Au final, elle l'avait manipulée comme la plus perverse des mendiantes qui pleure sur ses bandages dans les rues et, dès qu'on a le dos tourné, se lève pour danser.

Il avait fait confiance à cette femme. Il avait même cru l'aimer. Et elle avait menti. Elle connaissait la vérité et ne lui en avait pas soufflé mot, n'en avait jamais parlé à personne.

Alors que son cerveau se débattait encore avec la vérité, un flot de questions et de révélations l'envahit.

— Mais le roi et la reine ? reprit-il. Comment ont-ils pu autoriser... Sans rien dire... ?

— Ils ne sont pas impliqués, répondit vivement Anne, clairement pressée de les défendre. Ils ont cru le récit de Joan. Et à partir de là...

Bien sûr. Une fois que le souverain avait accepté la « vérité », qui aurait osé le contredire ?

— Le prince ? Est-ce qu'il sait ?

Il essaya de s'imaginer aux côtés d'une femme qu'il

aimait et ne pas sentir, ne pas savoir. N'était-ce pas ce qui lui était arrivé, d'une certaine manière ?

— Non, répondit une fois encore Anne en secouant la tête.

— Bien sûr que non…

Joan – comme n'importe quelle femme, apparemment – était capable de mentir, même dans les instants les plus intimes.

— Prévenir le prince ne servirait pas les intérêts de Joan. Ni les tiens.

Elles avaient comploté pour tromper Edward, toutes les deux, et avaient entraîné Nicholas dans cette histoire contre son gré. Si Anne lui avait tout révélé, à l'instant, ce n'était que par accident. Une simple imprudence.

Il était tellement furieux qu'il n'eut pas la force de se maîtriser et secoua violemment Anne par les épaules.

— Qui d'autre sait ?

— Joan. Moi. Personne d'autre.

Il n'y avait eu que Holland et la mère d'Anne, tous deux morts à présent.

Pendant tout ce temps, Nicholas s'était demandé pourquoi Anne était si proche de sa maîtresse. Maintenant, il savait. Elles étaient enchaînées l'une à l'autre par ce secret. Un secret qui avait nourri et vêtu Anne, l'empêchant de finir sans toit.

En la regardant, il commençait à comprendre pourquoi. Si Joan ne l'avait pas protégée après la mort de sa mère, si elle ne l'avait pas tirée de la boue pour lui offrir l'air pur de la royauté, elle serait sans doute morte dans les rues. Moquée ou humiliée. Obligée de danser pour l'amusement des paysans ou bannie pour ses péchés supposés.

C'était la seule vérité de la vie : les hommes ne sont pas égaux aux yeux de Dieu. Il crée chaque créature pour tenir un rôle et on bafoue Sa volonté à ses risques et périls.

Pendant un instant, il comprit. Et il... pardonna.

Non. Pas cette fois.

— Lady Joan, toi, et maintenant moi.

— Que vas-tu faire ?

Nicholas fut surpris de ne pas lire la moindre peur dans son regard.

— Est-ce que je vais le dire au prince ? C'est ça ?

Il n'aurait pas dû hésiter un instant à faire son devoir mais, pendant quelques secondes, il se posa sincèrement la question. Allait-il laisser le futur roi d'Angleterre se faire couronner en sachant que son mariage n'était pas valide, que ses enfants seraient illégitimes ? Devait-il laisser Dieu punir les pécheurs ?

Et qu'arriverait-il si le secret de Joan était rendu public ? Nicholas ne connaissait pas assez bien le droit canon, mais le seul cas similaire dont il avait entendu parler était celui d'un homme bigame dont les épouses avaient été pardonnées pour leur ignorance.

Ici, ce ne serait pas une option.

Anne lui saisit soudain les bras.

— Quel bien la vérité pourrait-elle apporter à qui que ce soit, maintenant ? Combien de vies seraient détruites si les gens savaient ?

— La tienne, bien sûr.

Cette raison suffisait à le faire hésiter, et il se maudit pour sa faiblesse. Anne, elle, ne prit même pas la peine d'en rire.

— Ma vie n'a aucune importance.

— Tu ne crains donc pas que tes mensonges aient insulté tout le royaume ? Que la reine soit une concubine aux yeux de Dieu ? Bigame ? Et ses enfants des bâtards ?

Quelles catastrophes Dieu allait-il leur envoyer pour ça ?

L'espace d'un instant, Anne parut aussi cynique que lui.

— Ce ne serait pas la première fois qu'un bâtard accéderait au trône. Pense plutôt aux pauvres enfants de Joan...

— Le prince et elle n'ont pas d'enfants.

Pas encore.

— Et les enfants qu'elle a eus avec Holland ? Ils sont quatre : la petite Joan, Thomas, John et Maud. Tu les as rencontrés. Veux-tu les condamner à la honte et les priver du titre de leur père ?

— Ce ne serait pas ma faute. Ce serait à cause de ta maîtresse.

Ces enfants étaient nés de son corps – et de ses péchés.

— Et Salisbury ? insista encore Anne, qui avait eu des années pour réfléchir aux conséquences qu'il commençait à peine à percevoir. Et la femme qu'il a épousée quand on l'a obligé à se séparer de Joan ? Elle est innocente, elle, pure, tout comme leur fils. Tu as pensé à eux ?

Cette litanie, cette interminable liste de vies détruites, juste parce que Thomas Holland n'était pas plus doué que le père de Nicholas pour contrôler ses pulsions...

Pas plus doué que Nicholas lui-même.

Il se leva. Il leur restait trois jours de voyage avant

d'atteindre le couvent, et il serait enfin débarrassé d'Anne. Après ça...

— Je vais dormir ailleurs, cette nuit, annonça-t-il. Nous partons demain à l'aube.

— Mais...

— Tu n'as rien de plus à dire. Je ne pourrai plus croire le moindre mot sortant de ta bouche.

Elle acquiesça tristement, comme si elle n'avait rien espéré de plus venant de lui. De nouveau, elle redevenait Anne, résignée au sort que la vie lui réservait et qui ne se plaignait jamais.

Ce fut encore plus difficile à supporter pour lui que toutes les suppliques qu'elle aurait pu faire.

— Et demain ?

— Demain, je te conduirai au couvent de Holystone, je t'y laisserai et je quitterai l'Angleterre. Vous pourrez tous brûler en enfer ensemble.

Elle lutta pour se lever, et il dut résister au besoin de l'aider. Plus jamais il ne la toucherait. Quand elle finit par tenir debout, les jambes appuyées au lit pour s'empêcher de tomber, une aura royale et implacable émana d'elle.

— Ne m'emmène pas au couvent, dit-elle. Ramène-moi à la Cour.

Il aurait dû s'en douter ! Elle voulait retrouver Lady Joan pour comploter de nouveau avec elle.

Il haussa les épaules. Qu'elles complotent donc ! Rien de bon ne pourrait en sortir. Il irait tout raconter au prince. Après cela ? Leurs vies de mensonges prendraient fin.

En silence, la petite troupe traversa de nouveau toute cette campagne qu'Anne avait pensé ne jamais revoir. Cette fois, elle ne profita pas des paysages et n'essaya pas de mémoriser chaque mille du chemin.

Elle fit de son mieux pour ne pas pleurer la perte de l'amour de Nicholas, qu'elle n'avait au fond jamais vraiment espéré obtenir ou garder. Mais les courtes semaines qu'ils avaient vécues ensemble lui avaient donné plus de courage qu'elle ne l'aurait imaginé. Le courage de choisir.

Pendant toute sa vie, on lui avait répété qu'elle n'avait pas le choix. Elle était infirme et avait eu la chance de vivre sous la protection de Joan – et elle avait tout fait pour conserver ce soutien. À n'importe quel prix. Et elle avait tenté de rendre son pied et son existence invisibles.

Mais Nicholas ne l'avait jamais définie par son invalidité. Il ne s'en était pas non plus servi pour toute excuse. Il savait que cela faisait partie d'elle, était attentif à ce détail, mais, pour la première fois, elle avait rencontré quelqu'un capable de voir autre chose en elle.

Une chose qu'elle-même n'avait jamais vue.

Il était hors de question qu'elle se laisse enfermer en silence dans un couvent pour le reste de ses jours, maintenant. Mieux valait mendier sur le bord d'une route, à l'ombre d'une cathédrale.

Mais elle avait encore une chose à faire avant. Pendant toutes les années passées avec Joan, leur accord était resté secret, tacite. Quand sa mère lui avait raconté la vérité, elle lui avait aussi dit de ne jamais en parler. Il y avait donc eu des centaines de regards en coin et de silences entre sa maîtresse et elle ; des phrases laissées en suspens. Jamais Lady Joan n'avait admis la réalité.

Elle allait le faire, cette fois. Anne allait s'en assurer.

Les hauts murs de Windsor les entourèrent de nouveau, enfin, lors d'un après-midi froid et nuageux de novembre.

Anne avait espéré obtenir un adieu de Nicholas, mais il ne dit rien. Arrivé au pied de la tour, il lança ses rênes à Eustace et, sans s'arrêter, s'engagea dans l'escalier vertigineux. Il atteindrait sans doute le sommet avant qu'Anne ait parcouru le quart du trajet. Et il aurait parlé au prince avant qu'elle arrive sur la dernière marche.

Après avoir envoyé Agatha en avant, Anne s'engagea dans l'escalier. Inutile de se presser, maintenant. Quand elle atteignit péniblement le palier au trois-quarts de la montée, Lady Joan descendit à sa rencontre dans un tourbillon de jupes.

Une fenêtre était percée dans le mur et la lumière qui filtrait à travers lui montra clairement l'éloquente expression horrifiée de Joan.

Sa maîtresse ralentit, prit une profonde inspiration, et retrouva son masque souriant. Néanmoins, sa mâchoire restait crispée et son regard était sombre.

Anne se retrouva ensuite dans ses bras, bercée par sa voix inquiète.

— Anne, qu'y a-t-il ? Es-tu malade ? Pourquoi es-tu revenue ?

La jeune femme la dévisagea et vit finalement la chose que Lady Joan avait cachée pendant si longtemps.

Sa peur.

Elle avait peur que ses faiblesses et ses choix imprudents, pesant sur elle depuis sa jeunesse obstinée, finissent par sortir au grand jour.

Et, en cet instant, pour la première fois, Anne la comprit. N'avait-elle pas fait la même erreur ? N'avait-elle pas laissé son désir la pousser dans le lit du premier et seul homme qui l'ait vraiment regardée ? C'était étrange de partager enfin cela au moment où tout allait s'effondrer.

Les mains de Joan glissèrent sur les cheveux et les bras d'Anne, comme elle le faisait avec tous ceux qu'elle tentait de charmer.

— Tu es blessée ? Que s'est-il passé ?

Anne se redressa de son mieux et s'appuya contre le mur quand elle commença à perdre l'équilibre. Le voyage avait été long et les escaliers, raides.

— Je vais très bien, mais quelque chose est arrivé, oui.

Elle s'interrompit un instant, cherchant ses mots. Elle ne voulait pas parler de Nicholas ou de ce qu'ils avaient fait. Ni de ce qu'il savait. Ce qu'elle avait à accomplir à présent n'avait rien à voir avec lui. Il déciderait seul de ce qu'il allait dire au prince. C'était à elle d'affronter Lady Joan.

— Je n'irai pas au couvent.

Joan s'humecta les lèvres.

— Anne, tu sais à quel point tu m'es chère...

C'était presque amusant de la voir essayer de ravaler son choc.

— Je me suis occupée de toi et je t'ai gardée à mes côtés pendant toutes ces années. Mais si la vie de couvent ne te convient pas...

— Non, elle ne me convient pas.

Cette fois, ce fut Joan qui se redressa, crispée.

— Alors, je n'ai rien d'autre à t'offrir. Je ne peux pas...

— Vous voulez dire que *je* ne peux pas, coupa Anne. Je ne peux pas faire partie de la suite de la future reine.

Le silence de Lady Joan lui apprit tout ce qu'elle avait eu besoin de savoir. Anne s'était aveuglée en pensant que sa maîtresse tenait à elle, même en sachant que ses soins répondaient à un autre motif. Clairement, son affection n'avait été qu'un masque de plus.

Et cette vérité nouvelle fut bien plus douloureuse que l'autre, celle qu'elle avait cachée.

— Ce n'est pas ce que je demande. Ce n'est pas le prix de mon silence. Le prix à payer est un aveu.

— Fais attention à toi, répondit Joan en lui agrippant le bras. Cet escalier est traître.

21

Introduit dans les appartements du prince, Nicholas ne perdit pas de temps en amabilités.

— J'ai appris une chose que vous devriez savoir, Milord. Il semblerait que...

Mais Edward, souriant toujours comme le jeune marié qu'il était, lui donna une grande tape dans le dos.

— Tout d'abord, mon ami, laissez-moi vous remercier pour tout ce que vous avez fait. Je n'aurais jamais pensé que ce soit...

Il soupira d'aise.

— ... si merveilleux !

Tant de joie émanait de lui. Nicholas ne l'avait encore jamais vu ainsi. Anne avait parlé de béatitude. C'était le même sourire que celui que son père avait eu – et que lui-même avait dû afficher pendant les quelques jours passés avec Anne.

Une illusion de plus ! Comme la romance de son père.

— Ne puis-je vous persuader de trouver une femme aussi au lieu de repartir en guerre, Nicholas ?

— Je ne suis pas fait pour la vie conjugale.

— C'était ce que je croyais aussi, avant de rencontrer ma Jeannette...

N'importe quel homme lui aurait envié son bonheur. Et Nicholas, à son grand regret, était sur le point de le détruire.

— Edward, vous connaissez le passé de Joan, argua-t-il de nouveau. Vous saviez qu'elle n'était pas vierge, et pourtant...

Son discours, si bien rodé, ne voulait pas sortir cette fois.

— Et pourtant j'ai tout abandonné pour une femme connue pour ses aventures amoureuses autant que pour sa beauté.

— Vous en parlez sans détour.

— Et vous vous demandez pourquoi ? Un jour, mon ami, vous rencontrerez une femme pour laquelle vous serez capable des choix les plus absurdes.

— Comment peut-on être sûr de vraiment connaître quelqu'un ?

Était-ce seulement possible ? Et que devait-on faire, quand on savait ?

Le prince haussa les épaules.

— Vous avez l'habitude de tout analyser, Nicholas. Moi, je suis mon cœur, rien de plus.

Oui, il avait suivi son cœur, et c'était ce qui avait causé tous ces problèmes. C'était une leçon à ne pas oublier. Nicholas ne devait pas faiblir maintenant. Il fallait qu'il parle.

— Edward, je dois vous dire une chose au sujet de Joan. C'est...

— Nicholas, coupa sèchement l'autre. Rien de ce que vous pourriez m'apprendre sur elle ne me ferait changer d'avis.

— Mais...

Voyant l'expression butée d'Edward, il n'acheva pas sa phrase. Finalement, il baissa les yeux.

— Ce n'est rien.

Peut-être qu'Anne avait eu tort en pensant que le prince ne savait pas. Peut-être que Joan lui avait tout dit - du moins, assez pour qu'il comprenne...

Quoi qu'il sache ou ignore, il ne voulait clairement pas en entendre davantage.

Nicholas soupira.

— Parfois, les choses tournent mal.

— Non. Pas pour moi.

Parce qu'il était prince ? Parce qu'il était né et avait vécu sous le signe de la grandeur ? Ou peut-être parce qu'il refusait de laisser quoi que ce soit, pas même ses devoirs, ternir son bonheur ?

Au fond, les émotions pouvaient mener à la joie et non à l'enfermement.

Soudain, tous les arguments que Nicholas avait défendus pendant sa vie se muèrent en une simple amertume à l'idée qu'un homme et une femme puissent être heureux ensemble. Il n'avait jamais cru la chose possible. Était-il possible que son père ait été heureux, au fond ? C'était Nicholas qui avait baigné dans le malheur, qui avait hurlé et fui, révolté par une chose qui n'avait rien à voir avec lui.

Pendant toutes ces années, il avait refusé le bonheur parce qu'il avait porté ce ressentiment avec lui, le traînant partout derrière lui comme Anne traînait son pied déformé. Et cela l'avait empêché d'aller de l'avant. Il n'avait fait qu'échapper à sa vie.

Il ne pouvait pas briser la joie du prince simplement à cause de son incrédulité. C'était Dieu, et pas Nicholas

Lovayne, qui déciderait de la punition d'Edward et Joan, s'ils la méritaient. Ou de la punition du royaume. Qu'ils vivent avec les choix qu'ils avaient faits. Et que les enfants de Thomas Holland ou de Salisbury profitent de leur douce ignorance.

Il fit de son mieux pour se concentrer sur ce que le prince lui disait.

— Vous avez fait tout ce que je vous ai demandé, et plus encore. À présent, je veux faire quelque chose pour vous. Puisque vous insistez pour retourner sur le continent, je vais vous rendre la tâche plus facile : je vais prendre la responsabilité de votre otage. Quand la rançon arrivera de France, je l'accepterai en remboursement de ceci.

Il plaça une bourse remplie d'or dans la main de Nicholas. Celui-ci la regarda un long moment. C'était la vie dont il avait toujours rêvé qu'il tenait là.

— Voilà. Profitez de votre liberté.

Liberté.

Il avait passé sa vie entière à fuir tout ce qui pourrait demander une forme d'engagement, préférant toujours le temporaire au durable. Prêt à mourir plutôt que savourer la vie qu'on lui avait donnée.

Et il ne s'en était jamais rendu compte avant Anne.

Anne. Il fallait qu'il lui dise qu'il avait gardé son secret, avant qu'elle avoue quoi que ce soit à Lady Joan !

Il tourna brusquement les talons et s'excusa.

— Je dois faire quelque chose, tout de suite.

La main de Lady Joan enserrait le bras d'Anne et lui fit perdre l'équilibre. La jeune femme tenta de se rattraper au mur et de s'écarter du bord du palier.

Si elle tombait, elle rebondirait sur deux cents marches et mourrait !

— La vérité, dit-elle, c'est qu'il n'y a jamais eu de fiançailles en Flandres.

Joan était pâle comme un linge.

— Que veux-tu dire ?

— Pendant toutes ces années... L'histoire que ma mère a racontée à votre sujet, concernant Thomas Holland, ce n'était qu'un mensonge.

— Qu'est-ce qui te fait dire ça ?

Elle ne nie pas, songea Anne.

— Je le dis parce que c'est vrai.

— Comment oses-tu suggérer une telle chose ?

Bien qu'elles fussent seules, Joan jeta un rapide coup d'œil par-dessus son épaule.

— À qui en as-tu parlé ?

Si Anne voulait garder le pouvoir, il fallait qu'elle continue à poser les questions, pas qu'elle y réponde.

— Est-ce que vous l'avez connu en Flandres, au moins ?

— Bien sûr que oui ! Ta mère nous a trouvés et nous avons prononcé nos vœux devant Dieu...

Peut-être qu'à force de vouloir contenter Holland, Salisbury et Dieu, Joan ne se souvenait que de sa version de l'histoire. Peut-être qu'elle avait menti suffisamment longtemps pour commencer à y croire elle-même.

— Ma mère m'a dit qu'il n'y a pas eu de serments. Et pas de mariage.

— Et tu l'as crue ? lança sa maîtresse d'un air surpris. Dire que tu as nourri une pensée aussi atroce en secret pendant toutes ces années ! Si tu étais venue me voir, si tu m'avais posé la question, je t'aurais dit la vérité. Nous étions mariés.

Sa main se crispa davantage.

— C'était vrai.

Tous les doutes d'Anne revinrent en un éclair.

— Mais Mère me l'a dit. Elle m'a dit qu'elle avait menti pour vous, et que vous avez accepté de vous occuper de moi après sa mort en échange.

Cette fois, sa maîtresse lui tapota le bras avec douceur. Son angoisse se mua en un sourire de compassion.

— Et tu me demandes si c'est vrai parce que tu commences à douter de ce qu'elle t'a dit. C'est normal. Il y a eu un mariage, et elle a été témoin. Elle l'a juré devant le Pape lui-même. Ta mère n'aurait jamais osé mentir à Sa Sainteté, c'est un péché.

Le doute s'insinuait de plus en plus loin. Sa mère avait-elle pu lui mentir et dire la vérité au Pape ? Elle fouilla ses souvenirs à la recherche d'un détail, quelque chose qui aurait pu lui faire comprendre ce qui était vrai ou non.

Des Flandres, elle ne se souvenait de rien – elle avait quatre ans à peine. Et quand Thomas Holland était venu travailler pour Salisbury... Elle avait au moins eu raison sur un point : les enfants ne remarquent pas tout, ou ne comprennent pas toujours ce qu'ils voient.

Mais à présent qu'elle était femme, et amoureuse, Anne comprenait.

— Si vous avez réellement épousé Holland en avril, comment avez-vous pu accepter de vous unir à Salisbury avant même la fin de l'hiver ? Quelque mois plus tard à peine ?

Il avait suffi à Anne de passer une nuit avec Nicholas pour savoir qu'elle s'en souviendrait toute sa vie.

D'un autre côté, il s'était aussi juste passé quelques

mois entre la mort de Thomas Holland et le mariage secret entre Joan et le prince, dans la chapelle sombre du château de Windsor.

Joan baissa la voix, perdue dans un souvenir lointain.

— Mes parents avaient une dette à payer à Salisbury. Ils voulaient tellement ce mariage et j'ai pensé... Ils ont fini par me convaincre.

Joan voulait toujours satisfaire les autres.

Mais, emportée par le passé, elle retrouva soudain une vieille colère enfouie.

— Et Thomas m'avait quittée ! reprit-elle vivement. Il était parti combattre les païens en Prusse sans même se soucier de moi !

Elle poussa un profond soupir.

— Mais quand il est rentré de la guerre, quand je l'ai revu, j'ai su que j'étais sa femme devant Dieu. Et il l'a affirmé aussi. Il a exigé de me récupérer.

— Vraiment ? À qui s'est-il adressé pour ça ?

— À mon époux. À la reine. Au roi. Personne ne l'a écouté, tout comme on ne m'a pas entendue quand je l'ai soutenu.

Son époux. Était-ce un lapsus ?

— Vous leur avez parlé ?

Anne avait du mal à imaginer Joan en pleine dispute avec le roi et la reine...

— Bien sûr ! Tu t'en souviens : tu étais là.

Anne explora de nouveau ses souvenirs. Mais elle n'avait que cinq ans ; trop jeune pour se demander ce que les adultes se disaient derrière les portes closes.

— Holland n'a pas abandonné.

Et Anne sentit la morsure de la jalousie. En dépit de ses nombreux péchés, Lady Joan avait su rendre les hommes fous d'amour pour elle. Un talent qu'Anne lui enviait...

— Oui, il a persévéré en attendant d'avoir assez d'argent pour demander l'annulation de mon mariage. C'est à ce moment que Salisbury m'a enfermée dans la tour.

Ça, Anne s'en souvenait très bien, évidemment. Cela s'était passé quelques années plus tard, quand elle était presque une jeune fille elle-même. Salisbury, n'écoutant que sa logique, avait sans doute pensé qu'en éloignant son épouse aux désirs si changeants de la tentation elle finirait par devenir raisonnable.

Et les choses auraient pu se passer comme ça de la sorte si Holland s'était de nouveau effacé. Ou si la mère d'Anne n'avait pas été reçue par le Pape...

— Tu comprends, maintenant ? demanda Joan en retrouvant son calme, comme si la conversation était terminée. Il n'y a jamais eu de grand secret. Tout le monde sait ce qui s'est passé. J'étais bien mariée à Thomas, et tu n'as plus besoin de laisser les mensonges de ta mère t'inquiéter.

Toutes les pièces s'imbriquaient parfaitement quand Lady Joan les expliquait, sauf...

— Non. Ça n'a pas pu se passer ainsi.

Il s'était écoulé presque six ans entre le retour de Thomas Holland de Prusse et l'envoi de sa demande au Pape. Pendant ces années, il avait servi tour à tour l'ancien comte de Salisbury et son fils.

— Si Thomas Holland avait prétendu être votre époux devant Dieu, pourquoi Salisbury l'aurait-il gardé comme intendant ? Comment auraient-ils pu se battre ensemble face aux Français ?

Nicholas avait raison : c'était impossible !

Quand Lady Joan répondit, cette fois, elle ne sut cacher sa panique.

— Thomas était chevalier et j'étais la petite-fille d'un roi, épouse d'un comte ! s'écria-t-elle d'une voix aiguë, en listant tous ses vieux arguments. Le roi n'a pas voulu me soutenir, et Thomas a vite compris qu'aucun tribunal anglais ne lui donnerait raison. Il n'avait pas assez d'argent pour porter l'affaire devant le Pape, avant de capturer ce comte français et de recevoir sa rançon.

Quoi qu'elle dise, l'histoire paraissait toujours aussi absurde.

— Salisbury l'a donc gardé à son service et lui a payé des gages en sachant que son argent l'aiderait à vous arracher à lui ?

— C'était le seul moyen pour que nous puissions être ensemble !

Enfin, quelques paroles qui sonnaient juste. Quelques mois de passion en Flandres, oubliés jusqu'au retour de Thomas. Jusqu'au réveil des désirs de Joan.

La mère d'Anne avait bel et bien raison...

— Mais Thomas n'était pas votre époux ? Pas réellement ? murmura Anne. C'était un soldat fort et vous étiez jeune. Vous l'avez en effet connu en Flandres, charnellement parce qu'il a su vous séduire et vous coucher dans son lit. Ma mère vous a surpris, exactement comme elle l'a dit. Ça, au moins, était vrai...

Sa maîtresse resta muette. Elle ne niait plus. Elle restait figée, horrifiée, devant sa vie que l'on mettait en pièces sous ses yeux.

— Mais il n'y a jamais eu de serments ? Pas à l'époque. Pas en Flandres. Ça n'est arrivé que plus tard, quand vous l'avez revu, quand vous le croisiez tous les jours dans les couloirs de votre maison. Il était bien plus âgé et plus fort que votre époux, qui était à peine un homme à l'époque.

C'était si libérateur de parler ainsi ! Comme si elle courait sur deux jambes solides.

— Tu ne sais rien ! Je l'aimais. Et j'ai tourné le dos à cet amour pour obéir à ce que l'on m'a présenté comme mon devoir. Tu ne peux pas comprendre.

— Oh ! si.

Anne sourit et, l'espace d'un instant, elles furent égales : deux femmes qui avaient commis les pires imprudences par amour...

Elle comprit soudain qu'elle s'était épuisée pendant des années pour ne pas laisser son infirmité la définir. Elle s'était battue contre ses propres limites et le regard des autres. Mais, en faisant cela, elle était arrivée au résultat inverse. Sa jambe l'avait définie. À cause d'elle, Anne s'était soumise aux ordres de Joan, convaincue qu'elle n'avait pas le choix. Elle avait fait des efforts pour ressentir de la gratitude, alors que c'était sa maîtresse qui aurait dû se montrer reconnaissante.

Elle redressa donc la tête pour la première fois. Il était temps de reprendre le contrôle de sa vie et de laisser Lady Joan poursuivre son chemin de son côté.

— Votre secret n'est plus le mien. Je vous le rends. À vous de porter le fardeau de la vérité. À partir de maintenant, je suis libre, et vous aussi. Vous n'avez plus à vous soucier de moi.

— Libre ? lança Joan avec une grimace atroce qu'Anne n'avait jamais vue sur ce beau visage. Sans moi, tu aurais été libre de mendier dans les rues avec une écuelle et ton pied tordu !

Étonnamment, cette perspective n'effraya pas Anne.

— Ce qui doit être sera, répondit-elle avec un demi-sourire.

À cet instant, quelque chose se brisa dans le regard sombre de Lady Joan.

— Oui, en effet. Je t'ai donné le choix. Tu aurais dû en profiter !

Soudain, Anne prit conscience du silence de l'escalier. Elles étaient seules, et le sol était si bas, en dessous d'elle.

Il serait si facile de tomber…

Nicholas ne s'engagea dans l'escalier de la tour qu'après avoir cherché partout ailleurs. Comme il s'y attendait, personne n'avait vu Anne ni Lady Joan. Sans doute étaient-elles en train de conspirer ensemble pour décider quoi faire de leur secret éventé.

D'un seul coup, il les aperçut sur le palier, à mi-chemin. Mais elles ne chuchotaient pas d'un air complice. Et Anne était bien trop près du bord de la marche. Lady Joan tendit brusquement le bras, non pas pour protéger sa suivante mais pour la pousser…

Non ! Pas maintenant ! Pas maintenant que je sais…

Pendant une seconde, Nicholas se figea. Son cœur, son esprit, ses muscles, rien ne put bouger tandis qu'Anne glissait sur le bord de la marche et sombrait au ralenti dans le gouffre.

Puis, tendu comme un ressort, il bondit à son secours.

Sans se soucier de son propre équilibre, il sauta

les marches quatre à quatre, certain de se rattraper à chaque pas, sans quitter Anne des yeux.

Elle tenta désespérément de se rattraper et, voyant qu'elle n'y parviendrait pas, serra les bras pour rouler sur le côté, encore et encore. Sa béquille, qui ne lui était plus d'aucune aide, rebondit sur la pierre dans son dos, comme pour faire la course jusqu'en bas.

C'était absurde de croire que Nicholas pourrait aller assez vite et empêcher sa chute. Cette femme, qu'il avait si souvent soulevée dans ses bras pour l'aider à se mettre en selle, semblait rouler vers le bas des marches avec la vitesse d'une flèche tirée d'un arc de chasse.

Il la rattrapa enfin sur le palier, au milieu de l'escalier, où elle était tombée sur le dos, immobile. Craignant de la bouger, il la protégea de son corps en priant pour qu'elle vive.

Puis, au bout d'un instant, il sentit son souffle sur sa joue et remercia le Seigneur.

Tout aussi vite, une terreur atroce l'envahit. S'était-elle cassé quelque chose ? Un bras ou une jambe ? Ou pire : son dos, son cou ? Si elle devenait incapable de bouger, de marcher ou de tenir sa béquille ?

Il s'écarta un peu pour mieux l'examiner.

— Anne. Anne.

Le cœur battant, il laissa courir ses mains le long de ses membres.

— Est-ce que tu as mal ? Tout va bien ?

Elle acquiesça. Son cou n'était pas brisé, au moins.

— Nicholas ?

Elle leva alors les yeux, et il suivit son regard. Lady Joan descendait l'escalier en courant, visiblement terrifiée.

Elle les rejoignit et, sa jupe couvrant le bras de

Nicholas, s'agenouilla sur la dalle. Du bout des doigts, elle chassa un cheveu du front blafard de sa suivante.

— Anne ? Est-ce que ça va ?

Puis elle se tourna vers Nicholas.

— Dieu merci vous étiez là ! Les escaliers sont une épreuve pour elle, mais elle insiste pour monter seule. Comme si elle ne voulait pas que sa jambe la retienne.

Elle baissa de nouveau les yeux sur la jeune femme.

— Anne ?

— Oui...

Murmure douloureux, à peine audible, qui força Anne à refermer les yeux.

La princesse prit une profonde inspiration – qui ne lui donna pas plus l'air soulagée.

— Venez. Portez-la à mes appartements. Je ne veux pas qu'elle essaie de marcher. Pas maintenant.

— Non ! cria Anne de cette voix ferme que Nicholas connaissait bien. Ce serait trop de souci.

L'épouse du prince se releva et les couva du regard impérial d'une femme rentrée au sein de la famille royale.

— J'insiste. Portez-la.

— Je vous en prie, laissez-moi me reposer un peu ici. Juste un instant.

Anne serra le bras de Nicholas, discrètement, pour que sa maîtresse ne puisse la voir.

Joan. Joan qui venait de la pousser dans l'escalier, juste parce qu'elle se croyait seule avec elle. Juste parce qu'Anne avait eu l'audace de revenir de son exil sans autorisation.

Quel idiot ! Il s'était trompé depuis le début !

Soudain, il eut peur qu'Anne ne soit pas la seule en danger, ici.

Allait-il être capable de trouver une échappatoire à temps, cette fois ?

22

Tout d'abord, Anne l'avait pris pour un ange. Elle avait cru se réveiller au purgatoire, là où elle devrait payer pour ses péchés.

Mais non. Elle vivait encore. Elle respirait et elle était de nouveau auprès de Nicholas. La vie lui offrait un nouveau souvenir à chérir : la force de ses bras protecteurs, qui l'enlaçaient une fois de plus. Seulement, avait-elle vraiment des années devant elle pour revivre cet instant ?

Si Lady Joan arrivait à ses fins, il ne lui restait peut-être que quelques heures...

— Le prince vous cherchait, milady, lança la voix de Nicholas, réconfortante.

Le visage de sa maîtresse pâlit.

— Où est-il ?

— Je ne sais pas. Il était près du fort quand je l'ai quitté.

Elle se redressa.

— Portez Anne dans mes quartiers, où on s'occupera d'elle. Je reviendrai dès que possible. Vous pouvez laisser sa béquille ici, elle n'en aura pas besoin.

Nicholas attendit que Lady Joan disparaisse dans les escaliers avant de récupérer le bâton d'Anne.

Que faisait-il ici ? Oui, le prince l'avait envoyé à la recherche de son épouse. Et le hasard avait ainsi accordé à Anne quelques minutes supplémentaires.

— Fais bon voyage, balbutia-t-elle.

Elle ne savait pas vraiment pourquoi elle disait cela. Sans doute était-elle encore sous le choc de sa chute et surprise de le voir penché sur elle ainsi.

— N'oublie pas d'admirer les cathédrales et de ne pas te contenter des champs de bataille…

Il ne répondit pas, mais palpa ses membres méthodiquement, à la recherche d'un signe de douleur. Quand il parla enfin, ce ne fut pas pour dire ce à quoi elle s'attendait.

— Est-ce que tu peux bouger, Anne ?

Tout son corps serait sans doute bleui pendant des semaines, mais elle avait eu de la chance dans son malheur : visiblement, elle n'avait rien de cassé. Elle acquiesça donc et Nicholas l'aida à se relever.

— Est-ce que tu as des vertiges ?

Anne fit non de la tête, soulagée de pouvoir la bouger.

— Comment te sens-tu ?

Libre. Je me sens libre.

— Lady Joan…

Elle ne pouvait pas lui dire à quel point elle était en danger, de peur de l'entraîner avec elle.

— Lady Joan s'inquiète trop.

Parviendrait-elle à fuir Windsor avant que la princesse la retrouve ? Leur prochaine rencontre risquait de se terminer d'une tout autre manière…

— Ne me mens plus, Anne. Elle t'a poussée. Je l'ai vue.

Surprise, Anne le dévisagea un instant. Non, elle n'avait plus aucune raison de mentir. Il connaissait toutes les vérités.

— Pendant toutes ces années, elle n'a jamais rien dit. Elle n'a jamais rien avoué. C'était comme si nous savions toutes les deux sans oser en parler. Je voulais juste qu'elle admette la vérité, pour une fois.

— Et qu'a-t-elle dit ?

— Que c'est à moi que ma mère a menti, et pas au Pape. Je me demande ce qu'elle trouvera à répondre au prince quand il l'accusera...

— Je ne lui ai rien dit.

— Quoi ? fit-elle, abasourdie.

— Oh ! j'ai essayé, mais il n'a rien voulu entendre. À moins qu'il n'ait pas eu la force d'admettre ce qu'il savait déjà. Bref, le secret de ta maîtresse est sauf.

Anne sourit et baissa la tête. Pendant toutes ces années. Tout ce temps.

Nicholas, lui, ne souriait pas.

— Toi, par contre, tu restes en danger. Si tu te sens assez bien pour bouger, laisse-moi t'emmener loin d'ici avant qu'elle te tue.

Nicholas n'avait pas le temps de s'expliquer, ou de faire quoi que ce soit, à part mettre Anne en sécurité. Heureusement, elle ne protesta pas. Toutes ses vieilles habitudes de planification, de réflexion, d'organisation se réveillaient pour lui permettre de trouver un moyen de quitter Windsor au plus vite.

Il laissa un message expliquant qu'Anne avait décidé de retourner au couvent et de prier pour le reste de sa vie. Pourvu que Joan le croie. Ou, si elle décidait de la recherche quand même, qu'elle envoie ses hommes au nord et pas à l'est. Il cacha ensuite Anne dans un chariot pour la faire sortir de l'enceinte. Non seulement c'était plus facile de la camoufler ainsi, mais cela lui permettrait de se reposer pendant leur voyage. Elle n'avait peut-être rien de cassé, mais sa chair était meurtrie et elle était en état de choc... Elle aurait besoin de temps pour se remettre.

Anne avait posé peu de questions et ne s'était pas plainte. Nicholas n'avait donc pas perdu de temps à parler d'avenir. Il n'aborda le sujet que plus tard, quand ils furent loin du château. Anne put peu à peu s'asseoir dans le chariot et bouger sans grimacer de douleur. Le cinquième jour, alors qu'ils s'étaient arrêtés sur le bord de la route pour manger, Nicholas se surprit à la regarder. Elle avait l'air transformée. Certes, sa jambe n'avait pas été guérie par un miracle, mais ce qui avait obscurci ses traits pendant des années s'était effacé quand elle avait enfin quitté Joan. Elle n'avait plus de maison, plus de protectrice, et pourtant elle avait l'air radieuse.

Après leur déjeuner, elle tira de sa poche sa miniature pieuse - celle qu'il lui avait offerte - et laissa ses doigts courir sur la silhouette en relief du cheval de saint Thomas.

— Est-ce que nous sommes loin de Canterbury ? demanda-t-elle.

— À cinq jours de voyage, peut-être.

— Pourrais-tu m'y emmener ?

Que voulait-elle y faire ? Il n'avait pas prévu ce revirement...

— Crois-tu que le saint te soignera ?

Quand le miracle n'arrivait pas immédiatement, de nombreux pèlerins restaient près de la cathédrale, convaincus que leur assiduité leur apporterait la guérison. Parfois, leur patience finissait par payer. Parfois, c'était la mort qui venait en premier.

— Non, répondit-elle avec calme. Mais je pense que c'est la bonne décision. Pour le moment, en tout cas. Pour la première fois, j'ai le choix.

— Laisse-moi te faire une proposition.

Elle parut surprise.

— Quelle proposition ? Pas le couvent !

Nicholas ne put cacher son sourire.

— Oh non, pas le couvent. Accompagne-moi.

Le cœur d'Anne tambourinait si fort qu'elle crut avoir mal entendu. Elle dévisagea Nicholas, incapable de cacher l'espoir qui naissait en elle... Mais elle ne voulait pas devenir un fardeau et le retarder. Jamais.

— T'accompagner ? De l'autre côté de la Manche ? Tu ne t'étais encore jamais moqué de moi à ce point !

— Je ne me moque pas. Je veux que tu viennes avec moi.

Elle secoua la tête, incrédule. Est-ce que sa chute avait endommagé son oreille ?

— Tu veux retourner te battre et voyager où bon te semble en suivant les combats, non ?

Et elle lui enviait cela.

— Non, c'est toi que je veux.

Avait-il pitié d'elle en la voyant si affaiblie par son accident ?

— Une infirme n'a pas sa place dans la vie à laquelle tu te destines...

— Mais, toi, tu y as ta place, Anne.

Elle le dévisagea quelques instants en silence, consciente que son amour pour lui devait illuminer ses yeux.

— Moi ? Et pour faire quoi ?

— Je te veux. Je veux que nous allions ensemble à Compostelle, à Rome, même à Jérusalem si tu en as envie. *Ensemble.*

— Dieu ne m'apportera aucune guérison miraculeuse. Ne l'as-tu pas encore compris ?

— Il nous a pourtant déjà accordé un miracle, non ?

Elle ne put retenir un éclat de rire nerveux – ce même rire qui l'avait souvent protégée de la colère et du désespoir. Ce rire qui lui rappelait que la bonté divine pouvait aussi se muer en cruauté inexplicable. Et que Sa cruauté pouvait être miséricordieuse. Elle était tombée dans l'escalier de la tour et cette chute aurait pu – aurait dû – la tuer. Ou du moins l'estropier davantage. Mais Dieu tenait à ce qu'elle reste en vie...

— Ce n'est pas le miracle auquel j'avais pensé, mais oui, admit-elle.

Nicholas posa la main sur son bras, avec douceur.

— Anne, regarde-moi. S'il te plaît.

Elle obéit, cherchant à mémoriser une dernière fois ce visage. Cette mâchoire carrée et ces sourcils bien dessinés. Ces yeux intenses, ces lèvres plus sensuelles qu'elle l'avait cru au départ...

— Je te regarde, et je vois un homme qui a juré de quitter l'Angleterre et de laisser ce pays brûler en enfer.

— Épouse-moi, Anne !

Est-ce qu'elle se figea ? Est-ce que sa bouche s'ouvrit sous le choc ? Est-ce qu'elle manqua de tomber dans ses bras ? Elle s'humecta les lèvres et ravala sa salive, posément, prête à protester.

— Je croyais que nous avions passé le stade de la pitié. Ne pas espérer. Ne pas céder à la faiblesse.

— Est-ce de cela qu'il s'agit ? Est-ce que tu as pitié de la pauvre invalide sans défense ?

— Sans défenses ? répéta-t-il en la secouant un peu. Tu es la femme, non, la personne la plus forte que je connaisse ! Tu ridiculises les plus braves chevaliers d'Edward.

Ce compliment lui fit monter le feu aux joues.

— Merci beaucoup, mais ça ne change rien. Je t'empêcherais de mener la vie que tu désires.

— Je ne peux pas avoir la vie que je désire sans toi.

Cette fois, l'espoir, aussi insistant qu'une mouche, revint bourdonner dans sa tête.

— Tu en es sûr ?

— Je t'aime. Je ne veux pas vivre sans toi. Je veux t'emmener voir toutes les cathédrales de toutes les villes du monde. Je veux les découvrir, apprendre à regarder le monde à travers tes yeux. Je veux dormir à tes côtés chaque nuit et me réveiller près de toi chaque matin. Je veux te montrer toutes ces choses que tu dois m'apprendre à voir.

Elle dut retenir un petit éclat de rire.

— Quelle fantaisie, d'un seul coup !

— Je t'aiderai à marcher, et tu m'aideras à voir, reprit-il à mi-voix, en la couvant d'un regard fiévreux. Si tu m'aimes, Anne, viens. Je t'en prie.

Et, soudain, ce fut comme si Dieu lui avait bel et bien accordé le miracle qu'elle avait demandé.

— Oui. Quoi qu'il arrive, oui.

Ils arrivèrent à Douvres le lendemain. Nicholas avait envoyé Eustace sur une autre route et, à présent, il les avait rejoints avec son armure et son destrier. Nicholas trouva un bateau prêt à faire la traversée malgré l'hiver. Rester en Angleterre plus longtemps leur aurait fait courir plus de risques et aurait excité la colère de Lady Joan. Il fut décidé qu'Eustace les accompagnerait de l'autre côté de la Manche et les quitterait là. Le jeune homme avait soif de combats, pas de pèlerinages. Il irait rejoindre la Grande Compagnie pour y faire ses preuves.

— La traversée risque d'être difficile, prévint Nicholas.

Seuls les fous et les inconscients entreprenaient un tel voyage en hiver. Sur la route, déjà, le couple avait dû braver le gel ; et les vents se faisaient plus mordants chaque jour.

Néanmoins, Anne gratifia son amant d'un grand sourire. Elle était heureuse.

— J'ai déjà traversé la Manche, tu sais. Le roulis des vagues s'adapte bien à mon pas incertain...

Il sourit et la prit dans ses bras en jetant un dernier regard vers le port tandis qu'ils levaient l'ancre.

— Ne regarde pas en arrière, murmura-t-elle.

Elle-même gardait ses yeux fixés sur l'horizon, en direction de Calais et de l'avenir.

— Notre périple prendra des mois, tu sais.

D'abord Compostelle, en signe de pénitence au cas où Dieu aurait voulu qu'ils rendent leur secret public.

— Des mois passés à tes côtés pour découvrir le monde... Qu'aurais-je pu rêver de mieux ?

— Un enfant.

C'était une affirmation, mais Nicholas guetta néanmoins sa réaction, craignant sa réponse.

L'énormité de cette suggestion se refléta un instant dans ses yeux, suivie par un profond apaisement.

— Si un enfant vient, oui, répondit-elle. Je vais enfin commencer à suivre mon chemin. Avec toi.

— Et tu seras mon épouse.

Étrange comme ce mot lui paraissait mélodieux, à présent.

Anne parut un instant inquiète.

— Comment allons-nous nous marier ? Nous serons des étrangers pour les églises françaises. Comment pourrait-on lire les bans ? Quel prêtre accepterait de nous unir ?

Il sourit.

— Nous n'avons pas besoin de tout cela...

Le navire s'éloignait de la côte et déjà les vagues s'écrasaient sur la coque. La brise mordante repoussait leurs cheveux et leurs capes dans leur dos.

— Je sais exactement comment nous devons nous marier.

Il lui prit tendrement la main.

— Moi, Nicholas, je t'accepte, Anne, comme légitime épouse.

Le sourire d'Anne se mua en rire musical.

— Moi, Anne, je t'accepte, Nicholas...

Et les mouettes leur servirent de témoins.